My twenty-four books

我的女四书

赵玉柱 著

敦煌文艺出版社

图书在版编目（CIP）数据

我的廿四书 / 赵玉柱著. -- 兰州：敦煌文艺出版社，2019.4（2022.1重印）
ISBN 978-7-5468-1730-9

Ⅰ.①我… Ⅱ.①赵… Ⅲ.①散文集-中国-当代 Ⅳ.①I267

中国版本图书馆CIP数据核字（2019）第069535号

我的廿四书

赵玉柱　著

责任编辑：张　桐
装帧设计：王　阳

敦煌文艺出版社出版、发行
地址：（730030）兰州市城关区读者大道568号
邮箱：dunhuangwenyi1958@163.com
0931-8773084（编辑部）
0931-8773112　8120135（发行部）

天津海德伟业印刷有限公司印刷
开本 787毫米×1092毫米　1/32　印张 13　插页 6　字数240千
2019年4月第1版　2022年1月第4次印刷
印数：6 501～9 500

ISBN 978-7-5468-1730-9
定价：42.00元

如发现印装质量问题，影响阅读，请与出版社联系调换。

本书所有内容经作者同意授权，并许可使用。
未经同意，不得以任何形式复制。

序1：他是这样一个人

崔吉俊

阳春三月，花开繁茂，我曾经在酒泉卫星发射中心工作的老部下赵玉柱的读书随笔集《我的廿四书》就要出版了。消息传来，令我又惊又喜，惊的是多年从事部队审计工作的机关干部竟然一直默默地热爱着写作，笔耕不辍，且出手不凡，冷不丁抛出一部书稿；喜的是玉柱刚刚转业到惠州工作，在岭南大地甫一扎根就绽出一朵花蕾。同时，我也十分好奇，他到底写了一本怎样的书？是心灵鸡汤还是自传体小说？是部队生活的再现，还是航天发射的故事？

利用十多个晚上，断断续续读完了《我的廿四书》。读完以后，细细品味，令我欣慰。玉柱读书如此之多，知识面如此之广，业余创作如此勤奋，确实出乎我的意料。在过去的一年，

---

* 崔吉俊，酒泉卫星发射中心原司令员。

他想必是一边上班，一边照料家庭，还要挤出时间读书写作。六十多篇随笔，近十七万字，这是他知识的积累，也是兴趣和毅力的体现。

纵观全书，玉柱对人生、对家庭、对子女教育都有自己独到的见解。《爸爸，我想要以前的爸爸》和《每一位父亲都拼尽全力，但不是每个人都能占有洪荒之力》两篇文章，分别从为人子和为人父的角度抒写个人感受，为人子时的任性和为人父时的无奈跃然纸上。这说明他是一个细致的有心人。

对时事、对社会的思考发人深省，玉柱也表明了自己积极乐观的立场。《你是否有过轻生的念头，是谁在悬崖边挽救你》一文，把目光投向自杀这个让人脊背发冷的社会问题。他说："每个人都应该珍视生命，爱惜自己的，也关爱别人的。"虽然他无法对此做出圆满的解答，但至少说明他在做深层次的思索。《活得体面，离开时有尊严，生命的故事才算完整》一文，又把视角转向老人赡养问题。众所周知，中国即将步入老年社会，"老有所养"关系到每一个人的切身利益。如何让每个人都感受温暖，活得更有尊严，我们身为社会的一分子，都有义不容辞的责任。对此，玉柱也有自己的见解和思索，这说明他是一个有责任感的人。

民间掌故、历史故事他信手拈来，且能够洞见背后隐秘的秩序，文字诙谐又不乏深刻。《现实中的魔幻现实：你知道农村这"三股势力"吗》一文，用魔幻现实主义笔法把农民对大自然的敬畏之心和乐天知命的生活情态描写得淋漓尽致，让我不由回想起《白鹿原》那个充满神秘感和魔幻色彩的世界。《历史是任人打扮的小姑娘？元芳，你怎么看》用历史故事佐证作者的辩证唯物主义观点，既有说服力，又能增长知识。作者一支冷峻的笔出入各种史料典故之中，游刃有余。这说明他是一个擅于总结和思考的人。

这部作品的优点还有很多，无需过多引用了。"一千个读者就有一千个哈姆雷特"，就把想象的空间留给读者，让我们自己慢慢去发现和挖掘吧。

玉柱来自相对贫困的甘肃省庆阳市一个普通的小村庄，那里山川塬兼有，沟峁梁相间，高原风貌雄浑独特，黄土厚塬平畴沃野。仁者乐山，知者乐水，这片山水哺育了玉柱淳朴自然、乐天知命的心态。庆阳文化底蕴深厚，民间艺术独具特色，不乏历史名人，耳染目濡，潜移默化，造就玉柱热爱生活、崇尚文学的精神追求。这一切，都春风化雨般影响着玉柱的人生，渗透进《我的廿四书》的字里行间，在每一段、每一节、每一章中闪耀着火花。

玉柱长期工作在举世闻名的酒泉卫星发射中心，这里火箭呼啸，卫星飞旋，飞船翱翔，曾是"两弹一星"精神和载人航天精神的发祥地，是展示国家经济实力、科技实力、国防实力和民族凝聚力的窗口。自然，发射中心的剑与火，历练了玉柱生活严肃、工作严谨、作风严格的品质，铸就了他追求卓越、追求完美的写作风格。军营和发射场赋予他的灵感和积淀，是他不懈追求的原始动力。

读书可以增长知识，开阔眼界，陶冶性情，在书海里感受大地和宇宙的节奏，体会社会和人生的美妙；犹如食五谷而成骨肉，在不知不觉中就已经影响了你的思想、你的言行、你的形象、你的气质。在书海里尽兴徜徉的玉柱何尝不是如此？在这个万花筒般的炫耀而浮躁的社会中，但愿玉柱能守住这份淳朴、这份淡定、这份执著，读更多的书，写出更多的作品。但愿出版界也以此引领读书之风尚，启迪年轻人之言行，净化社会之风气。

以上文字权且为序。

序2：我们的生活，已经删去了形容词

王廷鹏

1999年4月，高考已经在眼前，同学们都在焦虑中憧憬未来。四月底的一个晚上，我邀请赵玉柱和玉振龙一起到我家上自习，美其名曰让赵玉柱帮我俩辅导数学。

赵玉柱理科很好，却被"诱拐"到文科班，引起整个年级的震动。他的数学好得有些过分，简直就是BUG级的存在，他有看穿方程式的异能，做化学方程式配平的题目，别人还在埋头苦算，他只拿眼睛扫过去，瞬间就能得到答案。

二十年过去了，今天我必须承认，当时组这个"数学补习局"我是别有用心的。我从来没想过这样的学习小组能提高数学成

---

* 王廷鹏，读者出版集团"读者·新语文"阅读写作教育平台总监、全国十佳阅读推广人、阅读写作教育专家、专栏作家，中华书局《唐诗鉴赏大辞典》、凤凰出版社《新国学三十讲》撰稿人，甘肃卫视"丝路大讲堂"主讲人。

绩，只是，高考在即，焦虑、慌张让我必须拉几个好友一起聊聊天，才能缓解大家找不到方向的无助，就像在前线的战壕里，大家不知道还能不能看到明天的太阳，却可以在这一刻使劲聊天，错以为我们还在田间地头，在细数今年的收成。

　　三个人坐定，一道数学题都没做完，就有人起头聊起最近正在读的书——《黄金时代》。我想，应该是我起的头，那几年，我正迷恋王小波，甚至为此疏远了一阵子金庸。一个以数学为名义的学习小组瞬间分崩离析，变成读书夜谈的神聊会。

　　从那天晚上算起，此后整整二十年里，我再也没有和朋友们在一起，如此开心地聊过读书的事情，这些愉快的记忆都封印在记忆中了，我们一起上任万军老师的语文课，一起感慨书里的故事和人生，一起冲着一本厚厚的书结拜……读赵玉柱这部书稿的时候，突然想起这段往事。记不清楚，那几个夜晚的神聊中，我们是否提到过赵玉柱未来要出一部书，而我会应约给他的书写序。

　　2018年年初，赵玉柱从甘肃的戈壁滩转业到广东惠州，跟苏轼一样"买田筑室，作惠州人矣"。在部队中勤谨服务十几年，赵玉柱变得愈发严谨、刻板，虽然在文科班混迹了一遭，但他骨子里始终是个理科生，有理科生严密的逻辑和秩序感。突然有了相对宽松的时间，抑或是因为相隔渐远，让人想多聊几句，克服空间上的疏离，我们俩一起聊天的密度突然提升。

　　聊的最多的还是读书，这是我们持续了二十多年的话题，从来没有厌倦过。从高一开始，我们就基本保持了这个聊天的状态，见面可以不多说什么，用一句"你最近读了什么书"开头，就够我们聊上一夜，嚼十几个苹果。我们之间的角色也没怎么变化，我一直是那个读起书来贪多不厌的家伙，搜罗各种书，自己享用也推荐给他；他永远都诚恳地面对每一本书，读得认真、深情。兜兜转转二十多年，我如今变身职业读者，做阅读推广，四处吆喝着读书的好处和各种读书的方法，但我心里一直明白，有几个朋友书永远比我读得好，赵玉柱是其中一个。

几乎在赵玉柱落户惠州同时，我又开始跟他约稿，那时我服务于读者杂志社的读者读书会，读书、荐书、写书评稿，对爱读书的人而言，这几乎是一份完美的工作。这一次，我的约稿开始有了回应。跟赵玉柱约稿其实很久了，2009年，我在《读者·乡土人文版》当编辑，就开始跟他约稿，却少有回应，后来辗转《读者·校园版》和《读者》几个编辑部，都没有约到他的文章。那段时间，他写了一大批高质量的散文，在各类刊物发表了大量文章，但我始终没能亲手编发他的稿件。

我猜想这次约稿成功有这几个原因：在人民军队服役十几年后，他终于有时间梳理和面对自己的私人爱好；人近中年，既有春暖花开，也有孩子的哭声和尿布，一地鸡毛总捡不够一筐心事，有些话沉淀久了，总想说出来。

这次约稿、催稿的时间足够漫长，也可以说是赵玉柱写作生涯的一次蜕变。读者读书会倡导"24本书主义"，以《读者》杂志平台为依托每两周向大家推荐、与大家共读一本书。我每周跟赵玉柱催一篇稿子，内容介于书评与散文之间，聊的是这本书在他人生经历中曾经发生过的故事。这种写法其实有些熬人，挑选一本书写点读后的心得会比较容易，但每周坚持读、坚持写，要写得出彩就有难度了，这要求作者真的爱读书、会读书，能沉静到书中去，把阅读当作自己生活的一部分。这句话听上去像废话，却是实情，多年来与国内各类作家交往，有一个真实而荒诞的感受：作家本该是最擅长读书的一类人，可惜的是大量国内作家读书量其实有限，阅读视野也偏窄，尤其是大量热爱写作的纯文学作家们。

做阅读推荐，一定需要热爱读书的人，想通过文章"诱惑"读者进入一本书的语境中，必须是个擅长讲故事的作者，赵玉柱恰好两者兼得。但还是需要有一番蜕变，虽然赵玉柱骨子里是个理科生，但在文章中则表现得很深情，讲故事的时候总会控制不住情绪，忍不住抒情。刚开始，他跟很多作家一样，爱用形容词和副词，讲理、说事用力过猛，总想把所有想法都一字一句地钉在纸面上，写得很诚实，读起来略有些累。

这也是考验编辑的时候，刚开始，拿到赵玉柱的稿子，我总会大幅度删稿，删去形容词、副词，删去略有些眼熟的抒情，删去拖泥带水的描述。在读者杂志社服务十年，听过很多老编辑的教诲，编辑是"带刀读书"的，要去陈言，编辑和作者永远是相生相依、"相爱相杀"的，好编辑可以帮助作者成长。这中间最典型的代表可能就是雷蒙特·卡佛和戈登·利什了，卡佛以极简主义风格获得全球美誉，但这种风格其实是他的编辑利什一字一句删出来的，国内热卖过的卡佛短篇小说集《当我们谈论爱情时，我们在谈论什么》，原稿据说给利什删掉了58%以上，卡佛对此耿耿于怀，曾发誓："有朝一日，我必将这些短篇还以原貌，一字不减地重新出版。"两人甚至因此反目。

我从来不担心赵玉柱会因为我删稿与我反目，我们一起趟过了青春硌脚的河床，我大概明白删去那些文字能让我们共同经历过的故事显出原貌，露出没有沾染过任何一丝红尘的样子。有人形容编辑和作家之间的关系，说它太过微妙，比恋人之间还难妥当处理，最好是要变成相互信赖的朋友。我们已经是了。

给绝顶聪明的朋友当编辑很轻松，尤其是这种家伙，文字好、有故事，披着文科的外衣、骨子里还是理科生。没过多久，他就完全明白了我们的意图，文章再发来的时候，我已经删不动了，这是作者的自尊，是对编辑的尊敬，也是读者的福音。所以，翻阅这本书的时候，看到的文章故事清爽、文字简洁、思路清晰、情怀清雅，一流的文章高手从来不追求晦涩，他们心里永远都藏着两个字：明、白。

就这样，一年左右的时间里，赵玉柱就像他这本书里表现的这样，成为一个真正的文章高手。文章高手大抵都明白这几点："说人话、讲故事、写短句、用比喻、找对象。"他们心中有读者，知道该把什么样的故事、观点用最简洁的方式告诉自己的读者，他们的文章不是刻意写给某一种人的，但所有对此感兴趣的人读起来都会觉得这就是讲给自己听的。我亲身经历了这样的事，他的文章在网络上流传，很多人留言说这个故事好像自己曾经历过的事情，我心里清楚，那明明写的就是我们共同经历过的故事，是我们一起成长的事。

我曾经大胆定义过，这个时代最好的写作者至少应该有两种背景：要么是接受过良好的媒体训练，要么拥有不错的理工科知识背景。这么多年过去了，无论是长短篇小说还是文章，这两种背景的人总能给我们惊喜，我的文字偶像海明威和厄普代克，也都是记者出身，我们发现，这两种人从动笔写第一个字开始，心里始终是清晰透亮的，他们知道故事要讲给谁，想传达什么样的情绪或观点，知道哪些文字和感情是有些陈旧，很难打动读者的，知道哪些文字需要割爱，给文章留出足够的空白。我甚至认为，新时代的文章高手必须具备这样的特质：理科生严谨的逻辑、工科生钻研结构的精神、文科生的情怀、艺术家的技艺，还有媒体人对读者需求的了解。请注意，我说的是文章高手而不是作家，称呼一个写作者是文章高手更像是一种尊称。

当编辑多年之后，我对很多所谓的作家颇有微词，他们原本是最应该明白这些原理的人，可惜的是相当一部分作家仍然停留在钱钟书先生嘲讽的那个层面上：把写作的热情当作写作的才能。

在读赵玉柱的书稿时，我开心地发现，这个家伙在用自己的写作一个字一个字地告诉我：老兄弟，我觉得你是对的。

这是赵玉柱的第一本著作，我给自己预定了这篇序，我把它当作我的义务和责任，我一直觉得从二十年前的那个"数学补习局"开始,与书、与青春、与我们共同的成长记忆有关的"两三素心人"的聊天从来没有结束过。

目录

序1：他是这样一个人　崔吉俊 / 001

序2：我们的生活，已经删去了形容词　王廷鹏 / 005

三月（上）：《自私的基因》

　　最无私的灵魂里，也潜藏着自私的爱 / 003

三月（下）：《菊与刀》

　　即使战斗序列里只剩一名战士，也必须保住队伍的番号 / 013

四月（上）：《活出生命的意义》

　　A卷已经倒背如流，上苍却让你作答B卷 / 023

四月（下）：《围城》

　　一　希望和绝望中间，有一架梯子的距离 / 031

　　二　墙里秋千墙外道，墙外行人墙里佳人笑 / 038

五月（上）：《父亲：一次发现父爱的旅行》

　　一　爸爸，我想要以前的爸爸 / 047

　　二　每一位父亲都拼尽全力，

　　　　但不是每个人都能占有洪荒之力 / 053

五月（下）：《月亮与六便士》

　　一　放羊娃放羊，第欧根尼晒太阳，都把人生活成了哲学 / 061

二 任何伟大的艺术作品都逃不脱神的掌握，

　　艺术家不过是神灵的代言人 / 066

六月（上）：《优秀的绵羊》

一 穷人家的聪明孩子，富人家的不聪明孩子，谁更容易接近成功 / 075

二 婚姻是不是该讲求门当户对：思想没有界限，现实却有阶梯 / 082

三 老师，你教给我的，我已经全部还给了你，咱们两不相欠 / 088

六月（下）：《幸福之路》

一 我幸福或不幸，只是因为入戏太深 / 097

二 他们第一次在故事中相遇：一睹芳容误终身 / 103

三 幸福路上的绊脚石，不是搬开那么简单 / 108

七月（上）：《猎人笔记》

一 乡村是一幅俗世的清明上河图 / 117

二 用极端手段挑战法律准则，只会使社会秩序更加混乱 / 123

三 喜欢一本书是因为一句话，爱上一个人启蒙于一个眼神 / 130

七月（下）：《莎士比亚戏剧故事》

一 谁是狙击婚姻的幕后黑手？莎士比亚来告诉你 / 139

二 贫穷对命运的摧残无孔不入，

　　但它使生活的每一种味道都甘之如饴 / 148

三 无私的爱投注到子女身上，回报的不全是雨露 / 154

四 你一直在不断改变生活现状，

　　是因为选择的不是最心仪的模式 / 160

八月（上）：《圣经的故事》

一 汶川十年：时间是一把不公平的尺子，

　　对不同的人采用不同的度量标准 / 169

二 你是否有过轻生的念头，是谁在悬崖边挽救你 / 175

三　站在科技之巅的人类还需要信仰吗 / 181

八月（下）：《苏东坡传》

一　苏东坡的人生是成功还是失败 / 189

二　残酷的传记：

　　她爽约在与你缘定三生的路上，你还在路口痴痴等待 / 196

三　人生从中年开始：三十七岁才觉悟，这样的人生还能走多远 / 201

九月（上）：《纸牌的秘密》

一　昆山龙哥已成传说，我们该怎样维护社会秩序 / 209

二　学习哲学，剥夺了我们的快乐吗 / 215

三　你还沉溺在宫廷剧中吗？别总被"兄弟反目"忽悠 / 220

九月（下）：《追风筝的人》

一　我们无法想象战争的可怕：

　　你不能做我的诗，正如我不能做你的梦 / 229

二　"老实"，贬义词还是褒义词 / 234

十月（上）：《原生家庭》

一　你想要一个什么样的爸爸 / 243

二　还记得小学课文里的凡卡吗？他已经化身为6000万留守儿童 / 248

十月（下）：《白鹿原》

一　他如果在世，会不会是下一个诺贝尔文学奖得主 / 257

二　现实中的魔幻现实：你知道农村这"三股势力"吗 / 264

三　社会环境和家庭教育，哪一个对人的影响更大 / 270

十一月（上）：《时间之书》

一　金庸编剧，李咏导演，蓝洁瑛主演，

　　会不会诞生一出夺人眼球的戏剧 / 279

二　一年有四季：历史不是顺时针接力，而是面对面冲锋陷阵 / 285

十一月（下）：《呼啸山庄》
　　一　李莫愁是怎样炼成的 / 293
　　二　当赵敏公主遇上华筝公主，王子怎么办 / 299

十二月（上）：《一天中的百万年》
　　一　梦想和我们的距离，只差一场酣睡 / 307
　　二　一顿饭吃出了三教九流 / 313

十二月（下）：《傲慢与偏见》
　　一　当我们消费爱情时，有人却在买卖婚姻 / 321
　　二　这样的爱不为抵达，处处都是为了成全 / 327

一月（上）：《一个人的朝圣》
　　一　世界那么大，你去看了吗 / 335
　　二　活得体面，离开时有尊严，生命的故事才算完整 / 340

一月（下）：《朱元璋传》
　　一　从珍珠翡翠白玉汤到剩菜汤，朱元璋忘记初心了吗 / 349
　　二　差学生如何玩转大公司？跟朱元璋学经营 / 354

二月（上）：《鲁迅演讲集》
　　一　哪个行业的父母希望子承父业 / 363
　　二　致青春——世间再无军济院 / 369

二月（下）：《我是猫》
　　一　历史是任人打扮的小姑娘？元芳，你怎么看 / 377
　　二　石虎杀子——为什么会发生这种人间惨剧 / 382

跋1：感谢你们，热爱语文　任万军 / 389
跋2：祝福玉柱兄　温彬 / 397

读者荐书
021

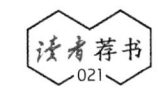

三月／上
《自私的基因》

〔英〕查理德·道金斯　著
卢允中　张岱云　陈复加　罗小舟　译

/ 最无私的灵魂里，也潜藏着自私的爱 /

最无私的灵魂里，也潜藏着自私的爱

很多人都记得《钢铁是怎样炼成的》中那段名言：

"我的整个生命和全部精力，都献给了世界上最壮丽的事业——为人类的解放而斗争。"

初中老师说，这是我们这一代人的座右铭，你们也应该牢牢记在心里。他们那代人确实记住这句话了，这些人的名字不断出现在媒体的头条里：雷锋、焦裕禄、孔繁森。

以前看电影，英雄们都是"眼里揉不下沙子"的主，与时代的要求无缝对接。只不过，在普通观众的眼里，他们高高在上，必须得仰视。即使看到了他们的脸，也仍然是充满了严肃的表情。

电影《芳华》的主角刘峰，在"林丁丁事件"之前，也是这样一个典型的完美主义者，是那个时代精心打造和着力培养的典型人物。在经历复制、粘贴生产线的锻造之后，我们看到的自然是一个精神层面熠熠生辉的"雷锋"，用何小萍的话来说，

"他比雷峰还要好",区别仅在于胖瘦高矮之不同。连他的名字,也与雷锋有相似之处——或许是作者有意为之?

影片中的刘峰是一个好人,又不仅仅局限于一个好人。

他热情、无私、正直、善良。食堂里的猪跑了,有人来找他去抓,他二话不说,放下碗筷就冲了出去。文工团吃饺子,刘峰只挑破的,把好的都留给别人。战友结婚没有沙发,他自己掏腰包买材料为其打造沙发。在抗洪抢险中意外伤到了腰,从此不能再跳舞,领导照顾他,给了一个上军政大学的名额,他让给了战友。当出身低微的何小萍因受歧视而遭受不公平待遇时,他挺身而出极力维护。

在别人眼里,和这个集体相关的所有事情,刘峰都应该在其中承担一份责任。对他而言,这也并不是作秀,而是真心爱护这个集体,爱生活在集体之中的每一个人。只要是关乎集体和战友利益的事,他都不自觉地投身其中,无私奉献自己的才智和精力。

然而,《芳华》并不是要着力塑造一个高大上的完美形象,就像《暴雪将至》也不单单是为叙述一桩扑朔迷离的连环杀人案件,剧情急转直下似乎也在意料之中。于是,《芳华》清香芬芳的气质里忽然刮来一阵逆流的旋风,在邓丽君靡靡之音的催动之下,那埋藏已久从不敢轻易触碰的感情之弦被拨动,像三圣母思凡一样,刘峰汹涌澎湃的爱情从不食人间烟火的躯壳中不顾一切破茧而出。

他大胆地拥抱了林丁丁并向她表白。

原来，无私如活雷锋的刘峰，也有自己自私的爱，一个力求完美的人，倾其全部也不过是使生命的一部分得以完整。

也许我们的思想都过于正统和拘束，而忽视了集体主义、利他主义与个人的功利性并非完全隔绝的现实。道金斯在《自私的基因》中举过一个例子：为了减少群体无节制的繁衍而导致生存环境的恶化，数以百万计的旅鼠如潮水般冲下悬崖，牺牲自我以维系旅鼠与寄生生态的平衡，从而避免群体的灭亡。但同时也不排除这样的可能性：

"在数以百万计的旅鼠潮水般地逃离旅鼠泛滥的中心地带时，它们的目的不是为了减少那地区旅鼠的密度！它们是在寻求一个不太拥挤的安身之处，每个自私的旅鼠都是如此。"

于不经意间，我依稀看到鲜艳夺目的旗帜背后，竟隐藏着完美主义者不易觉察的叹息和绷紧的面容浮现的一丝微笑。最无私的灵魂深处，也闪烁着一点零星的自由火花，隐约照亮他重重包裹之下那一点淡淡的温情和柔媚。人都是有感情的，既然有感情，就像陈设在烹调师操作台上的佐料，每一种口味都会占据其中的一个位置。

回到影片中，林丁丁并不是守身如玉的贞洁女子，也不是信奉男女授受不亲的封建信徒，她对刘峰更无恶感。之所以陷刘峰于"耍流氓"的不堪境地，一方面是出于强烈的自我保护意识。因为刘峰实在太好了，好得当他有一点点不当的行为时，别人都会归咎于责任的另一方。所以，朱克才说林丁丁"腐蚀活雷锋"，而不会想到是刘峰"耍流氓"在先；另一方面，恰好是电影中萧穗子的旁白：

"一个干尽好事的人，一个不食人间烟火的人，忽然告诉你，他惦记你好多年，你会感到惊悚、恶心、辜负和幻灭。"

所以，林丁丁说："谁都可以，活雷锋就不行。"他们既然把他捧上神坛，就不允许他随意走下来。生活中不乏这样的事情：

你竭尽全力帮助别人，为他做了十件事，其中九件都遂他心愿，仅仅有一件事搞砸了。这个被帮助的人，最初接受你的帮助时，还对你感恩戴德，随着你为他做的事越来越多，他的感激之情也渐渐消失殆尽，到最后已经习以为常。而这唯一的一次失败，竟然让他耿耿于怀。一个毫不利己、专门利人的刘峰，才是为人们所接受的刘峰，一个一边克己奉公，一边谋求个人爱情的刘峰，就绝不能为人所容忍。

吴国盛在谈及《自私的基因》时说：

"进化是偶然的，无目的的，基因是冷酷自私的。它们聪明绝顶，经过几十亿年的进化，它们都已经成精了。从这里我们确实可以学会不少求生存的本领，但同时我们也会陷入这样一个境地：我们不知道我们为什么要生存。生存是偶然的，也是荒谬的。生命的意义可以说是微不足道的。在人性的世界里那么崇高和辉煌的舍生取义、视死如归，在一个所谓的客观世界里是不合情理的。近代科学制造的这种人与世界的分裂，在今天由于更加精致化、合理化，而显得更难弥合。"

多少年来，我们一直都强调个人利益服从集体利益，在集体面前，个人的事再大都是小事。组织要求个人做出牺牲时，从来都是义正辞严；个人有求于组织时，往往不得已而摇尾乞怜。

多少年来，我也一直相信雷锋式的人物，在他们心里，个人主义已经无处容身，他们存在的全部价值和生命的所有意义，都是为集体贡献自己的青春年华和聪明才智。

然而实际上，在自私基因的怂恿下，每个人做任何一件事，多多少少都带有一定目的性，不过出发的立场不同，结果也不同：一种是为成就自己，一种为了造福别人。

同样是学雷锋，有人真正响应时代感召，把雷锋作为楷模，耗尽全部心血践行其精神；有人却在表面文章上做足功夫，而内心缺乏对雷锋精神的敬畏感，学习雷锋不过是为夯实自己迈向辉煌前程的路基。但是我们也不能忽视这一点，当他全身心投入到学雷锋的过程中时，曾经短暂地抛弃了现实的功利主义，扎扎实实地做了一些好事，帮助了一部分人，感召了自己，赢得了掌声。

道金斯说："一个群体范围内的利他行为常常同群体之间的自私行为并行不悖。"利己主义与利他主义常常勾肩搭背，并排而行，要单纯地从背影区分他们，并不那么容易。

文工团的政委说过："一个集体的腐化堕落，往往从作风开始。"很不幸，"活雷锋"刘峰率先成为这只坏汤的老鼠。当被告发而下放基层时，走下神坛的他失去了往日的光环，曾经带给他辉煌的荣誉都成了一无用处的垃圾，被扔进了废纸篓。那个清晨，他孤孤单单地走出文工团的大门，蓦然回首，只有淡淡的清风扑面而来，昔日的战友竟然没有一个来送行。他们冷酷面容的背后，隐藏的是担心被牵连的怯懦，还是觉得刘峰的行为玷污了集体的荣誉，而与他划清界限？

"划清界限"一词，曾经活跃在夫妻、父子、母女等亲人之间，借此保全了集体的荣誉和尊严，但于个体而言，又酿造了多少悲苦和辛酸，使多少纠结不清的灵魂，如影片中陷于沼泽的战士，在挣扎中逐渐滑向深渊！为了一纸至高无上的荣誉，为了生命中的大义，我们或多或少都掩埋了一部分真实的自我，这不能不说是一个时代的悲剧。

三年前，我曾经听过陶克将军讲《永远的雷锋》，原以为是一场乏味的说教，谁知道三个小时下来，讲的人言犹未尽，听的人意犹未尽，因为他给我们还原了一个生活中的雷锋。原来雷锋也有自己不为人知的爱情，也曾在人生道路上有过挣扎和彷徨，他的躯体也是活生生的血肉浇铸而成。傅雷在《约翰·克里斯朵夫》一书的译后序里写道："真正的光明决不是永没有黑暗的时间，只是永不被黑暗所掩蔽罢了。真正的英雄决不是永没有卑下的情操，只是永不被卑下所屈服罢了。"

把大庭广众之下的自己和孤居独处时的自己，完整无缺地结合在一起，才是完整和真实的自我。

社会在不断发展进步，人们的价值观念在更新，审美标准也在提升。艺术形象的塑造，更不应该拘泥于非黑即白的两面性。泼墨写意之际，于峰岭峻峭处落笔固然重要，坑洼之间亦无须刻意回避，画卷才更显得完整而丰满。从这一点来说，《芳华》

不论艺术成就高低，敢于揭示一个完美主义者自身存在的瑕疵，让英雄楷模走下高台，重返人间，这已经迈出了影视作品划时代的一步。

读者荐书
022

三月／下
《菊与刀》

〔美〕鲁思·本尼迪克特 著
何 晴 译

/ 即使战斗序列里只剩一名战士，
也必须保住队伍的番号 /

即使战斗序列里只剩一名战士，也必须保住队伍的番号

隔海相望的彼岸，住着一个邻居。过去，我们一直是他心目中的巨人，把他远远地甩在身后。后来，不甘居于人后的他，加快了奔跑的速度。我们则迷醉在妄自尊大的世界里，坐享兔子的天然优势，对穷追不舍的乌龟嗤之以鼻。《菊与刀》中写道："对嘲笑，无可原谅，因为只有内心不诚恳，才会嘲笑无辜者……既然'原谅'不是对嘲笑的正确态度，那么唯一可行的办法就是报仇。"这固然是私欲和野心膨胀的结果，但也可能掺杂着微妙的报复心理。邻居一天天地强大起来，他开始用扩张和侵略的方式诠释国家意志，逐渐把我们推向灾难的深渊。

放眼世界历史，中国有过辉煌的过去，在政治、经济、文化、军事等各个方面，建立了绝对的优势，但逐渐被其他国家赶上、反超，以至于沦落，最后人见人欺，个人以为有一个原因不容忽视。《孙子兵法》有云："知己知彼，百战不殆。不知彼而

知己，一胜一负。不知彼，不知已，每战必殆。"我们在最紧要的历史关头，一而再、再而三地做出愚蠢的选择，不外乎是不知彼、不知己。

最初，我们高高在上，旁若无人。当英国已经完成工业革命，把我们远远甩在身后时，我们依然浑然不觉，摆着老大帝国的架子，一天天坐吃山空。英国的工业革命促使他们拓展海外市场，但中国的种种限制让他们屡屡受挫，不得已而采取外交手段，在乾隆、嘉庆两朝，先后派使臣前来觐见，以期改善在华经商的条件。但这时候的清政府，视英国人为蛮夷，认为"他们贪利而来，天朝施恩于他们，许他们做买卖，借以羁縻与抚绥而已。假如他们不安分守己，天朝就要'剿夷'"。乾隆皇帝把使臣当一个藩国的贡使，但对方哪里肯纡尊降贵，双方在行跪拜之礼上纠缠不清，都不肯让步，最终不欢而散。等到嘉庆执政，一代不如一代，英国使臣所受礼遇更差。和平外交的路子行不通，英国选择用武力打开和中国通商的大门。

结果大家都知道，战争以中国的失败而告终。英国用战争的手段变本加厉地促成了自己的愿望，当初为通商营造便利条件的所有想法全部超额兑现。但鸦片战争的结果并没有让清政府警醒，蒋廷黻在《中国近代史》中说："鸦片战争的失败根本理由是我们的落伍。我们的军器和军队是中古的军队，我们的政府是中古的政府，我们的人民，连士大夫阶级在内，是中古的人民。"只可惜，我们不了解对手，也不想去了解他，比这更糟糕的是我们还掂不清自己的斤两，竟然把失败的原因归结为奸臣误国,临阵换帅,认为如果是林则徐来主战,鹿死谁手自当别论。蒋廷黻说:"鸦片战争的军事失败还不是民族的致命伤。失败以后还不明白挫折理由力图改革,那才是民族的致命伤。"一语中的。

近代史教材中把林则徐誉为"睁眼看世界的第一人",他也担得起这么高的评价。但是,一个人成长的环境决定他的处世方式和性格走向,接受的教育影响他判断事物的眼光和认知社会的能力。林则徐接受的是中国式传统教育,思想保守,但又满怀爱国热忱,想要励精图治,他是这一对矛盾的结合体。《菊与刀》中写道,日本人"很容易把自己的道德建立在一种极端观念上,……这种观念使他们固执,有相当自信,是愿意干任何工作而不顾自己的能力是否相称的思想基础,是他们敢于坚持己见,甚至反对政府、以死力谏、以证明自己正确的思想基础。有时,这种自信使他们陷入集体性的狂妄自大"。而我们的文化传统造就的读书人却把名誉看得比生命更重要,"失身事小,失节事大",林则徐背负的压力有多沉重,恐怕只有他自己知道。《中国近代史》中写道:"林则徐实在有两个,一个是士大夫心目中的林则徐,一个是真正的林则徐。前一个主剿,在士大夫的印象中百战百胜,是为英国人所忌惮的。真的林则徐是慢慢觉悟了的。他知道中国军器和武力不如西洋,但又怕清议的指责,不敢公开提倡。所以把自己搜集的材料交给魏源,促他编成《海国图志》。他让主持清议的士大夫睡在梦中,他让国家日趋衰微,而不肯牺牲自己的名誉去与时人奋斗。林文忠公无疑是中国旧文化最好的产品。他尚以为自己的名誉比国事重要,别人更不必说了。"这本书后来流传到日本,促成了他国的维新。

战争的失败没有使人警醒,但教训是有的。林则徐去世后数年间,中国战事不断,却屡战屡败,主权沦丧、领土沦陷。久病成医,挨打挨得多了,一些有志之士也逐渐总结出一些反抗策略。于是,在曾、李、左等人的主持下,中国开始兴办实业,师夷长技。每个单相思的恋人,总是情不自禁地把目光投向远方,好高骛远地追逐所谓诗意,往往忽略了对自己情意最诚挚的人,一直都围绕在身边从未走开。很不幸,我们刚刚从一个错误的牢笼里挣脱,又掉进另一个错误的陷阱。这次犯的错误是只顾低头拉车,不知抬头看路。我们只顾着学习西方国家,却不知道日本正在悄悄崛起,这个比邻小国,此刻政治、军事等领域正在发生着翻天覆地的变化,很快他们就要"蹬鼻子上脸,拿我们开刀"了。

"同治、光绪年间的政治领袖如曾、左、李及恭亲王、文祥诸人原想一面避战,一面竭力以图自强。不幸,时人不许他们,对自强事业则多方掣肘,对邦交则好轻举妄动,结果就是误国。"中日的战争原可避免,但悲哀的是,当政者和士大夫阶层对日本是完全陌生的,视其为弱邦小国。我们过高地估计了自己的实力,不了解却又轻视对手的实力,不知己不知彼,果然战必殆矣。以张佩纶为首的"无事袖手谈心性,临危一死报君王"的清议书生,热情和勇气可嘉,但看热闹不嫌事大,让人恨得牙痒痒。看看他们给政府的谏言:扶桑"外无战将,内无谋臣。

问其师船则以扶桑一舰为冠,固已铁蚀木窳,不耐风涛,余皆小炮小船而已……"愚蠢的政府竟然不相信向来倚重的李鸿章,而轻信书生,以为日本果真"水师不满八千,船舰半皆朽败,陆军内分六镇,统计水陆不盈四万,而举非精锐。然彼之敢于悍然不顾者,非不知中国之大也,非不知中国之富且强也"。鸦片战争以来,这帮子"掌握着最大的兵力财力的外国人以不平等条约为工具,以中国人无自信力为机会",从来不跟我们好好说话,一言不合就抡起棍子打人,清政府遭受了太多屈辱,这一次终于遇到一个想象中的软柿子,大概他们也不想错失翻身的机会罢?

李鸿章已经意识到了日本对中国的威胁。在明治维新初年,他就看清日本是中国的劲敌,并且知道战争胜负的决定因素在于新军备之进步。此时开战,中国对日本绝无胜算,"未有谋人之具,而先露谋人之形,兵家所忌。日本步趋西法,虽仅得形似,而所有船炮略足与我相敌。若必跨海数千里与角胜负,制其死命,臣未敢谓确有把握。"他能运用自己独到的见解对时势作出正确的判断,眼光远在一般人之上,但他改变不了听命于人的命运。中国再次一败涂地。

我们对敌人熟视无睹,并不等于敌人也在睡大觉。到了21世纪的今天,大多数国人对日本的认识还是相当盲目和片面,一提起"小日本"就上火,冲动多于理智,愤怒多于冷静,而了解远远不够。反观他们,对既定对手的研究之深入和了解之透彻,恐怕没有几个国家有十足的底气敢说比人家做得更好。戴季陶在《日本论》中讲到日本对中国的研究："日本书坊间，分门别类的，有几千种。每一个月杂志上所登载'中国问题'的文章，有几百篇。参谋部、外务省、海军军令部、海军省、农商务省、外务省、各团体、各公司派来中国长住调查或是旅行视察的人员，每年有几千个。"这可见日本做中国的功课，是全方位的、精细化的，属于有备而战。金克木先生在《菊与刀》的序言中说："中国人对日本实感最深，关系最密，两国文化又有悠久的历史渊源，当然更有条件，也更有必要研究日本文化。"实际上呢？川端康成、大江健三郎获得了诺贝尔文学奖，但有多少人读过他们的作品，对外国文学感兴趣的人，谁不是开口莎士比亚、狄更斯，闭口福克纳、海明威？前些年，民间自发组织大规模的抵制日货行动，一度席卷全国。实际上呢？被打破头流血的是中国人，被打砸焚毁的是在中国生产、用中国人的钱买的车，被我们的"爱国行为"伤害最深的，是我们的同胞。用戴季陶的话来说，这完全是"思想上闭关自守""智识上的义和团"导致的鲁莽。

甲午战争后四十余年，日本全面侵华战争爆发，历史再一次把血淋淋的现实撕给人看。虽然日本的罪恶目的没有得逞，但这一次受伤害最深的，依然是我们中国人。中国的近代史，又岂止是一部血泪史？

过去，我们不了解对手，也不能正视自我，为此付出了惨痛的代价。现在，许多成功的例子摆在眼前，我们也的确在诚恳地虚心向学。但面对众多老师的循循善诱，突然间又迷失了原来的自己，丢弃了原有的自信。鲁思·本尼迪克特在《菊与刀》

中说:"任何文化,其道德规范总要代代相传,不仅通过语言,而且通过长者对其子女的态度来传递。"她举了一个例子:六岁的小女孩杉本钺子因为上课时挪动身体被老师轰出教室时,她"羞得无地自容,但毫无办法。先向孔子像行礼,接着向老师行礼道歉。然后毕恭毕敬地退出书房"。试问中国如今有几个孩子在被老师轰出教室时,还能保持镇定给老师鞠躬呢?至于拜孔子像,那早已是老掉牙的陈年往事了。

"如果一个民族,没有文明的同化性,不能吸收世界的文明,一定不能进步,不能在文化的生活上面立足。但是如果没有一种自己保存,自己发展的能力,只能被人同化而不能同化人,也是不能立足的。"(《日本论》)传统的东西,是几十代人,几百年、几千年一点一滴积累起来的,在历史的滚滚浪潮中滤尽了尘渍,继而传承。既然能代代相传,必然有它生存的土壤和蕴含的道理。如果中间断层了,再想回头去拣,那难度可就大了。"一个人如果不好美不懂得审美,这一个人的一生,是最可怜的一生。一个民族如果把好美的精神丢掉,一切文化,便只有一步一步向后退,而生存的能力,也只有逐渐消失。"(《日本论》)必须有宽广的胸怀,才有资格嘲笑别人狭隘的思想;只有迈上更高的台阶,才能以自信的目光回首阶下的攀爬者。日本这个民族,百年来与我们纠葛纷扰不断,在与我们的较量中屡屡占尽上风,人家是低头拣实惠,我们是嘴上占便宜。今天,我们不得不承认,人家实在是有胜于我们的地方。

日本的文化有其双重性,日本人的性格也是矛盾的结合体,

"尚礼而又好斗，喜新而又顽固，服从而又不驯"。他们"以陶情于自然乐趣而闻名，诸如观樱、赏月、赏菊、远眺新雪，在室内悬挂虫笼子以听虫鸣，以及咏和歌、俳句，修饰庭院、插花、品茗，等等。这些绝不像一个深怀烦恼和侵略心理的民族所应有的活动。他们在追逐享乐时也并非消沉颓废。"（《菊与刀》）他们在夹缝中找到了生存的空间。反观我们近百年在文化上的选择和尝试，不是全盘接收，就是全部摒弃，时而偏左，时而极右。其实这正是对传统文化不够了解、对自己民族不够自信的表现。如果了解，肯定明白过往的行为哪些是可取的；如果自信，不至于把别人的东西全都当成宝贝。"信仰是生存的基础，信力是活动的骨干"（《日本论》），当战场上硝烟散尽的时候，即使战斗序列只剩下我一个人，也必须要保住这支队伍的番号，用军旗号召亡故战士的灵魂。在血与火的煎熬和考验中，磨砺和成长为民族的试金石，肩负国家的使命奋勇前行。

读者荐书 023

四月 / 上
《活出生命的意义》

〔美〕维克多·弗兰克尔 著
吕 娜 译

/ A 卷已经倒背如流，上苍却让你作答 B 卷 /

A卷已经倒背如流，
上苍却让你作答B卷

一个字，可以有很多种写法，或草书，或行书；一个人，有权选择不同的活法，或低微，或奢华。但无论怎么写，这个字终究是这个字，你无法改变它本身蕴含的意义；而随你怎么活，你都不能摆脱命运的桎梏，超越人生的轨迹。

安迪是个什么样的人？也许不是个纯粹的好人，但至少不是一个坏蛋。安迪的人生是怎样的？也许不是出类拔萃，但事业已经有了良好的开端。他有银行家的头衔，有美貌的妻子、稳定的家庭，是别人眼中的成功人士。然而，一个念头的闪现，让臻于完美的人生瞬间坍塌，土崩瓦解。

都说命运掌握在自己手中，其实未必。人并不能决定自己的命运，生命中一两个非常偶然的事件，可能完全改变你命运的走向，彻底颠覆你对人生的规划和部署。

安迪饶恕了偷情的妻子，把枪扔进了河里。一场谋杀只在意念中一闪而过，随即消散。可是负责伸张正义的法官选择性失明，只看到他愤怒狰狞的表情和拿枪的这只手，没有看到他纠结踌躇的内心和最后扔掉枪的那只手。世界孤立了他，灾难就这样降临。安迪从此与好人绝缘，至少，在公众的视野和官方的表述中，他已经是个杀人犯。即使跳河，也不能洗白，只能是畏罪。

十九年后的越狱，是道德和良知对命运和法律的审判，安迪既是法官，也是被告。他凿穿通向自由的高墙，改变了结果，完成了救赎，却无法扭转乾坤。他得到了公正，获得了自由，却远离了世界。

你知道，我说的是《肖申克的救赎》。

接下来这个故事，是《活出生命的意义》。

时针指向1938年。那天，上帝不知道是神经错乱还是突发奇想，他突然改变了主意，决定重新洗牌，打乱对每个人既定命运的安排。弗兰克尔——医学和心理学的双料博士，将不再从事学术研究和施医救人。上帝给他纹上119104的编号，把他发配到奥斯维辛集中营去做苦力。在那里，刽子手剥夺了他所有的财富，"除了赤裸的身体之外，他变成了真正的一无所有；他所拥有的，只是赤裸裸的存在"，也夺走了他对自身命运的裁决权，留给他支配的，只有自己的思想。

鬼知道上帝是怎么想的，把一帮天才的卓越才能降低到石器时代的茹毛饮血，一手好牌打得如此稀烂。如果他们还是无力从事最原始的劳动，就干脆送进毒气室冶炼成炉灰。

弗兰克尔什么都改变不了，连他自己的生命也被紧紧握在别人的手里，随时都可能被捏成齑粉。他在痛苦的炼狱里缓慢挣扎，攀岩而上，依靠内心的超强展示来《活出生命的意义》。

拖着极度疲惫的身体，让思想在内心世界里自由探索。他悟到，"人'有能力'保留他的精神自由及心智的独立，即便是身心于恐怖如斯的压力下，亦无不同。人所拥有的任何东西，都可以被剥夺，唯人性最后的自由，也就是在任何境遇中选择一己态度和生活方式的自由，不能被剥夺。"

如果人生一直按照你的构想一步一步推进，从未失手，那么恭喜，这说明你个人能量场超级强大，而且运气总是站在你这一边。但这样的人，毕竟是少数。即使贵为天子，你也无法让世界沿着你的思维轨迹和意志发展。人生遭遇意外挑战时该怎么应对？《肖申克的救赎》这样解答："陷入困境时，人的反应其实只有两种：第一种人总是怀抱最乐观的期望，认为飓风或许会转向，老天爷不会让该死的飓风摧毁了伦勃朗、德加的名画；万一飓风真的来了，反正这些东西也都保过险了。另一种人认定飓风一定会来，他的屋子绝对会遭殃。即使气象局说飓风转向了，这家伙仍然假定飓风会回过头来摧毁他的房子。因此他做了最坏的打算，因为他知道只要为最坏的结果预先做好准备，就可以始终抱着乐观的期望。"对一件不可预知的事，寄托最完美的希望，付诸百分百的努力，而心理上做最坏的打算，把最差的结果首先考虑在内。这样，即使最终降临的是最差的结果，你也已经有了最坏的打算。万一最美好的愿望侥幸实现了呢？

命运之神对有的人青睐有加，对有的人却冷眼相向。有人说，命运眷顾的往往是那些有准备的人，没有好运是因为你准备得还不够充分。弗兰克尔在炼狱般的生活里，一点一滴地积攒着内心的力量。"即使在无法改变的残酷命运面前，我仍然可以通过某种方式获取生命的意义——通过展示最为强大的人性，即把苦难转化为人类成果的能力。"可是，命运对他没有一点仁慈之心，既然做了最坏的打算，那就让你承受最差的结果。在上帝的注目下，他眼睁睁地看着自己的亲人一个个撒手人寰，父亲在他的怀中死去，母亲、哥哥先后被送进毒气室，妻子在集中营遭到杀戮。

回顾他的人生，曾经积蓄了那么多财富——健康、家庭、职业能力、社会地位，如今，一切都荡然无存。生命重新沦为一张白纸，回归最初的状态。

人生的路是单行道，后面的汽笛声在时时催促你前行。推开这扇门，也就关上了那扇窗。你学的本来是 A 卷，发给你的却是 B 卷。不及格就是不及格，人生的考卷，不给机会补考。

在《肖申克的救赎》中，瑞德在假释官的面前忏悔："回首曾经走过的弯路，我多么想对那个犯下重罪的愚蠢的年轻人说些什么，告诉他我现在的感受，告诉他还可以有其他的方式解决问题。可是，我做不到了。那个年轻人早已淹没在岁月的长河里，只留下一个老人孤独地面对过去。"

在《活出生命的意义》中，弗兰克尔对自己说："要这样生活：

好像你已经活过一次,而在前一次的生命中,你做的所有事情是错的,所以现在你要重新开始,把它们做好。"

重读弗兰克尔的《追寻生命的意义》,想了解他在集中营的苦难岁月,但我读不出弗兰克尔的悲观、绝望,他仿佛不是在回顾自己,而是在讲别人的故事。在纳粹集中营九死一生,经历地狱般的痛苦和磨难,凤凰涅槃,他悟出了常人不能顿悟的真谛,最终完成生命的升华。

我们的人生又何尝不是九曲十八弯的天路?刚刚攀上顶峰,随即坠入低谷。梦想总是与挫折相伴,明明喜欢语文,课外辅导班却在补习数学;骨子里无法抑制对体育的热爱,上苍却把你发配到艺术领域一展鸿图。没有人同我商榷什么,问我最缺什么,我的人生蓝图已然绘制完毕,他们对着蓝图一边念答案,一边让我书写。手把手教给我的这些东西,要么是他们认为我立足社会所必须的,要么是他们在我这个年龄时最想得到的。然而事实是,这个时期强加于你的分门别类的知识,在你叩开大学之门后就变得一文不值;当年父母和老师眼中的那些旁门左道,反而在人生的某个时期发挥了意想不到的作用。

当我成为父亲之后,也曾想过要把无限的自主权还给孩子,让他像乡间小路上的小草一样自由生长,随地绽放。随着时光流逝,我渐渐觉得这是一场没有把握的赌博,不但要与庄家孤注一掷,而且将与同行背道而驰。最要命的是,我的筹码只够赌一次,我输不起。最终我选择妥协,让孩子继续重复我曾经重复过的路。

已经熟知 A 卷的内容，却偏偏要作答 B 卷，人生很难活成轴对称图形。前半生的努力，完成了圆的一半；后半生的设计，突然变成正方形。也许生命的本质就在于不圆满。《活出生命的意义》中写道："生命的意义在于每个人、每一天、每一刻都是不同的，因此重要的不是生命意义的普遍性，而是在特定时刻每个人特殊的生命意义……每个人都有自己独特的使命。这个使命是他人无法替代的，生命也不可能重来。"生活，不仅是你眼睛所看到的，也不仅是你已经拥有的，上苍和父母给你的，并不是人生的全部财富。每次每刻的意义，有待于我们在完成每天必须完成的事情之后去挖掘，去体悟。

每个人心中都有一个芝华塔内欧海滩。可以没有金碧辉煌的笼罩，但不能缺少自由空气的流动。也许触摸不到，更无法到达，但实实在在地在心底生长。安迪最终抵达芝华塔内欧，从此，他的人生深深烙上通缉犯的印迹。为了梦想中的海滩，他背叛了全世界。

是不是我们也该暂且摘下落满灰尘的眼镜，让布满血丝的双眼，看淡斑斓的色彩，模糊世界的纷扰。像《阿甘正传》中的"我"："有时候到了晚上，我仰望星星，看见整个天空就那么铺在那儿，可别以为我什么也不记得。我仍旧跟大家一样有梦想，偶尔我也会想到换个情况人生会是什么样儿。然后，眨眼之间，我已经四十、五十、六十岁了，你明白吧？"

读者荐书
024

四月／下
《围城》

钱钟书　著

/ 一　希望和绝望中间，有一架梯子的距离

　二　墙里秋千墙外道，墙外行人墙里佳人笑 /

一
希望和绝望中间，
有一架梯子的距离

有没有那么一种人，每晚嘴里都含着浓得化不开的微笑酣然入睡，梦里尚在咀嚼残留的幸福，嘴角漾出的口水常常令尖尖细舌流连忘返。天色微明，在和谐悦耳的闹铃声中有条不紊地起床叠被吃早餐，然后踱步到办公室，桌上早已按目录的编排顺序陈列好想阅读的各类文件、资料。一丝不苟俯身案前，不觉废寝忘食。

从事喜欢的职业，在工作中发掘快乐，自然是理想的人生，可惜我辈大都与之无缘。革命军人一块砖，哪里需要哪里搬，有些垒成高楼大厦，有些点缀了猪圈的后墙。工作固然是为实现人生价值，同样也是为养家糊口，即使抵触和反感，也要故作深沉，保住饭碗要紧。毕竟来之不易，自然不能弃之如履。

犹记得刚入军校时，老师问：为什么投考军校呀？下面回声朗朗：因为我们看了《红十字方队》。军校当年可是热门，投笔从戎，不光靠一厢情愿，还得接受体检、政审，层层关隘，重重考验。想来的人多，最终能来的人少。按理说能从人堆里挤进去幸运地买上票，应该倍感欣慰才是，但恰恰应了叔本华那句话："人生有些东西，得不到就痛苦，得到了便无聊。人生就在痛苦和无聊之间摇摆。"日复一日，年复一年，生命逐日消耗，激情随之湮没。军装在身，只觉得四周都是纠察的眼，明明穿了衣服，感觉像没穿衣服，浑身不自在。

夕阳西下，卸去这身皮囊，一身短打装束，电话里无须多言，已然心领神会，狐朋狗友呼之即来。七八个人叮叮咣咣，起先欢声笑语，继而骂骂咧咧，偌大的一个篮球场，都容不下这咋咋呼呼的声响。讨论球权的归属如同与邻国划界分疆，据理力争，针锋相对，锱铢必较。随着夜的潜入，气氛才渐渐归于宁静。空气中弥漫着臭汗味，几个人累得像狗一样瘫坐在地上，一边喘粗气一边抠脚。北方夏天的夜里，繁星满天，凉风习习，谁都不想辜负夜的清凉与温柔，一有提议，即获全票通过。

勾肩搭背说说笑笑，露天啤酒摊上围坐成一圈，叫几个烤串，拎几扎啤酒，觥筹交错，称兄道弟。酒瓶里的酒越来越少，嗓门越来越大，情绪越来越高。大家七嘴八舌，发牢骚的顺序恰好见证了一根拖把的诞生过程，一根杆缠上一堆破布，一句话扯出一堆问题。

描写烦恼的语言万马奔腾，追求幸福的腔调异口同声。说一千道一万，还是 NBA 的球员幸福指数最高！有球打还有钱赚，一边锻炼身体一边消遣生活，不像我们，起得比鸡早睡得比狗晚,过着老鼠的生活,上班天天挨训,处理不完的琐事,下班回家满水池子油腻腻的碗含着泪瞪得你无地自容。当年读高中,打球就像偷鸡一样,得瞅准机会下手,就这还时不时被教务主任骑着摩托车撵得满校园跑,如今这自由的空间同样来之不易。

老婆的电话适时响起,先是温声软语,继而声色俱厉,再而雷霆万钧。已经喝得颠三倒四,回家只能倒头就睡。老婆哄着孩子一边哭一边骂,这个时候不醉也得装醉,不顶嘴代表有涵养,不添乱才是真感情,管他三七二十一,天塌下来明天再说。

眯眼看看老婆孩子睡了,自己才敢醒。酒劲散不掉,难受得睡不着,只有在幸福与不幸之间找准平衡点,才能安慰创伤的胃。其实不说也知道,NBA球员哪有那么好?就像喝酒,别人看你喝得挺痛快,自己也感觉挺得劲,但喝多了想睡睡不着,想吐吐不了的滋味,用酒友的话说:谁难受谁知道!

譬如罗斯,刚刚攀上职业生涯的顶峰,却突然以火箭的速度坠落,落下一身伤病不说,还没有球打,来来回回在好几支球队颠沛流离讨生活。当年何其风光,如今何其悲伤!还有,每天在黑黝黝的壮汉堆里挣扎搏命,日复一日,累就不说了,光那呛人的汗味都够人受的。面前再有一个像哈登这样的大胡子,大家伙儿都脑袋仰得高高的专心致志拼抢篮板,一不留神汗水沿着他的胡子悄悄溜下来,就跟通信兵溜电线杆一样,一下子滴进你的嘴里,齁咸,想着都恶心。你说中午这顿饭怎么吃吧?吃啥都是那股脚后跟上抠下来的旱烟味儿。

这样一想,心里舒服多了,扯过老婆的被子把自己裹个严实,一翻身马上鼾声如雷。

"十年一觉扬州梦。"幸福是冬季清晨被窝的余热，或可贪恋，却无法挽留。铁打的营盘流水的兵，那些美好的傍晚，曾经像鲜花一样在我们的青春岁月里肆意绽放，尽情蔓延，可也就一眨眼的功夫，翠绿的军装淡成白菜帮，轻狂的少年变得怯懦老成，唯唯诺诺，一头黑发经历无数夜晚孤灯苦茶的煎熬已凋谢得零零落落。军营只是青春的驿站，却不是永远驻守的故乡，从哪里来，还是要回到哪里去。取舍之间，人生的十字路口一时烟雾弥漫，看也看不清，越厘越迷离。

从爱上篮球的那些夜晚开始，就厌倦这身箍住自由的军装，如今终于孙猴子取经成佛，功得圆满。但是，喜悦的冲动只是一闪而过，继而是手足失措的慌乱。摸摸洗得发白的军被，看看迎风而立的白杨，新兵站成一排齐刷刷地来个军礼，刚刚铸就的心理防线崩溃得四下流散，铁石心肠顿时化成柔情似水。

一直在憧憬这一刻的到来，以致忘记做好迎接的准备。人上了年纪，顾虑就多，眼睛花了，思维也逐渐彷徨，捕捉不到一个准确的意念。面前一块玛瑙、一块碧玉，摸摸这个，动动那个，估量不出彼此的价值，看着都好，又都不好。选了这个，仍然这山望着那山高；及至到了那边，又觉得还是从前的好。《围城》中写道："婚姻像被围困的城堡，城外的人想冲进去，城里的人想逃出来。"体制又何尝不是一堵高墙？墙里的人看着墙外的人闲散洒脱，想挣脱牢笼的束缚；墙外的人看着墙里的人旱涝保收，馋得咽口水，削尖脑袋往里挤。各享各的福，各遭各的罪，构思再好，也不能把自己活成别人。

瑞德坐在肖申克监狱的墙根坦白自己的心思："这些墙很有趣。刚入狱的时候，你痛恨周围的高墙；慢慢地，你习惯了生活在其中；最终你会发现自己不得不依靠它而生存。这就叫体制化。"当老布获得曾经希冀的假释之后，他竟然用刀刺伤狱友，想用这种方式继续留在狱中，但是没有成功。最终他选择了自杀，用结束生命的方式藐视强加于他的发霉的自由。

曾几何时，我们沉沦在山鸡的世界，春夏秋冬无袖衫不离身，叼根烟头，一言不合就拳脚相向唯恐天下不乱；曾几何时，我们也是那追风少年，绿茵场上幻化成巴蒂斯图塔鬼魅一般的身影，长发飘逸掠过球场，阿根廷别为我哭泣；曾几何时，等不来《第一次的亲密接触》，于是渴望痞子蔡和轻舞飞扬短暂的爱情永远留驻心间比翼双飞浪迹天涯你是风儿我是沙。但是，自由，当你向往想得到它的时候，它严防死守至死不从；当你厌倦要远离它的时候，它却投怀送抱主动作为。生活总是这样阴差阳错。

我们在最向往自由的年龄将自由的权力全额上缴。要吃饭就得扯开嗓子在大厅广众之下扯破喉咙高歌一曲《团结就是力量》，然后迅雷不及掩耳冲进饭堂把嘴撑成卷扬机，不管是米面馒头稀饭呼啦啦全往里倒；想上厕所先打报告，再忍受教官娘老子十八代祖宗挨个问候完才跑步行进，而等待的漫长总是远远超过释放的快乐；明明马上就要紧急集合，还得先脱得光溜溜只剩一条八一大裤衩遮羞，躺在高低床的上铺瞪着眼睛静等集合哨吹响。

从此，耳边将不再有喋喋不休的训斥，不再有永远开不会的会、各类抄不完的笔记，千篇一律写过多少遍的心得体会，青春和才智不需要全部消费在敷衍和应付上，所有智慧和记载智慧的时间都属于自己。整个会场鸦雀无声，学习笔记一片空白，你的来去穿行无人注目，你沉没在静寂的海洋里。世界为你而短暂停顿，等待你迈出人生至关重要的一步。

墙外的笑声如此清晰，却又如此遥远，希望和绝望中间只隔着一架梯子的距离。你颤巍巍地爬上梯子，却又哆嗦着下来。外面的世界时而车水马龙，时而荒芜一片，都不是你想要的，你由衷恐惧。

体制的高墙是体制内每个人的保护色，它像垢痂一层摞一层在你生活中越结越厚硬得像玻璃。这一身之外的赘疣，因为依附太久，你竟误以为它是自己身体的一部分。如今，它碎得片瓦无存，你像山竹的果肉一样把洁白鲜嫩的躯体一览无余地呈现在众目睽睽之下，体会到的首先是刺骨的凛冽，然后是自尊的蜷缩。比体制的高墙、禁锢自由的铁网杀伤力更强的是世界给你的陌生感。

人生的路有很多条，但只让你选一条走。当它们纷繁芜杂地陈列在你的面前时，再三慎重的考虑，也常常酿成愚蠢的决定，错过的是好是坏，无从知晓。既然无法回头，就把已经拥有的点缀到最好吧。因为，你才是自己的唯一，岁月可以剥蚀你广袤的头皮，但损害不了你迟钝的智慧，体形也许会拖垮你跑步的节奏，但制约不了你前倾的重力。来，大腹便便的张三！脑满肠肥的李四！既然睡不着就别赖着不起床！套上当年驰骋球场的短装，像上将授军衔一样精神抖擞列队台前，昂起秃脑壳，腆起大肚腩，"稍息——立正——向后——转！"随着臃肿身材的拖动，完成一次慢悠悠的华丽转身……

二
墙里秋千墙外道，
墙外行人墙里佳人笑

"墙里秋千墙外道，墙外行人墙里佳人笑。笑渐不闻声渐悄，多情却被无情恼。"

银铃一般的笑声，一墙之隔，回音袅袅，悠远而又惆怅。秋千偶尔越过墙头，华丽的身影衣袂飘飘，一闪而落。笑声也乘机越墙而过，像一道刺眼的亮光迎面直射过来，让黑暗中的你无法直视。随着秋千落下，声音又回归悠远。美人兴致已尽，窸窸窣窣渐行渐远。而那一串清脆悦耳的笑声，如深秋初夜淅淅沥沥的小雨，一下一下，不急不缓，轻轻叩打你的心扉，哪里还有半分睡意？

每个男人心中或许都曾藏匿过一个不染纤尘的女子，"以花为貌，以鸟为声，以月为神，以柳为态，以玉为骨，以冰雪为肌，以秋水为姿，以诗词为心"，兰心蕙质，纤柔娇弱，踩着中国古典诗词铺撒的碎琼乱玉，掀开一层层似有若无的纱帘，娉娉袅袅,款款而来。《围城》中的方鸿渐,也算经过世事,且有鲍小姐的调教在先,但唐晓芙一出场,立刻让他惊艳得下巴都掉到了地上,肚里的话多得直恨嘴里的舌头只有一条,生产过剩的思想堆积在生产线上,无法加工成有声的语言。方鸿渐一生,心弦屡次被起伏荡漾的情感拨动,注定见了女人就不安分,所以苏文纨说同学们叫他"寒暑表","脸色忽升降,表示出他跟女学生距离的远近"。但这一次不同,不光是脸红心跳,脚后跟都在忽闪忽闪地跳动。

唐晓芙是他命中的女神。

其实,恋爱中的男人跟古代的诗人都害了一个通病,美女就是美女,仅此而已,非要在容姿的"美"之上再擦几层情感延宕的"美",达到精神层次的升华。诗人笔下的一厢情愿,硬生生把一个真貂蝉涂鸦成广寒宫的冷嫦娥,让人向往而不敢亲近,刚起贼心,贼胆就跑得远远的躲起来,可惜由此错失了多少姻缘!

我一位高中同学就曾经说过,他不会和她所爱的女孩结婚,他希望她一辈子都保持纯洁。"我愿化身石桥,受那五百年风吹,五百年日晒,五百年雨淋,只求她从桥上走过",他只怕付出的不够多,不会在意得到的太少。守着自己心爱的人,就像捧着一个静谧而朦胧的梦,不敢去触碰,更不敢放手,生怕一惊扰到她,梦就醒了,这一池春水就起了泡泡,爱情摔到了地上,玉人成了伊人。这就像泡泡糖,得费吃奶的劲儿才能经营得够大,越大却越不好收场,千万不要用手指戳,破碎固然恼人,黏糊糊粘在脸上的感觉也不好受。所以这样的爱情，最好的结局就是分手。剧本一般也都这么写，她来一句"我们还是做朋友吧"，或者"你会遇到比我更好的女孩"，然后莞尔一笑，飘然远去。你固然怨她，恨她，而她在你心底也拼完了图上的最后一块，你没有得到她，也没有破坏她。她终于完美无瑕。

唐晓芙在小说中出场时是完美的，"安心遵守天生的限止，不要弥补造化的缺陷"，谢幕时也是完美的。她跟方鸿渐分手，那俗不可耐的留学生，把她誉为"无忘我草"和"别碰我花"的结合，蠢蠢欲动，她却随父亲到香港转重庆，从此在书中隐形，既避免嫁给有过"前科"的方鸿渐，又不会堕入表姐苏文纨的不堪，"质本洁来还洁去，强于污淖陷渠沟"。她说："我爱的人，我要能够占领他整个生命，他在碰见我之前，没有过去，留着空白等待我"——《围城》中没有一个这样的男子，她索性就此隐遁……

《半生缘》中的曼桢，纯洁善良，坚强勇敢，也许不如唐晓芙漂亮可人，但她的身上同样闪耀着女性的优秀品质，为了爱情，她冲破阻挠敢爱敢恨，为了孩子，又奋不顾身跳进火坑。可惜她遇人不淑，唐晓芙沉到方鸿渐心底，泛起的是爱的热情，而顾曼桢在祝鸿才的眼里，激起的只有色欲，就像饿红眼的狗见了骨头，恨不得扑上去一口吞下。没有得到她的时候，"她总好像是可望而不可即的"，而当他用最卑鄙无耻的手段占有她之后，却又弃之如履，"甚至于觉得他是上了当，就像一碗素虾仁，看着是虾仁，其实是洋山芋做的，木木的一点滋味也没有"。方鸿渐是因为爱不可得而不得不放手，祝鸿才却是色迷心窍为达目的而不择手段，他毁了曼桢，"她是整个一个人都躺在泥塘里了"，穷其一生都无以挣脱。

杨绛女士在《记钱钟书与＜围城＞》中写道："唐晓芙显然是作者偏爱的人物，不愿意把她嫁给方鸿渐。其实，作者如果让他们成为眷属，由眷属再吵架闹翻，那么结婚如身陷围城的意义就阐发得更透彻了。"这是作者的厚道之处，不愿意把美的东西撕毁给人看。张爱玲的小说我读得也不算少了，可她笔下还没有哪一个女子如唐晓芙一样，轻轻地来，又悄悄地去，一尘不染，赚足读者的眼球，留给主人公和读者无尽的遐思，正如文中所描述的，"不笑的时候，脸上还依恋着笑意，像音乐停止后袅袅空中的余音"。张爱玲笔下的爱情，大多起于浪漫，而终于毁灭，她太吝惜幸福的权力，几乎不给主人公一丝一毫的奇迹和幻想。正如《围城》中赵辛楣在孙柔嘉看透苏文纨伎俩之后的叹息："只有女人会看透女人。"女人天生的敏锐嗅觉造就了张爱玲的深刻和独到。她把最美好的东西一点一点撕碎，血淋淋的，留给主人公和读者的只有惨烈和绝望，也许这才是那个年代活生生的现实和人生。一个动荡的社会，罗曼蒂克的爱情又能在哪里容身？这一个个温情似水的女人，恐怕多数都难逃"自古红颜多薄命，独留青冢向黄昏"的命运，而"此女只有天上有，偏偏为我落人间"这种自恋煽情且恬不知耻的话语，不过是那帮糟老头子吟风弄月，饮酒狎妓之余的痴人说梦而已。

方鸿渐说："不管你跟谁结婚，结婚以后，你总发现你娶的不是原来的人，换了另外一个。早知道这样，结婚以前那种追求、恋爱等等，全可以省掉。"张爱玲也说："一结婚以后，结婚前的经过也就变成无足重轻的了。不管当初是谁追求谁，反正一结婚之后就是谁不讲理谁占上风。"婚前婚后，处境不同，心境也大相径庭。结婚前花前月下，卿卿我我，在女友娇花照水的娴静之中，越沉越深。结婚以后，平常的饮食起居如影随形，哪里还有半点如梦似幻的氛围？种种化妆品"重重叠叠山"雕饰得"芙蓉如面柳如眉"，于老公而言，当然是"不为浮云遮望眼"。她撒起泼来闹事，"玉容寂寞泪阑干，梨花一枝春带雨"，如今亦是涕泗滂沱，格外邋遢。至于那雍容华贵、恬淡脱俗的气质，不是像酒精一天一天挥发掉，就是变质成樟脑丸，虽然有用，但是刺鼻。盛大辉煌的喜剧，难免也要落幕散场，花朵终究还是要枯败凋零，假如唐晓芙嫁给方鸿渐，美人落入尘网，沾染尘世的俗气，未必不是现实版的孙柔嘉。

张爱玲笔下的女人，结局最圆满的，应该是《倾城之恋》中的流苏了吧？她和柳原原本各怀鬼胎，"他不过是一个自私的男子，她不过是一个自私的女人"，她不是他中意的妻子，他也不是她爱慕的丈夫，机缘巧合却走到了一起。"在这兵荒马乱的时代，个人主义者是无处容身的，可是总有地方容得下一对平凡的夫妻。……他们把彼此看得透明透亮。仅仅是一刹那的彻底的谅解，然而这一刹那够他们在一起和谐地活个十年八年。"

世间的女子，一方面圣洁雅致，一方面又俗不可耐，既有唐晓芙的冰雪聪明冷艳孤傲，也有孙柔嘉的刁蛮刻薄自私狭隘，接纳她的这一面，那一面也随之而来，不离不弃，相生相死。如果你还沉浸在对她最好年华的眷恋之中，那就姑且在心灵深处留出一个位置，别去轻易破坏曾经的完美。而当她转身背对你的时候，也不必强求一睹芳华，给她一点保留隐秘的权力。"也许爱不是热情，不是怀念，不过是岁月，年深日久都成了生活的一部分"，因为懂得，所以珍惜。

读者荐书
025

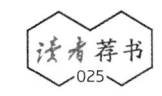

五月 / 上

《父亲：一次发现父爱的旅行》

[美] 巴兹·贝辛格 著
蓝澜 译

/ 一　爸爸，我想要以前的爸爸

二　每一位父亲都拼尽全力，
　　但不是每个人都能占有洪荒之力 /

一
爸爸，我想要以前的爸爸

"父母的心在儿女上，儿女的心在石头上。"小时候不听话，不服从管教，经常惹母亲生气，她拿我没办法的时候，就总是唠叨这句话。其实，在那个贪玩乖戾的年龄，棒棍教育尚不能发挥效力，又岂能指望一句唠叨改变孩子？

"当家才知柴米价，养儿方识父母心"，如今三十年过去，自己到了当年父母的年龄，越来越能深刻体会父母的良苦用心，对自己的孩子，也难免恨铁不成钢，已然淡忘了自己也曾对学习和教育有过种种逃避。

"父亲"这两个字，写在纸上很是容易，搁在心里格外沉重。父亲是一座山，小时候总在仰望，期待能走进山里，一点一滴观澜山中的景致。及至长大，自己成了那座山，看着山脚下一天天成长的小树，把自己富含生命资源的养份源源不断地输送过去。我们只知道灌溉和浇铸，却不知道小树对养分的汲取吸收，也有自己的取舍和选择。

前些天，孩子的老师在微信里发了几篇孩子的作文，题目是《爸爸，我想对你说》。群里的气氛忽然活跃起来，原来这些天真无邪的孩子，也有自己单纯而认真的思想。

"爸爸，我想要以前的爸爸，因为以前的爸爸，比现在的爸爸更关心、更信任我。"

"以前，你总是一下班第一个跑出办公室，来迎接等待你下班的我。你的脸上洋溢着快乐向我跑来，把我一下子抱起来。你慢慢地、慢慢地牵着我的手回家……现在，你已很难从百忙之中抽空来看我。你在我心中，也有一丝陌生闪过……"

"爸爸，我想要以前的爸爸，我想要那陪我放风筝，带我上医院，跟我逛超市的爸爸呀。您能答应我这个贪婪的要求吗？就算改一点点甚至更少也行呀……"

我们从以前的世界走进现在的世界，在遮天蔽日的树荫下，星星点点的阳光稀稀落落洒在身上，几乎感受不到温暖和刺眼。现实传递了错觉，让我们误以为阳光就应该是阴冷的样子。

一个人在一个世界里驻守太久，错把他乡当故乡，自然而然以为自己原本就是这个世界的人，而淡忘了曾经的那个世界。

当了父亲以后，随着年龄的增加，越来越能理解父亲的不易，父亲给自己量身打造的人生蓝图，自己没有兑现，于是把这些饱含心血却不幸夭折的心愿，连同自己如今的期许，再转嫁给正在成长的孩子。

望子成龙之心原本无可厚非，但可悲之处在于我们如此苛求孩子，却绝不会问起他对自己人生有没有一个确切的看法，我们只知道能给孩子什么，却不会问他想要什么。在越来越贴近父亲心灵的历程中，也越来越远离孩子的心灵。

《父亲：一次发现父爱的旅行》一书中，扎克是一个早产儿。他太着迷于这个未知的世界，在母亲体内待了不到二十七周，就果断告别母体那个混沌的天地。他为此付出了惨痛的代价，伴随他一生的是智力的缺陷和不期而至的病痛折磨。他对出生的选择，注定了人生的不公。

作为父亲，儿子的残缺带给巴兹种种屈辱和伤害，他推卸不了，因为这是一个父亲的责任，就像扎克说的："你必须爱我，因为你是我爸爸。"作为儿子，扎克是病痛和残缺的载体，所有的残酷最终都折射在他的身上，他不能不承受。

父亲酝酿并执行了"一次发现父爱的旅行"，看似陪伴儿子成长，实际也是在自我拯救。

在为期两周、三千多英里穿越全国的旅行中，巴兹完成了对父亲角色的自我审视，对儿子有了更进一步的了解。

以前，儿子的不完整让父亲不由自主地要去保护他，无形中却禁锢了儿子的思想，"很多时候，扎克都生活在囚禁之中：我，他的妈妈，他的老师，还有其他的大人，都想要控制他的行为，让它们处于可接受范围之内 。说出自己的心声，在他的爸爸面前保护自己、维护自己的权利，都需要勇气。"

他认识到了儿子的与众不同。在他貌似残缺的世界，也有自己完整的追求。

"每天他披着残破的羽翼醒来,每天他都努力学着如何能够展翅翱翔。……他可能会精准地擦着地面掠过。他可能忽上忽下,然后弄伤自己。也许他只能发出着陆的求助信号。但他可以飞翔。有的时候他会展翅高飞,把我们所有人都留在地面上,看着他展现自己学会的飞翔技巧,穿透云层。"

当儿子不在我身边,我特别想念他的时候,常常想起第一次送他上学的情景。

我过早地剥夺了孩子童年的自由。他还不满五岁,就被我送进学前班。之前他从来没有迈进过学校的大门,他根本不知道学前班的教室在几楼,甚至教学楼在学校的哪个方位他都不一定清楚。作为父亲,我有责任把他带到教室,但是门岗无情地拦住了我。他说,家长不要往里送,让小孩自己上学。看着可怜的儿子苦苦哀求的眼神,扎心的感觉无比清晰。最终,他还是背着书包在我的注视中越走越远。

他终于走进了教学楼。

就在几天前,我还在电话中问他,当时是怎么找到学前二班教室的。他说,他问老师学前二班在哪里。他又说,他看到教室那边贴有自己的名字。

他肯定不记得了。

他比班上大多数的孩子都要小,因为哭闹,我常常不忍心把他送到幼儿园去,他没有接受过完整的幼儿教育,他甚至都不会写自己的名字。最初的几年,他屡次被别的孩子欺负。我们找过老师,也找过欺负他的同学,口头警告了他。

他越来越少和我们谈起学校的事，倒是家长忍不住要问起他在学校里有没有再受欺负，他很简短地回答"没有"。又问现在上学感觉如何，他只说"还行"。

他每天中午都早早去学校，而中午和晚上放学以后又要在路上磨叽很长时间。他需要父母陪伴的时间越来越少。

是不是他到了叛逆的年龄，和家长有了距离，产生了隔阂？但老师不这么认为。老师说，孩子回家不向家长发泄不满，寻求帮助，说明他有能力处理和同学之间的矛盾。

他的个头渐渐赶了上来，他不再是从前父母眼中那个又矮又小、贴着地面学习飞翔的小鸟。每到周末或节假日，家里的电话就是他的热线。如果出门前没有特别叮咛，他可以在外面待上一整天。

孩子已经羽翼丰满，只是我们还不习惯放手。

如今，不是孩子离不开父母，是我们已经习惯于孩子曾经依赖我们的生活。不知不觉中，父母和孩子的依赖关系发生了颠倒。

旅行结束，巴兹·贝辛格比以往任何时候都更深刻地认识到，"作为儿子的我曾经和爸爸所经历的一切，根本没有办法复制到作为父亲的我和自己儿子身上。"生命不完整如扎克，同样"希望自己被完整的需求推动着前进。也许他永远不可能到达目的地，但他会一直以自己的方式努力着。"一颗幼稚弱小的心灵掩盖之下蠢蠢欲动的灵魂，同样渴望无限的自由。

巴兹明白，"无论扎克遇到什么事，我知道我都不能再从自己的利益出发，即使我认为自己的出发点是为他好也不行。"他将把他从孩子手里强行夺走的完整归还于他，"让他做自己就好。现在我觉得他是真的快乐，这才是最重要的。而不要去计较他没法学会开车，或者没法去上大学。"

每个孩子都是与众不同的自己。庆幸读到《父亲：一次发现父爱的旅行》，让我得以短暂回访自己业已离开而日渐陌生的孩童世界。

孩子的适应能力已经远远超出我们既定的想象力。虽然我没有能力把他从沉重的学习负担和浩如烟海的题库中解救出来，就像眼睁睁地看着自己在"文山会海"中日渐沉沦而无力自拔一样。但我至少可以给他减少一枚约束的砝码，让他在自己已具雏形的思想世界里放飞梦想的翅膀，争取片刻飞翔的自由。

二
每一位父亲都拼尽全力，
但不是每个人都能占有洪荒之力

隐约记得初中课本中有一则短文——《儿子眼中的父亲》：

七岁的时候："爸爸是个伟大的人，他什么都知道。"

十四岁的时候："好像爸爸有时候也犯错误。"

二十岁的时候："老爸的思想已经过时了。"

二十五岁的时候："老爸什么都不懂。"

三十五岁的时候："如果爸爸当年有我现在这么聪明，他早就成为百万富翁了。"

四十五岁的时候："我不知道是否我应该和父亲商量一下这件事，也许他会给我一些建议。"

五十五岁的时候："很遗憾，父亲已经去世了。坦率地讲，他的有些主意的确不错。"

六十岁的时候："我亲爱的爸爸，你是一个几乎无所不知的人，只可惜我太迟认识到这一点。"

我们慢慢长大,由扮演儿子上位到主演父亲。角色转换之间,体味着主角五味杂陈的人生,开始认识和理解"父亲"蕴含的意义。

父亲在我的脑海里储存了太多的回忆。

小时候爱下象棋,哥哥是我的玩伴和对手。他不在家时,我常把两边的棋子摆好,盘腿坐在炕上,手托着下巴冥想。如果这时候父亲进屋,总要搁下手中的活,陪我下完这一局,照例还是让我一车一马一炮。我赢了,一脸得意地看着他,他也微笑着。后来我的棋艺已经超过了他,他还是像以前一样,每次都让我车马炮。

父亲一辈子错失了太多的机会,当兵没有转干,招工被人顶替,学手艺未能出师。他没有经商的头脑,为了一家人的生计,又勉为其难学做生意。20世纪80年代跟一个陕西人老罗贩牛,赔得血本无归。

有一年父亲贩卖西瓜,一家人每天早早起床。父亲和母亲用两轮架子车装上满满的一车西瓜,父亲在前面拉车,母亲在后面推车。我还没学会骑车,推着自行车跟着他们。十几公里的乡间小道,要走整整三个小时。下午卖完西瓜,父亲带着我们去吃牛肉面,一碗四毛钱,记忆中的第一碗牛肉面味道超赞,让人难忘。吃完饭,父亲骑着自行车,母亲坐在后座上,拉着架子车,我坐在架子车上,一家人谈天说地,欢声笑语,在夏夜的凉风中一路颠簸回家。

我喜欢看书。父亲去乡上开会,看到会场的墙上贴着名人名言，他就抄下来回家交给我。我把那张纸夹在小小的《新华字典》里好多年，至今仍然记得其中的句子："书山有路勤为径，学海无涯苦作舟"，"少年不知勤学苦，老来方悔读书迟"。

上了初中，语文老师要求每个人买一本《汉语大词典》。周末父亲恰好进城，便让他带一本。我盼了整整一个下午，等来的却是空手而归的父亲。他说，词典22块钱，他身上的钱不够。

中学离家十几里路，我和哥哥不能每天回家，就寄宿在学校附近的农民家里。有一天早晨下大雨，父亲骑自行车送我和哥哥上学，前面一个，后面一个，都是十几岁的半大小伙子。雨哗哗地下，车轮来回打滑，父亲骑得越来越慢。我坐在自行车的横梁上，紧贴着他的胸膛，他鼓点一样的心跳声格外清晰。雨水交织着汗水，从他的脸颊上滑下来，打湿了我的衣服。

后来，我到更远的市里上高中。那一年，父亲去市里参加人大会议。听往年开过会的人说，那个宾馆的自助餐特别好，有些城里的代表不在那里吃饭，就把他们的饭票要过来，有了饭票随便谁都可以去吃。父亲跟我说好，让我中午放学赶紧过去。我到了招待所，却被保安拦在外面。我一直站在门口等啊等，父亲终于出来了。他带我到学校附近，要了一碗双份清汤羊肉，那顿饭花了14块钱，差不多是我三周的生活费。

高中三年我一直在校外住宿，自己挑水，自己做饭。午饭是从家带的馒头或烙饼，晚饭是自己擀的面条。一个星期的口粮，装在母亲缝的手提袋里，挂在墙上或自行车把上。那个年代的老鼠格外猖獗，如果不幸被它捷足先登扫荡一番，就只有饿着肚子苦等周末。有一天父亲来看我,我恰好热了烙饼,菜是甘肃庆阳人常吃的辣水子,就是把青红辣椒剁得碎碎的,用醋和盐简单地拌匀。父亲看我辣水子就馒头,辣得不停地吸溜,他满眼泪水。

我已经决意报考军校。那时候成绩优异,料想凭自己的成绩北大人大不敢奢望,军校还是蛮有把握的。父亲却找了一个在武警当领导的亲戚帮忙。我知道后很不以为然,嫌他多事。入校以后,我才明白,我太高估自己了。

从小到大,我从来都没有离开过庆阳。跟着父亲第一次坐火车,早上八点上车,夜里十二点多到站,我不知道火车上会有厕所,竟然十七个小时都没有离开座位。到了武汉,等我顺利报到,发了军装,父亲带我去照了一张合影,然后不辞而别。母亲说,父亲回到家里,饭端上来,他吃不下去,哭得一把鼻涕一把泪。他不想把儿子送到那么远的地方去。

父亲一生固执。他固执地决定了我的命运。他根本不曾问过我有什么样的理想,他只知道该给我什么样的人生。

父亲不爱说话。多少年来,我们父子在一起,即便是久别重逢,也总是相对无言,而让母亲担任我们的传声筒。有一天晚上,他忽然写了一串字谜:

> 远看鹅山鸟不在,
> 西山下面有一女,
> 口中有口难开口,
> 冢字一点要搬家,

> 有怒无心耳旁听，
> 三点皮下良家女，
> 好女终嫁良人家。

这并不难，我很快写出了谜底。等到把整个句子连起来，我一下子又臊又急，父亲却哈哈大笑。他竟然还会跟儿子开这样的玩笑。

《父亲：一次发现父爱的旅行》的主人公扎克是个早产儿，他的残缺在出生时就已经注定。扎克因为生命不完整遭受各种痛楚，父亲巴兹又何尝不是揪心一生？

巴兹一直想为孩子做点什么，弥补作为父亲的内疚和自责。在陪伴儿子完成穿越美国的旅行之后，他写出了《父亲：一次发现父爱的旅行》。是孩子发现了与众不同的自己，但这个发现自我的机会，却一直紧紧攥在父亲手里。

即使儿子身心健康，成绩优异，父亲也绝不会轻易放手，他害怕自己把孩子包裹得不够严实。

面对这个世界，不要轻言公平。没有一位父亲不想为儿子创造最优越的条件，但在这个洪荒之力摩肩接踵齐头并进的时代，不是每个父亲只要卯足劲就能走到队伍的前列，靠前的位置毕竟就那么几个。

孩子常常会问父亲：

"为什么你不是牛顿或者李嘉诚？"

"为什么我没有出生在北京？"

"为什么拆迁的不是我的家园？"

……

人生关于为什么的提问，最终都是不知所措的回答。上苍给了你提问的权利，你尽可以五花八门百般刁难，但他只是心怀叵测笑而不答。不同命运的人，也许仅有第一声的啼哭，是无法拒绝的回应。

我们奋不顾身，一往无前，拼得头破血流，拼得满身伤痕，挫败了理想，拼淡了亲情，依然无法阻止人生的挫败。虽然，每一次的出人头地，都是无数次的厚积薄发；一代人的蒸蒸日上，离不开几代人的力量积蓄。但是，即使人生难以遂愿，也不必把责难的目光投向本就深深自责的父亲。亲情是人生的最后一道防线，背叛了亲情，就没有什么不可以背叛。

回味关于父亲的记忆，不是为了向父亲表达敬意。对于父亲，你不必觉得有所亏欠，因为父亲给你的，你也会一样不落地奉献给自己的孩子。每一个父亲，都是在尽最大的努力，演好父亲这个角色。只有全心全意的投入，你才不会留下遗憾。

读者荐书 026

五月／下
《月亮与六便士》

〔英〕威廉·萨默赛特 著

冯涛 译

/ 一 放羊娃放羊，第欧根尼晒太阳，
都把人生活成了哲学

二 任何伟大的艺术作品都逃不脱神的掌握，
艺术家不过是神灵的代言人 /

一
放羊娃放羊，
第欧根尼晒太阳，都把人生活成了哲学

这个故事至少被人嚼过一千遍，再要嚼出味来恐怕不容易：

记者问放羊娃："放羊干啥？"

"卖钱。"

"卖钱干啥？"

"娶媳妇。"

"娶媳妇干嘛？"

"生娃。"

"生娃干啥？"

"放羊。"

放羊娃身处混沌世界，生活平静而充实，目标指向也很精准，每一天的日子无一例外地在标明站点的人生轨道上匀速前行。别人同情他，觉得他愚昧可怜，处于社会底层尚不知奋发图强。他却也不知道别人在同情他，或许他就是《上帝也疯狂》中那

个土人，心怀执念，一意孤行。

同情他的人，生活层次肯定在他之上，但也常常遭遇同情，有时候连自己也同情自己。大学教授酒足饭饱，羡慕河边垂钓者的风雅清新。垂钓的人生活清苦，全指望钓到的鱼充饥果腹。在两条平行线上奔跑的人，生活彼此隔绝，看到对方拥有的恰好是自己缺失的，却不知道自己占有的也是对方梦寐以求的。

几十年前，农村人只有白菜红薯土豆吃，而城里人大鱼大肉。农村人起早贪黑，奋勇争先，一心想过上吃肉的日子。当农村人吃上肉，发现城里人又开始吃菜了。农村人又纷纷返城，把自己门前荒废的二亩良田重新种上无公害蔬菜，心里美滋滋，坐在地头一边擦汗一边畅想未来。抬眼一望，城里人又在吃水果。我的天！眼看就踩上人家脚后跟了，却脚底下绊蒜，又被落下。永远在追赶，却永远失之毫厘，追赶别人的脚步永远在路上。

电影《甲方乙方》里，富人想尝试贫穷，明星想体验平凡，小平民想做巴顿将军，守不住秘密的厨子想成为守口如瓶的铮铮铁汉。鲁迅说："不满是向上的车轮。"对自己人生不满意，不断挣扎、奋斗、改造，努力把自己修葺成理想中的自我，经历五味杂陈的苦楚，人生终于精彩纷呈。

冯小刚其实是个借助电影思考人生的导演，电影《甲方乙方》《私人订制》《大腕》等，无不折射出冯氏幽默，又有着故事背后王朔的世事洞见。他和葛优属于互相成就。当葛优不再在冯小刚的电影里担任主角，王朔也不带他玩后，冯氏电影的哲学探索也就划上了句号。等到《芳华》上映，他便彻底告别了他的哲学模式。

回到影片中,当富人到了穷山沟,当上梦想中的穷人,却根本无法适应,首先是饥肠辘辘撑不到天黑,其次是薄被凉席完全不能御寒,生活凄苦,悲惨至极。如果解救的人再晚去几天,村里两条腿的物种恐怕要绝迹了。明星卸去妆容,回归平凡,走在人群中,平淡地让人认不出来。人生就像散开的烟花,轰的一声响,耀眼夺目,无比绚烂。正在抬头欣赏,突然被拖拽到寂静的黑屋关禁闭,体会到的不仅仅是失落,还有恐惧。

人生就是这样,当你千辛万苦攀上金字塔顶端,再想走下去,可能比上来时还艰难。每个人大概都有过这样的感受,同样一条路,下山比上山更难走。

位置至关重要。你占据什么样的位置,就只能选择与之匹配的生活方式;这种生活方式,自然会熏陶出你的生活品味。已经占据了这个位置,非要把欣欣向荣的灵魂,塞进返璞归真的躯壳,就像猴子还没有完全进化到人类阶段,只会显得不伦不类。陈佩斯和朱时茂的小品《主角与配角》中,两个人各演各的角色时都是驾轻就熟,一旦调换就完全是两种效果。

衣衫褴褛的放羊娃流着鼻涕说"放羊为生娃"时,自然而又流畅,振振有词,充分体现了他自信而又知足的心理状态。假如是一位衣冠楚楚道貌岸然的绅士一边假装吸鼻涕一边用同样的腔调幽幽地说出这句话,恐怕不会搏到半点同情,说不定还惹得周遭的人群起而痛扁他,就像《大话西游》里的孙悟空听到唐僧唱"ONLY YOU"时一样反应强烈。

"屁股决定脑袋。"很多人觉得这句话不好听,像是在损人。这其实和"性格决定命运""意识决定思想"等差不多是一个含义,只不过说这句话的人多少有点不怀好意,把一句原本很有内涵的话说得如此直白、粗俗不堪,又或者,这个人的身份和地位、学历和层次还远远达不到调侃人生、阔谈真理的境界,所以最后的效果也适得其反。

用科学思维来论证"屁股决定脑袋"的合理性,它肯定只有语法错误,绝不会有逻辑矛盾。如果换成一位伟大的哲学家,在公开演讲的场合,煞有介事讲出这句话,比如说苏格拉底,那这几个字便会坐享截然不同的命运,说不定一跃而成为颠扑不破的真理,起码知名度不会弱于笛卡尔的"我思故我在"和黑格尔的"存在即合理"。由此可见,同样一句话,其力量也部分地在于说话人的分量。

毛姆小说《月亮与六便士》中,斯特里克兰德抛弃稳定的职业、美满的家庭,披发入山,遁迹荒岛,只为心中长久以来对绘画艺术的追求。在别人眼里,他固执而不可理喻,而对自己而言,这才是他梦想的生活,原来的那个位置不属于他,禁锢他的思想,即便屁股在座位上放一千年,他还是无法与其水乳交融。"他修饰得整齐干净,可是看去却不很自在;现在他邋里邋遢,神态却非常自然。"

在肉体折磨和饥饿煎熬的重重考验之后,斯特里克兰德实现了自己的梦想,他终于创作出一幅又一幅震惊后世的杰作。临终前,他在荒岛小木屋的四壁上完成了自己一生最伟大的作品,"他痛苦的一生似乎就是为这些壁画做准备,在图画完成的时候,他那远离尘嚣的受折磨的灵魂也就得到了安息。"

再回头说放羊娃,他并没有觉得自己的生活不好,只是你看不过眼而已。你的身份决定你的思想,对你来说,一眼能看到头的未来,是对理想最致命的打击。换成你去放羊,羊听不听你的倒在其次,关键你受不了放羊的单调和生活的暗无天日。有同情心说明人的本性善良,但是滥施同情不见得就能成就好事。亚历山大颠屁颠大老远跑去找第欧根尼,问人家需要什么,他可以满足对方的任何要求。第欧根尼压根儿就不搭理他,不耐烦地摆摆手说:"请你走远点,别挡住我的太阳。"

"做自己最想做的事,生活在自己喜爱的环境里,淡泊宁静、与世无争,这难道是糟蹋自己吗?与此相反,做一个著名的外科医生,年薪一万镑,娶一位美丽的妻子,就是成功吗?"斯特里克兰德死后成名,虽然他不看重名誉,但名誉还是如期而至。寻找自己的位置无疑是艺术家的冒险,就像在深海中打捞沉寂千年的宝藏,即使你奋不顾身倾尽所有,也未必能得偿所愿。有多少落魄潦倒的跋涉者,指尖已经触碰到了梦想的灯塔,却被无情地卷入漩涡,最终寂寂无名。但或许它又会不期而至,"有时候一个人偶然到了一个地方,会神秘地感觉到这正是自己的栖身之所,是他一直在寻找的家园。于是他就在这些从未寓目的景物里,从不相识的人群中定居下来,倒好像这里的一切都是他从小就熟稔的一样。他在这里终于找到了安静。"

二
任何伟大的艺术作品都逃不脱神的掌握，艺术家不过是神灵的代言人

一

有一次到领导办公室汇报工作，他正在愤愤不平地"骂娘"，说是一位认识十多年的同事，仗着自己制图设计功力纯熟，全然不把他这位新晋的领导放在眼里，他很生气就来了一句："你这人怎么这样啊？"人家一翻白眼，把脑袋仰到左后方90度的位置，很拽地说："我们有才的人都这样。"真是让人爱不得又离不得。

才华横溢的人，难免有点与众不同的气质，有的愤世嫉俗，有的特立独行，有的放荡不羁，有的怪异孤僻，而且他全然不顾世俗的眼光如何看待他，一味任自己的性格按照心灵的自由度无限延展。不像我们这帮子坐惯办公室的"老油条"，见谁都面含微笑，礼让三分，坚决抵制"门难进，脸难看，事难办"

的官僚主义作风，即使领导把你辛辛苦苦熬了几个通宵，使出公牛挤奶的力气才滴到纸上的墨宝直接甩到脸上，你仍然得面不改色，从容撩起衣襟，慢慢蹲下身子，把雪片一样飘落的稿纸轻轻捧在手上，低垂着脑袋，踮着脚尖闭门退出，而绝不会让关门声扰乱领导脸上紧绷的怒容。

其实有时候也恨自己，牙齿咬得咯吧响，但就是不生气，明明是血气方刚的七尺男儿，却比绵羊还温顺。

不是没有欲望，而是断了念想。

一辈子就这样波澜不惊地走下去，面面俱到，什么都没有能力做到最好，但力所能及的领域都要涉足尝试，说是全面发展，其实是甘于平庸。放在地上是方形的，拎起来却是圆的，我们的形状会随着环境和气候的不断变化而随时调整自己的状态以求生存。我们就是生活中的玉玲珑，被世界的荆棘磨平了棱角，打理得跟鹅卵石一样圆润光滑。

所以，我们注定不会成为别人眼中那种有才的人。

二

一个真正的艺术家，恐怕在执着的路上走得更远。个人以为，偏执狂不一定是艺术家，但艺术家必定是偏执狂。因为执着，渐渐远离了人群，告别了喧嚣与繁华；因为偏执，看重的是才华，看淡的是世界。

他不能不偏执。在生活中不拘小节，才能把他从尘世的俗务中解救出来,从而在艺术上投入更多的精力。艺术家的倔驴脾气一旦发作,哪怕与全世界作对也不在乎。试想如果没有一点执着的精神,没有强大到能包容一切的心脏,哪里还有勇气坚持走自己认定的路?太在意别人的眼光,常怀患得患失的心情,在探求艺术的历程中,视线只会越来越模糊。

孤独将与艺术长伴。

孟子说:"天将降大任于斯人也,必先苦其心智,劳其筋骨,饿其体肤,空乏其身,行拂乱其所为,所以动心忍性,增益其所不能"。

艺术家必定要忍受一般人不能忍受的孤独,甘于离群索居的生活,经历平常人不能承受的困顿,然后才能认识生活的本质,再用艺术的手段把它还原到世人面前。太贪恋享受的人,太看重得失的人,都不会成为艺术家,所以才会有那么多艺术家,生前寂寂无名,落魄潦倒,而死后极尽哀荣,名垂千古。

《射雕英雄传》中的黄裳,失去了亲人,胸中充斥着仇恨,隐于深山数十年,遗忘了人间冷暖,才成就了绝世武功。《月亮和六便士》中,斯特里克兰德一次次地接受贫困和饥饿对身体的惩罚,"他好像是一个终生跋涉的朝圣者,永远思慕着一块圣地。盘踞在他心头的魔鬼对他毫无怜悯之情。世上有些人渴望寻获真理,他们的要求非常强烈,为了达到这个目的,就是叫他们把生活的基础完全打翻,也在所不惜。"但他的精神城堡却越筑越高,坚如磐石。每个人对世界都有自己独特的见解,何必用大众的刻毒审视智者的孤僻呢?

三

有了艺术家的信念并不能立即成为艺术家。两个不同的人，为艺术作着同样的奋斗，其中一个可能最终步入艺术的殿堂，但另一个始终在殿堂之外徘徊流连，就像《月亮与六便士》中的施特略夫，他有梦想，也在持之以恒地为之奋斗，但仍然只是一个平庸的画家。这当然就是天赋的差别，龟兔赛跑中，兔子永远跑在最前面，即使兔子打盹之际让乌龟反超，只要它醒来，还是会轻而易举地实现反超。

必须爱好艺术，才能成就艺术，艺术家必须树立自己的信仰。

毛姆在《月亮与六便士》中写道："美是一种美妙、奇异的东西，艺术家只有通过灵魂的痛苦折磨才能从宇宙的混沌中塑造出来。在美被创造出来以后，它也不是为了让每个人都能辨认出它来。要想认识它，一个人必须重复艺术家经历过的一番冒险。"艺术家面对困难时只会越挫越勇。

信必须虔诚，仰则须膜拜。信仰发自内心，为感情之寄托，而非有所求，有所谋。内心有信仰，才有敬畏感，畏天畏地畏鬼神，而不是畏人言，畏名誉，畏艺术潮流。有所畏，才有所不为；有情感，才有信仰，打倒了信仰，也就浇灭了情感，摧毁了天赋。

四

艺术成就的展现，绝不是为了媚俗和讨大众欢喜。一个真正的艺术家,势必毕其一生的精力来发掘自己对艺术的独特认知,用实际行动来印证对艺术信念的追求。

罗曼罗兰说:"在你要战胜外来敌人之前,先得战胜你内在的敌人;你不必害怕沉沦堕落,只消有不断的自拔与自新。"

卡夫卡写小说,得不到流行文学认同、文学评论家排斥和抵制,都不能削弱他对自己艺术理念的印证和追求。

克里斯朵夫笃信自己的音乐追求,甚至不惜开罪享誉世界的音乐大师和整个法国艺术界,最后因各种原因不得不远走他乡,到瑞士过隐士般的生活。而他一旦放弃自己的信仰,融入到时尚的社会潮流中,固然得到了上流社会的赏识和认同,他的音乐才华也就此枯竭。

斯特里克兰生前始终徘徊在主流之外,但他从来没有放弃自己的探索。他在生命的最后一刻,完成有生以来最伟大的作品,却让土著妻子发誓,在他死后将这幅最完美的壁画付诸一炬。他已经兑现了自己的艺术梦想,无须乞求世俗眼光的认可。

完美的艺术,固然是来自于孜孜以求、艰苦卓绝的探索,但也离不开上帝之眼电光石火般的垂青,艺术家的努力是画龙,而上帝的灵光一现才是点睛。只有在极度困顿和贫乏的状态中,身体和意志不断受到物质的蚕食和迫害,才能激发灵魂的复苏和觉醒。一个人处于绝望边缘,快要放弃挣扎却又不甘心失败的时候,才会无限地接近上帝,从而更靠近艺术的真相。

易卜生说:"一个能创造的艺术家,特别感觉到自己逃不过神的掌握;因为真正伟大的艺术家是只说神灵启示他的话的。"

就像中国的诗歌里写的,"文章本天成,妙手偶得之。"没有神灵的启迪,没有灵感的攒动,艺术只会幽禁在艺术家的躯壳里,只有神的召唤,它才会破茧而出。

读者荐书
027

六月／上
《优秀的绵羊》

〔美〕威廉·德雷谢维奇 著
林 杰 译

/ 一　穷人家的聪明孩子，
　　　富人家的不聪明孩子，谁更容易接近成功

　二　婚姻是不是该讲求门当户对：
　　　思想没有界限，现实却有阶梯

　三　老师，你教给我的，
　　　我已经全部还给了你，咱们两不相欠 /

一
穷人家的聪明孩子，
富人家的不聪明孩子，
谁更容易接近成功

2000年寒假，我刚上大学，一个刚出学堂又进校门的稚嫩学生，写了一篇寒假社会调查报告——《农村现状调查研究》，大言不惭地提出当时农村普遍存在、今后可能持续蔓延的几个问题。

老人赡养问题：一个人一旦在农家院落的炕席上呱呱坠地，就注定你这辈子摘掉农民这个帽子的机会渺茫。从生到死，你都要不断挣扎，停止挣扎就意味着死亡。因为直到咽气的那一刻，你都不可能领到退休金。

都说养儿防老，但人口计划生育政策的延续，使生儿子的概率下降，而随着社会竞争的加剧，一个成年劳动力的负担日益加重，自己的小家尚且自顾不暇。加上传统观念日益淡薄，年轻人对孩子的溺爱远远超过对老人的扶持，弃养老人的现象已经屡见不鲜。

看病就医问题：各大医院就医要挂号、做检查，费用不菲。农村人心系稼穑，看病一图省钱，二图省事。乡村赤脚医生凭着给猪牛羊打针吃药练就的本领，头痛医头，脚痛医脚，对症下药，见效快，收费低，恰好符合要求。

所以农村人的就医状态一般是这样的：小病不用看，过几天自然会好；大病更不用看，看了也治不好。

说农村人乐天知命也好，消极悲观也罢。总之，"生死有命，富贵在天"，绝对是农村几代甚至几十代人以鲜血和生命为代价佐证的真理。我的母亲就是在乡村诊所最原始的救治过程中错失了最佳的治疗时机。

儿童失学问题：20世纪90年代教育体制改革，进入大学的门槛低了，大学毕业的就业机率低了，随之而来的是教育的投资成本提高了。农村人也会算账，这种时间跨度长、短期见效难、投入成本高、产出效益低的买卖绝对不划算。与我一起就读一年级的学生，大约有三四十个，涵盖本村70%以上的学龄儿童，等到小学升学，只有四个，和我一起上初中的，只有一个。依此类推，大学就更不用说了。

等到我高中毕业，儿时的玩伴大都身为人父，或为人母。子女既能打酱油、搂猪草，也能带小弟小妹、打扫院落，他们已经独当一面，能力出众的甚至大杀四方，黝黑的肌肉、健硕的体型让瘦骨嶙峋面带菜色的我自惭形秽，见了面都不好意思打招呼，赶紧低头扶玻璃瓶底眼镜远远绕开，证明自己学究气质太过浓郁，以至于扰乱视听。

还好我总算搏到一条出路，要不然回乡务农，手无缚鸡之力，肩不能挑，手不能提，女汉子们正眼都不瞧你的。结了婚恐怕也只能用语言和泪水表示对家暴的抗议，三天两头捂着被子躲在炕角，"一任阶前，点滴到天明。"

人才流失问题：农村条件艰苦，西北偏远落后。很多人决心求学，矢志不移，决不是志存高远，以期学成归故，建设家乡，回馈社会，而是为了远离贫穷，逃脱苦难。

现在有所谓大学生村官，那个年代绝无仅有，当村官，首先种庄稼得是好把式，就像当射击教练，最起码得是个神枪手。我们上初中时，学校对优等生公然喊出的口号就是"走出大西北"。如此恶性循环，人才外流的趋势不可阻挡。

土地问题：公粮交纳名目繁多，包括定购粮、公粮、教育附加费等等。当年交粮现场真是盛况空前，粮库的大场坪人头攒动，装粮食的纤维袋堆得像云贵高原的丘陵。验粮员牛气冲天，手中验粮杆一插、一捏，把一把麦子丢在嘴里，嚼得咯嘣响，然后一声喊："上风车！"风车的风可大可小，调大点石子也吹得动。从地头上辛辛苦苦爬出来的麦粒子，一进风车就被吹得晕头转向，找不到北。

农业技术手段落后，尚未摆脱靠天吃饭的尴尬。地里的收成一年好一年坏，好的年份一亩地才收一石麦子，一旦老天爷使个脸色，那就更没谱了。很多人索性放弃土地，进城务工，直接用钞票代交公粮。农村种地的人数呈下降趋势。

当年的我颇有一股初生牛犊不怕虎的气势，觉得自己正气凛然，敢于仗义执言，问题不一定能说到点子上，但都貌似尖锐且深刻。

我把问题的根源归结于教育。

老人无人赡养，是因为传统教育缺失，人们背弃祖训，价值观念遭受颠覆。

就医看病困难，一方面是公立医院为短期利益所驱使，人为设置了过高的就医门槛，另一方面是乡村赤脚医生接受医学教育程度不够系统，自身业务水平低下，医疗救治手段落后。

儿童失学严重，是培养大学生的代价过于高昂，而大学里学到的知识在就业中发挥的效能基本可以忽略。如果这个男孩十五岁开始学手艺，有人管饭，还略有工资，三年后出师，即可迅速成长为家庭的顶梁柱。孰轻孰重，自己掂量。

人才流失愈演愈烈，出去的人不愿意回来，正在奋斗的人以逃离家乡的人为楷模。自己的家乡都不愿意去建设，难道还能指望外来人才和大量海龟逆流而入吗？号召和归拢人才，不是教育应该承担的职责吗？

……

十八年后的今天，皇粮制度已遭废除，农村也有了合作医疗保险，就医难题虽然没有彻底解决，但毕竟让人看到了曙光。

但是，仍有成片的土地荒芜，更多的未成年人步入打工者行列，青壮年远走他乡，流落村头的老人更老……

好女待字闺中，"但见泪痕湿，不知心恨谁。"毛头小伙子"卖炭得钱何所营？"彩礼掏不起，房子买不起。

北大清华门户大开,"大庇天下寒士俱欢颜"。寒门子弟"采菊东篱下",课堂学不懂,补习班上不起。

莘莘学子"孤灯挑尽未成眠",求学之路"路漫漫其修远兮",就业之途"更隔蓬山一万重"。

把诸多社会问题归咎于教育,肯定是盲目和片面的,但如果教育能够发挥应有的效能,稳步提升全民素质,必然能使部分问题逐步得以缓解,恐怕也是不争的事实。

但现实状况不容乐观。

《优秀的绵羊》一书披露:

"1985年,美国250所重点大学中,有46%的学生来自美国收入前25%的家庭;而到了2000年,这一比例达到了55%。到2006年,这一比例为67%。

"在2006年大学入学新生中,仅有15%的学生来自收入低于中间值的家庭;稍前时候的一项研究表明,仅有3%的新生来自收入最低的1/4的家庭。学校越是显赫,它的学生构成就越是不平等。"

精英教育越来越成为少数人的特权。"穷人家的聪明孩子拿到学位的可能性要低于有钱人家的不聪明的孩子。"不可否认,我们曾是美式教育体制的摹仿者和追随者。美国遥遥在前,一直被摹仿,从未被超越。他们已经走过的路,我们仍然走在路上。他们所犯的错误,我们也无法绕道而行。一往无前高速运转的列车,在启动之初速度和方向就已经设置完成,中途刹车改道的危险更甚于按照既定轨道行驶。

一个人占有的资源越多，获得成功的概率越大。就像坐在剧院里看戏，位置总数不变，你占据的位置越多，留给别人的位置就越少。游戏的规则是既定的，别人要么自带马扎坐在过道，要么自动退出放弃游戏。

凭借天赋和勤奋已经不足以摧毁对手，读书越来越难以挑战命运。甚至有人觉得，知识只是给少数人锦上添花，而不是给多数人雪中送炭。巴西贫民窟的孩子，拼了命要去踢球，因为这是通向成功之路的捷径。放羊娃的命运，或许只能屈从于放羊的摆布，这个结果最直观，风险也最小。

教育的资源如何分配？如何给不同阶层的人同等竞争的机遇？这肯定是一个世界性的难题。中国自设立科举制度以来，就一直在不断改进和完善，以期使选拔人才的方式更加公平合理，但最后还是走进了困局。同样，美国的教育也陷入前所未有的困境。

威廉·德雷谢维奇说："我们不一定要去像爱自己一样爱我们的邻居，但我们要像爱自己的孩子一样爱邻居的孩子。"这个答案太过勉强。但是，没有答案也必须躬身探索，明知是难题仍须迎难而上。

必须持续加大教育投入。搞教育不是办企业，这边投入那边就要产出。在教育上花钱，应该怀着服务的心态，少一点功利的色彩。起码要让大多数人觉得，孩子上学不是给家庭增加负担，而是给孩子补足人生必不可少的一段经历。搞教育不能寄希望于某人智慧大爆发，像老母鸡一样养家产子一肩挑，更不能两极分化，老师出题，学生答卷，各怀心思。而应该群策群力，共同想办法。

必须拓展义务教育内容。我们这个年龄的人，至少两代人以上都学过英语。好多农村孩子，普通话都说不利索，还要埋头学漂洋过海而来的"鸟语"，可当年在学校里学的英语，如今除了给小孩听写单词时用外，基本没派上用场。义务教育所学的，也就小学看图识字和十以内加减法应用比较广泛。是时候给学生灌输一点有科技含量的东西了。

必须推广职业技能培训。一个人往往是在工作以后，才发现自己知识结构的缺陷，书到用时方恨少，可惜已无法重返学堂。义务教育能不能匀出一年时间，引导学生参与社会实践活动，缺什么，补什么，用什么，学什么。再匀出一年时间，引进职业技能教育，帮助一些无法进入精英阶层的学生掌握必要的谋生技能，减轻家庭负担，也使他们得以自食其力，有事可为，避免毕业即失业的尴尬。

二
婚姻是不是该讲求门当户对：
思想没有界限，现实却有阶梯

人过中年，忽然难以抑制少年情怀。

曾经沉溺于书中纷扰的江湖，把简单幼稚的孩童世界涂抹得面目狰狞，把周围关怀爱惜的笑脸幻化得居心叵测。如今几十年过去，守着自己的妻儿老小，栖于一方陋室，风过竹疏，胸臆淡远。江湖于我，已是浮云。

是不经意间萌生的念头，让我又去重温武侠旧梦。

就像如果没有李安的电影《卧虎藏龙》，恐怕再不会有多少人去挖掘王度庐的过往人生，因为自隐身东北的中学教书为生以后，他与世界，彼此已然相忘于江湖；就像如果没有玉娇龙的凌空出世，她的师父高朗秋永远都是那默默无闻的西席先生，世人只知他是落第的秀才，却不知他身藏独步天下的技击秘笈；就像如果不是父亲谈起贝勒府的上古宝剑，九门提督的女儿或许就以名门闺秀的身份，嫁一位少年得志的官宦才子，生子、享福，终老一生。

爱情本身覆盖着厚重的浪漫色彩，不期而至的偶然更为爱情增添些许浪漫灵动的色彩。但恋爱的轰轰烈烈终究要回归婚姻的平平淡淡，毕竟家庭是人生路上的起点，也是人生停泊的终点。没有稳定的家庭，情感无以寄托，理想无从着陆。

《优秀的绵羊》用了一则巧妙的比喻："一只悠闲的鸭子在湖面上逍遥自在地漂过，水面之上的平静掩盖了水面之下鸭掌的疯狂拨动。"貌似合理的竞争，往往隐含激烈的搏斗，水到渠成的结果，也不免历经千辛万苦。恋爱时享受的甜蜜有多少，婚姻路上的苦恼就有多少。

只有在金庸的小说里，爱情才少有现实生活的羁绊。即使你是要饭出身，只要武艺好、长得帅，总有姑娘围着你转，譬如杨过；长得差点不要紧，为人敦厚淳朴，也能得姑娘的欢心，在老婆的协助下练成一身武艺，平民子弟出身的郭靖就娶了桃花岛主黄药师的女儿；最末等的韦小宝，长得歪瓜裂枣，功夫一塌糊涂，且出身低微，也讨了七个如花似玉的老婆，而且个个有来头，韦小宝危急时刻喊一声"老婆救我"，大把的美女便从天而降，助老公化险为夷。

现实中英雄不论出身恐怕只是励志的传说。一个平民的儿女，想踩着侯门的红地毯迈向婚姻的殿堂，憧憬灰姑娘变成白天鹅，梦想的翅膀大半会折断。西北某些省份，男方家庭条件越差，女方索要的彩礼越高。很多家长的初衷，是让男方知难而退，可怜天下父母心，谁也不愿意把娇生惯养的掌上明珠送到别人家去受苦。

谈婚论嫁自然要面对经济的现实状况，但金钱并不是主导婚姻的唯一因素。就像就业单位得先看你的学历文凭，这是一块必备的敲门砖。至于有钱能不能娶到中意的老婆，谁也不敢打保票，毕竟常春藤盟校毕业的博士，也并非全都从事称心的工作。

罗、玉二人，论相貌，玉娇龙"雍容华艳，只可譬作为花中的牡丹，可是牡丹也没有她秀丽；又可譬作为禽中的彩凤，可是凤凰没人看见过，也一定没有她这样富贵雍容；又如江天秋月，泰岱春云……总之是无法可譬"。而罗小虎"伟岸的身躯，英武的面庞，精爽的神态"，何遑多让？

论天赋，玉娇龙聪明伶俐，武艺青出于蓝，甩师父高朗秋几条街，罗小虎"武艺并没怎么样苦学过，可是也颇不错，书也没有怎么读过，但认识不少字。只可惜没人栽培，不然岂能流为盗贼"！

谈理想，两人意气相投，都对江湖无限眷恋；论钱财，玉娇龙的父亲官位显要，自然不缺银子使，罗小虎弃盗之后专心做买卖，也积累了不少资产。

乍看之下，两人男才女貌，颇为般配。

《优秀的绵羊》中写道："为什么我们如此贪恋地位，因为它根深蒂固地与人性深处的各种情感捆绑在一起：荣誉、耻辱、腐朽、自负、自我形象、自尊，等等。即使拥有金钱，也只不过是取得地位的一种方式而已。"钱财到底没有改变罗小虎的命运。

玉娇龙和罗小虎两情相悦，一夕贪欢，最终却劳燕分飞，相忘江湖，恰恰是屈从于这种不对等的社会地位。

玉娇龙贵为京城九门提督正堂之女，在天子脚下的北京，官不见得有多大，可是"县官不如现管，就是当朝一品抓了人，也得交给他办"。罗小虎是新疆戈壁沙漠中让人闻风丧胆的大盗半天云，为人磊落，仗义疏财，为了玉娇龙，"改了行业，而且发了大财，但官是没法弄到。"挤不进官宦之列，洗刷不了一朝为盗贼的耻辱。

营造什么样的人生，选择什么的伴侣，主动权掌握在自己手里，大可卸下思维的枷锁尽情畅想。但人生是否点缀得五彩缤纷，陪伴一生的伴侣是否如梦所愿，却不是自己说了算，因为决定权不在你的手里。

思想没有界限，现实却有阶梯。大致相同的原生家庭环境，基本平行的社会地位，非常类似的人生经历，对两个原本陌生的人结合组成的家庭，肯定是好处多于坏处。这样的两个人在一起，对生活的态度、对人生的定位更加接近，也会有更多的共同语言。

皇帝的女儿选女婿，满朝大臣里专挑品学兼优、仪表不凡的出乎其类、拔乎其萃的人物，也不是没有道理。毕竟公主贵为千金，受过全国最好的教育熏陶，皇帝绝不会自己扇自己耳光，辱没女儿的身份。

现代社会，人们也会越来越讲求身份的对等。

网球名将费德勒奉行极简主义的生活。"我从不否认钱是重要的，作为一个年轻的瑞士人，知道银行账号的存款，足够让自己和家人一辈子衣食无忧，可以去实现少年时的愿望，那感觉很美好。"

在爱情上，他选择了相貌普通的女朋友莫卡。她曾是一名网球运动员，不如他声名显赫，更比不上他财力雄厚，但他们有着类似的经历、相同的爱好、共同的目标，他们因职业而相识、相知、相爱，这些都是维系婚姻必不可少的元素。

玉娇龙爱上罗小虎，用德雷谢维奇的话说，是"一次对家族传承的主动放弃，一次令父母失望的意愿的培养"。

她羡慕俞秀莲的洒脱，渴望支配自由的人生，梦想拥有向往的爱情。她从心底厌恶官宦之家虚伪压抑的生活，但到底是名门闺秀，江湖儿女的居无定所、飘泊天涯的人生想想还可以，她忍受不了那种平凡寂寞的日子。她的"心是早已然荒了，恐怕就是回家去，照旧在深闺中读书画图、逗猫、消磨时光，也一定觉得难耐"。

她陷入两难的境地，不由得归咎于自己的师父，恨他"卖弄才能，背着自己的父母传授武艺，尤其恨自己得了两卷说拳剑的书籍，弄得不能安分随着父母做小姐"。

玉娇龙注定是个不安分的女人，从最初逃婚到重返鲁家，到最后跳崖隐遁，她屡次要挣脱命运的束缚，而在挣扎抗争的过程中，人生道路上的重重雾霭渐渐散尽，越来越明朗。

她为自己布置好了归宿。"她虽已走出了侯门，究仍是侯门之女;罗小虎虽久已改了盗行,可到底还是强盗出身,她绝不能做强盗妻子的。"

她走了,罗小虎也便不再追赶,"他明白,他即使去追上也无用。"他改变不了她,更改变不了彼此人生既定的轨迹。他们的爱情,从相识之初就注定不会有结果。

人生的幸福莫过于事业稳定、家庭和睦,一生碌碌无为、家庭支离破碎的人肯定苦恼不已。"男大当婚,女大当嫁",走进婚姻殿堂的意义不仅是传宗接代和填补人生空白,也是为追求幸福、丰富生活。

既然通往理想的每一条路都遥远而迷惘,不妨从靠近自己一侧出发,认清起点,慢慢摸索。不要刚迈开第一步就畅想宏大的未来,这样即使失败,也不至于过分失望。

三
老师，你教给我的，
我已经全部还给了你，咱们两不相欠

一位同事刚到办公室便连声说"尴尬"。

她碰到自己的中学老师，两人聊几句分手，老师说"Thanks"，她忘了该怎么应对，随口就说"No thanks"。老师惊讶地张大了眼睛："你说什么？"她连忙摆手说："没什么，老师。你教给我的，我已经全部还给了你。咱们两不相欠了。"

姑且不说我们离开学堂十几年，很多以应付考试为主的学生，一出考场也未必记得考试的内容。

回顾学生生涯，哪里还有线性代数微积分的影子？那些枯燥无味的公式定律和反复记诵的单词，现在想起来仍然头疼。学生生涯在我生命中留存最久的，不过是和同学相处的欢声笑语。

从幼儿园到大学，一般需要十五年，这个漫长的学习阶段占据生命的六分之一。我们耗费如此巨额的成本，最终到底学到了什么？

我常常质疑自己，为什么那么繁琐的知识当年能够融会贯通，而现在，类似于初中教材的职业技能考试都要"二进宫""三对面"？求学十几年，又失去了什么？

德雷谢维奇在《优秀的绵羊》中引用了一句前哈佛校长拉里·萨默斯的话："我们所学的在十年内就会被淘汰。最重要的是学会如何学习。"储备的知识像粮食一样会发霉、过期，但学习的能力永远鲜活如初。

这才是大学应该教会每一个学生的重中之重。

主动学习的能力

记得一位老师说过："除了自己的父母，世界上不会再有别人像老师一样，苦口婆心来劝你好好学习。"师父教徒弟，总不肯倾囊相授，害怕弟子学会了全部技艺，有朝一日名声和能力会盖过他。

老师却巴不得让每个学生把自己所教的知识都学会、学通、学精。学生水平越高，老师越高兴。学生考分越高，越能证明老师的能力出众。

老师固然不容易，并不是每个学生都能达到家长和老师心中的期望值。学生学不好，自己有责任，老师也难辞其咎。

说来惭愧，从小到大教过我的老师有上百位，但这些分门别类的知识，我差不多已经原封不动如数退回。

我印象最深的是初中的一位语文老师。他梳着大背头，歪戴着一副在阳光下擅变色的高度近视眼镜。

他很少正眼看人，好话说不上两句，就翻出眼白，脑袋歪到一边瓮声瓮气嘟囔着骂人，听到最多的一句话就是"我把你这匹夫……"所以我们都叫他"老匹夫"。

他的课教得不算出色。

明明是讲《谁是最可爱的人》，一堂课时间过半还没切入主题，尚在大侃"文化大革命"。后来改教历史，本来讲开国大典，鬼使神差地又谈起计划生育，说"公元一九八五年，计划生育抓得严"，这押韵的句子估计是他杜撰的。

他激起了我的兴趣，我无可救药地爱上语文。

随后的课程，不用他再耐心讲解，我已经在默默自学。

指望大学教会你生存和谋生的全部技能肯定不现实，更多时候要借助自己的努力才能让理想长出翅膀。这便是主动学习的能力。不需要老师费心讲解技巧，只要他引导得当，"师傅领进门，修行在个人。"

善于思考的能力

米兰·昆德拉在《慢》中这样说："速度是技术革命献给人类的一种迷醉的方式。和摩托车骑士相反，跑步者始终待在自己的身体中，必须不断地想到自己的脚茧和喘息；他跑步时感觉到自己的体重、年纪，比任何时候都还深切地意识到自我和生命的时间。"

当人被机器赋予了速度的快感之后,一切便改变了:"自此之后,他的身体处在游戏之外,他投身于一种无关肉体的、非物质的速度之中,纯粹的速度、速度本身、以及令人兴奋的速度感之中。"

在大学的流水线上,每个学生都是一架高速运转的机器,一不留神就会被对手甩开很远。上大学学会了技能,却冷落了自我。原本完整的人萎缩成劳动的工具。

德雷谢维奇说:"我们为了追求高效的社会,过度依赖标准、测试、规章制度、精神药物、电子表格,甚至对它们上瘾。社会的每个角落似乎都要依赖公司的各项管理机制来运营,人的社会参与已经不是全人,更像是机器人。"

我们需要放慢节奏,静静地思考一些有关个人的问题。

小时候我们不是都为自己绘制了很多绮丽的梦想吗?这么多年过去,它们都去哪儿了?我们是不是该为自己找一个对话的工具——爱好,来宣泄自己的情绪,感动自己的灵魂?

特长是用来给别人看的,爱好才是自己真正拥有的。

常春藤名校的学生,"他们总是在赶场,忙碌着从一场活动赶往下一场活动,见朋友就像快餐式的约会;这种交际如同黑夜里在茫茫大海中行驶的船,只见轮廓,不见实体。"

没有考进名校,是不是一种幸运?

准确判断的能力

原来单位的院子有一家牛肉面馆,我一周至少光顾四五次。

去了几次之后,每次一进门,老板娘就冲后堂唯一的师傅——自己的老公高喊一声:"二细,面多一点。"后来一位领导开玩笑说:"这小媳妇不光记性好,而且她的记忆方法特别。比如说我叫李某某,你叫赵某某,但在她眼里,你是二细加面,我是三细少辣子。"

我常常告诫自己的孩子,学习没有捷径可走,想要收获理想的成绩,就要付出相应的努力。但付出艰辛的努力,却未必考出优异的成绩。

个体都会有差异。不适合自己的方法,未必不适用于别人。

初二时我的物理不好,总有一些问题弄不明白。但到了初三,换了一个物理老师,仅仅半个学期,物理成绩迅速提高。原来是我不适合之前那个老师的教学方法。

学生对学习的领悟不同,老师教学的思路也不同。即便是特级教师,也不见得能让所有成绩拔尖的学生更上一层楼。

小时候背诗,不懂其中奥义。老师就说:"书读百遍,其义自现。"大学教育不能像对付小学生一样全面灌输,更应该注重引导学生培养敏锐的眼光,学会对自己的长处和不足作出准确的判断,选择最恰当的方式突破和提高个人能力。这样才能从容不迫地应对陌生的领域。

从容选择的能力

德雷谢维奇说:"在我们的教育过程中,我们一直被灌输一个错误的理念,认为只要自己足够努力,就可以把不可能变成可能。现实中很多事是不可能的。……人的天赋各有不同,就决定了现实的差异。"

大学,从字面意思来看,不过是为大多数人提供学习的场所。既然体现的是普世价值,肯定不会过多兼顾个别人的天赋。它批量生产表面完全相同、内在惊人一致的商品。它的目的是适应社会、满足大众需求,而不是为每个顾客打造最钟意的成品。

"居住在大都市的人们繁忙地穿梭于层层空间里,陌生人和朋友之间只有模糊的界限,你我的身份是随时可丢寻的标签。"原本是一个与众不同的个体,最终沦落在人际的海洋,这种现状让人担忧。没有自我,我们注定会被世界遗忘。

生活中,我们总是在赶场,有时是碍于情面,有时是规避孤独。内心要有所取舍,行动却拒绝回应。"当我们着迷于成绩、收入乃至性生活时,却走马观花式地对待我们所生活的世界。"其实自己也明白,"参与的事情越多,你能做好的事情就越少,并且最后什么事情都做得不理想。"

书籍是永不言弃的忠实伴侣,尽可放手筑坚精神的城堡。终有一天,阅读会伸出援助之手,赐于你意想不到的收获。

但愿最终的选择,能够带着我们去远方,找到回家的感觉。

生命苦短,不要辜负才好。

读者荐书 028

六月 / 下
《幸福之路》

[英] 罗素 著
刘勃 译

/ 一　我幸福或不幸，只是因为入戏太深

　二　他们第一次在故事中相遇：一睹芳容误终身

　三　幸福路上的绊脚石，不是搬开那么简单 /

一
我幸福或不幸，只是因为入戏太深

都说人生如戏，其实不尽然。

戏中角色既已设定，结局当然在意料之中；而人生虽然也是倾情演出，剧情反转往往出乎意料之外。

但也有人入戏太深，把剧中人活成了自己，一起悲欢离合，一同守望岁月，沿着剧情的脉络，把人生的故事情节一步步推向戏剧的高潮。

幸福或不幸，取决于剧本。

《艺术人生》之《西游记》二十年再聚首，"女儿国国王"一上台就对主持人说："其实，自从我一来，我的眼里就只有一个人，我的御弟哥哥。"然后深情款款地对台下的"唐僧"说："自女儿国一别，二十年不见，御弟哥哥，别来无恙？"

"唐僧"已然泪光莹莹。

终了，她说："我完全沉浸在和唐僧的一段儿女情长中。

人有很多七情六欲，人生有很多诱惑，像女儿国国王那样，识大体明大意，把爱情作为一种憧憬、一种追求、一种享受，应该是进入了一种境界，女儿国国王做到了，我希望我也做得到。"

人生的剧情跌宕起伏，或许真是一场戏剧。

"你方唱罢我登场。"《霸王别姬》之后，程蝶衣的影子附着在张国荣的灵魂深处，回到生活中，仍如在戏中，数年之后竟然就应了自己的路。

2003年愚人节的下午，他站在中环东方文华酒店的健身房，身处二十四层楼的高度，仰望灰黯的天空，却看不到自己的未来。低头，他看到黑压压的人群，像蚂蚁一样缓缓蠕蠕，芸芸众生忙忙碌碌的穷形尽相让他露出一丝讥笑。然后，他纵身一跃。

十二少用生命划出最后一道美丽的弧线，迫不及待投入大地的怀抱，他终于飞往《异度空间》，与苦盼他六十年的如花相聚。

岁月如斯，六十年的光阴，把十二少的如锦年华氧化得锈迹斑斑，衰朽不堪，也把如花单薄的魂灵稀释成若隐若现的影子。

或许，程蝶衣的命运从他进入角色的那一刻，就始终如不散的阴魂一样缠绕着他，他只有以此来结束对小楼那段注定没有结尾的爱恋。卸妆之后，饰演虞姬时的绵绵情意仍在血液中流淌，他已分不清楚，是自己在剧中，还是剧中人本就是自己？

现实给他烙上"张国荣"这个标志，身上是否依然留存程蝶衣的影子？一切都不再有答案了。

这纵身一跃，如同跃进茫茫沧海，他不给自己机会思考。生命划出的弧线如彩虹一样消失在天际，他的名字在人们的视线中渐渐远去。一切都结束了。

他只剩下被遗忘的权利。

《西游记》剧中有这样一段对白：

唐僧说："佛心四大皆空，贫僧尘念已绝，无缘消受人间富贵，阿弥陀佛。"

女儿国国王说："你说四大皆空，却紧闭双眼，要是你睁开眼睛看看我，我不相信你两眼空空。不敢睁眼看我，还说什么四大皆空呢？"

这次他是真的动心了吧？他不敢睁眼看她。心中柔情似水，剪不断，理还乱。伊人虽在眼前，却如隔了千重山，万重海，想要亲近，又难以亲近；想要舍弃，又难以割舍。两人都一样执著，一个是为感情，至死不渝；一个是为信仰，虽九死犹未悔。

罗素在《幸福之路》中说："一个人对于他合理的信念，应立志坚决，永远不让那不合理的相反的信念侵入而不加扑灭，或让它控制自己，不管控制的时间如何短暂。"

他不愧是佛祖的弟子，终究还是背叛了爱情的执念。

前生的路太长，而今世的姻缘，面对佛祖几个世纪的谆谆教诲和身心感化，实在不堪一击。

他心中仅存的，也许只是苏曼殊的惆怅，"还君一钵无情泪，恨不相逢未剃时。"事已至此，又怎么会有回旋的余地呢？人生的很多选择，无法回头。

《神雕侠侣》中，李莫愁对陆展元的爱恨情仇，又何尝不是满满的遗憾？李莫愁身已是方外之身，而心依然是红尘之心。

她每次挥起手中的拂尘，总是情不自禁地吟出那一首柔肠百转的词：

问世间情为何物，直教生死相许？

天南地北双飞客，老翅几回寒暑。

欢乐趣，离别苦，

就中更有痴儿女。君应有语。

渺万里层云，千山暮雪，只影向谁去？

词的缘起，竟然是因为猎雁："太和五年乙丑岁赴试并州，道逢捕雁者，云：今日获一雁杀之矣，其脱网者悲鸣不能去，竟自投于地而死。余因买得之，葬之汾水之上，累石为识，号曰雁丘，并做《雁丘词》。"

正应了孟郊的诗："梧桐相待老，鸳鸯会双死。"

再来听听那首歌：

鸳鸯双栖，蝶双飞，

满园春色惹人醉，

悄悄问圣僧，女儿美不美，女儿美不美。

说什么王权富贵，怕什么戒律清规。

只愿天长地久，与我意中人儿紧相随。

爱恋伊，爱恋伊，

愿今生常相随。

为什么是"愿今生常相随"？因为这注定是一个不能实现的梦想。无论是女儿国国王还是朱琳，无论是程蝶衣还是张国荣，抑或你、我，在现实面前，我们唯一享有的权利就是认同。

每个人来到世上，都有属于自己的使命。

取经就是唐僧的使命，他无从抗拒。金蝉子转世之时，唐僧的命运已经彩排结束，他终将跋山涉水踏上艰难的取经之路。女儿国国王的使命，或许是守望一个深爱的人，"把爱情作为一种追求，一种憧憬。"

唐僧："女王陛下，贫僧已许身佛门，并与大唐天子有诺在先，还望陛下放了贫僧西去，来世若有缘分……"

女儿国国王："我只想今生，不想来世，今生今世我们俩是有缘分的。"

《红楼梦》的曲子中有一句："若说是没奇缘，今生偏又遇着他。"绛珠仙子用一生的眼泪，报答神瑛使者前世的甘露之恩，恩情完了，缘分也尽了。很多寄予爱情幻想的人，又何尝不是在品味回忆中捱过相思之苦？

宝玉因情而绝望，由俗世入空门；唐僧身在空门，泛起凡人的思绪。我们常常把这种境遇当成了缘分，因此千方百计地强求，而等不及缘尽散场，已是肝肠寸断。

你看，当唐僧的意念稍有一点点动摇时，那该死的蝎子精就来了。

"天不老，情难绝，心如双丝网，中有千千结。"唐僧离开女儿国的时候，必定也是心怀千结，郁郁难舍，只得一狠心拍马而去。

他有他的方向，她也须坚守她的方寸之地。数年后，步履蹒跚的程蝶衣和老态龙钟的小楼在戏台重逢，竟也是"相顾无言，唯有泪千行"。

唐僧追随信仰,绝"尘"而去,在她深情凝望的双眸中渐行渐远。身后传来柔情缱绻、欲说还休的歌声:

相见难,别亦难,

怎诉这胸中语万千。

我柔情万种,他去志更坚,只怨今生无缘。

道不尽声声珍重,默默地祝福平安。

人间事常难遂人愿,

且看明月又有几回圆。

远去矣,远去矣,

从今后魂萦梦牵。

《幸福之路》有言:"兴奋的欢娱不是一条幸福之路。"诚然,女儿国这则凄美的爱情故事,把《西游记》点缀得五彩缤纷。在女儿国国王悠长深邃的泪眼里,唐僧心里有了一个永远也解不开的结。

无论走到哪里,即使在西天雷音寺如来的莲花座前,这个女子深情执着的目光仍然深深地笼罩着他,让他怀念,让他叹惜,让他遗憾。

今生今世,他永远无法从她的目光中走出去,一念无明。

而在她的心里,你青灯古佛前一刹那意念的闪动,不过是蜡烛燃尽时那一点零星的火光,可这足以赚取我一生的眼泪。

今生今世,我都将在爱情的这一端苦苦守候,无怨无悔。

二
他们第一次在故事中相遇：
一睹芳容误终身

那时候，孙俪和邓超男未婚女未嫁，这是他们第一次在故事中相遇。

难以想象初次相见的心情，权且以为他们由剧情走向现实的爱情，是缘于人群中惊鸿一瞥的脸红和心跳吧。

这是一个类似《芳华》的故事。充斥着情爱，又不乏战争，既是血与火的磨难，又是爱与恨的纠缠。一局终了，芳华已逝，物是人非。

罗素在《幸福之路》一书中写道："一般说来，女人所爱的是男人的性格，而男人所爱的则是女人的外貌。在这方面，我们必须承认男人显得不如女人，因为男人认为女人可爱的品质，远不如女人认为男人可爱的品质来得有价值。"

文工团的高干子弟白杨（邓超饰），爱上团里一个叫杜娟（孙俪饰）的漂亮女孩。我们有理由相信，他最初是为她的美丽所打动。白杨显赫的家世滋养着他的优越感和自信心,他一身痞气,另类而又张扬,爱绝不会藏在心底。她对杜娟的追求铺天盖地,来势汹涌。

但杜娟心有所属,爱上刘峰式的战斗英雄——林彬。正如罗素所言,他的高贵在于品质,他有一颗金子般珍贵闪亮的心,当得起她的爱慕。

林彬顾忌现实的距离,为了成全爱人的事业,不负责任地牺牲了杜娟的爱情,离她而去。这是一个中国式的悲剧。

这样的结局,20世纪八九十年代以前的文艺作品中很少见,但自《平凡的世界》诞生了孙少安与田润叶的悲剧之后,已经屡见不鲜。

他娶了他不爱的人,她嫁的也不是她钟情的人。但在相濡以沫的漫长岁月里,彼此的坚守和等待,又换来了对方的真情和感动。仅此而已。

什么东西才能激发一个人幸福的感觉?

罗素说:"多数工作都会使人得到两种满足,一是消磨时光,二是给抱负以一定的出路,而这就足以使一个即使工作乏味的人,也比一个无工作的人快乐得多。但是当工作有趣时,它给人的满足感将远远优于单纯的消遣。"

每个人都会给自己构筑梦想的天堂。如果多年以后,他还能够一如既往固守对理想的信念,不向现实屈服,便足以赢得尊重。

杜娟的生命构成很简单,就是林彬和舞蹈。白杨的情书和死缠烂打的韧性虽然打动了她,但只是让她一时欢快,取代不了林彬在她心目中的位置。没有林彬,她的生活只有舞蹈。

舞台上的杜娟是幸福的。苦恼的是,她这块幸福的领地,外人往往不请擅入。在她周围,除了文工团团长叶子莹之外,没有一个人支持她,就连最要好的朋友大梅,也劝她放弃舞蹈,更不要说这个同床共枕、满身孩子气的老公。

亲人朋友的善意和帮助,有时候却会变成侵犯和伤害。

是不是自己认同的东西,一旦得到就拥有了幸福?

叔本华说:"人生的有些东西,得不到就痛苦,得到了便无聊。人生就在痛苦和无聊之间摇摆。"有一则故事:一群厌腻城市生活的学者、文人、风流雅士,春日间到山间游玩。见一老农劈柴既毕,徜徉于溪水旁,羡慕不已。发感慨说,能过上老农这样的幸福日子就好了,于是问老农于生活还有什么要求。老农很实诚地说,他想当一回城里人。

杜娟的命运和文工团团长叶子莹如出一辙。叶子莹年轻时也经历过一个动人的故事,以至于多年后她还被爱人的妻子深深仇恨。

区别在于,叶子莹没有结婚,她的生活只有舞蹈,心灵的空间属于自己孤独的心,她可以把当年的爱人藏匿在缅怀之中。但杜娟不是,白杨时不时会来挤兑她留给林彬和自己徜徉的军绿色草坪。

杜娟和叶子莹的幸福观是一致的。为了事业而牺牲其他,她们认为理所当然。杜娟说,她觉得叶子莹很幸福,因为叶子莹的一生是舞蹈的一生。但叶子莹的苦恼,她却未必体会得到。叶子莹对事业的执著,固然出于热爱,但多少也有点无奈。

杜娟怀念和林彬的过往,也倍加珍惜眼前难得的舞蹈空隙。剧中,大梅离婚了,叶子莹转业了,杜娟重回白杨的怀抱,剧情在杜娟的翩翩舞姿中谢幕。她仍然在为摇摇欲坠的事业苦苦挣扎,而舞蹈家之梦,在世俗的洗礼之后,已经失去了耀眼的光泽。

得失之间,不是每个人都享有从容选择的力量。

这个电视剧的名字是《幸福像花儿一样》。幸福为什么会像花儿一样?

《浮生六记》中说:"人生百年,梦寐居半,愁病居半,襁褓垂老之日又居半,所剩者十之一二耳。况我辈薄柳之质,又未必百年者乎。"所以沈三白与芸娘相约"愿生生世世为夫妻"。人生苦短,幸福像花儿一样,开放过,灿烂过,但接下来就要凋谢。白岩松说过一句话,大概意思是:为了1%的幸福,我们要忍受99%的痛苦和煎熬。

剧中几个人的命运都不是一路坦途。杜娟执著于舞蹈,但为此惹婆婆厌恶,与爱人感情不合;大梅为了梦想,不惜抛弃爱情,背离家庭;叶子莹一生都没有放弃舞蹈,但生命中除了舞蹈之外别无所获。面临裁军,为了让杜娟留下,她离开了热爱的舞台,告别了一生的辉煌和荣耀。

苏东坡诗云:"人生到处知何似?应似飞鸿踏雪泥。泥上偶而留指爪,人生哪复计东西?"幸福似乎就是这样子,稍纵即逝。"花开易见落难寻",它的魅力也正在于短暂和不易得到。

幸福为什么难以把握?一则选择了不属于自己的东西,二则不懂得珍惜到手的财富。

叔本华说:"我们常常不去想自己拥有的东西,却对得不到的东西念念不忘。"杜娟明知林彬才是自己爱情的终极归宿,却在误解难以消解之时选择了白杨。她想与白杨共度一生,但家庭出身的差距,个人观念的排斥,造成了种种矛盾,两个人都不愿意面对,除了吵架就是赌气。

她对林彬仍然难以忘情。当林彬陷于困境孤独无助的时候,她的爱情卷土重来。白杨对她产生了误会,她却不愿作出解释。

爱情飘在空中,云里雾里;婚姻扎根地上,现实残酷。爱情在婚姻的场坪降落,稍不留神就会弄得灰头土脸,甚至是遍体鳞伤。

恋人之间不能光顾着亲昵,更需要的是信任、理解和支持。人常说,有付出才有收获,婚姻也一样,不愿付出,不愿费心铸造家庭这个幸福的巢穴,只会埋葬自己。

杜娟是一个单纯善良的姑娘,但不是一个贤惠的妻子,她更需要丈夫的包容体贴。林彬才是她最理想的爱人,他爱她,理解她,支持她的舞蹈家之梦。杜娟却错过了他。认定的东西,放手追逐,即便跌得头破血流,也比错过遗憾的好。

世界如此宁静,我却如此暴躁。杜娟最后重回白杨的怀抱,或许是她已渐渐懂得爱情的不得已,在躁动之后渐渐归于安静。而舞蹈家之梦,随着叶子莹远去的身影,渐行渐远。

三
幸福路上的绊脚石，
不是搬开那么简单

"生年不满百，常怀千岁忧。"

《浮生六记》中说："人生百年，梦寐居半，愁病居半，襁褓垂老之日又居半，所剩者十之一二耳。况我辈薄柳之质，又未必百年者乎。"生命线段的长度已经设定。

对大多数人而言，结婚、生子、养家、糊口，看起来像路障或者绊脚石，却不是搬开那么简单。你不能让自己生命的内容，占了别人前进的道路。所以这每一样，都必须躬身抱起，扛在肩上前行。

看似简简单单的几道工序，却衍生出无穷无尽的烦恼。

近日聊发少年狂，买了王度庐的小说，夜以继日，读得老眼昏花。武侠小说的节奏，总是让那翩翩少年，身怀国恨家仇，经历一番奇遇，刷出绝世武艺，然后一把剑荡尽世间的不平，最终在茫茫人海中"得一人白首，择一山终老"。

他用不着辛苦工作就能确保衣食无忧，功名利禄蜂拥而来他却弃之如履。他是这凡世的谪仙。

王度庐的小说却是个例外。

《宝剑金钗》中，李慕白幼年父母双亡，寄养在叔父家中。叔父家世不算显赫，仅仅丰衣足食。他书生意气，十三岁得中秀才。武功承袭名师，一把宝剑独步天下。

从个人素质和能力来说，他是人中龙凤、出类拔萃。可是，他仍是凡世的一分子，没有正当职业，每花一分钱，他都得腆着脸向叔父伸手。家庭出身的起点决定了人生所能达到的高度。

偏偏他又心高气傲。

叔父推荐他到在京城当官的表叔那里谋个正当职业。表叔让他学写赵子昂的字："魏碑只是名士字，给人写写对联还可以。若是拿他找事挣钱，可不容易。"

这些话扎心而又现实，惹得他"又伤心又生气"。才学上既无出路，一身武艺发挥的最大效能就是打架斗殴，抬高了名气，却没有提升身价，只能靠朋友接济勉强过生活。

罗素《在幸福之路》中说："现在知识分子的不快乐的原因，特别有文学才具的一辈，是由于没有机会独立运用他们的技能……一个人为了生计所迫，勉强出卖他们的技能时，会变成玩世不恭，以致在任何事业都不能猎得心满意足的快感。"

每句话都说在李慕白的心里。

爱情上，自身的卓尔不群滋养了过高的眼界，"娶妻必娶一绝色女子，而且必须是个会武艺的。"在崇尚"云鬓花颜金步摇"

的年代，女人练武本来就是另类的存在，更何谈绝色？

不论是大家闺秀还是小家碧玉，闲来无事都藏在深闺绣花弹琴，两行寂寞泪，"不知心恨谁"。古时候洗澡又不方便，天天撸铁练举重，折腾得一身臭汗，时间一久便凝结在体味里，还嫁得出去呀？

俞秀莲娉娉袅袅走进李慕白的世界。

她武艺出众，长得也漂亮，可惜已经订过亲，算是别人的媳妇了。在护送俞秀莲前往婆家的路上，数十天的相处，两人固守君子之礼，却无法阻止情愫的黯然生长。男有情，女有意，但他们中间横亘着一道不可逾越的道德鸿沟，只能发乎情，止于礼。

及至俞秀莲的未婚夫孟思昭为报李慕白的知己之恩，只身出京，截击前来寻仇的苗振山、张瑾玉，终因寡不敌众而身亡，李、俞二人的爱情看似有了转机，实际上却步入了死胡同。

孟思昭是为成全他们，才不惜舍弃生命，初衷是为雪中送炭，效果却是雪上加霜。知书守礼的李慕白，绝对不会背叛心中道义的准绳。

孟思昭临死前对李慕白说："大英雄应当慷慨爽快，心里觉得可以做的事，便要直接去做，不可矫揉造作，像书生秀才一般。"偏偏李慕白是个书生，也是个秀才。

"人生识字忧患始"，思想是通往幸福之路的绊脚石。智识越多，胸中块垒，思想就越庞杂。别人认为简单易行的事，他却要瞻前顾后，踌躇不决。

"史胖子这时就想：依着自己，那次就帮助他越狱出来了，后来自己把胖卢三、徐侍郎剪除了，李慕白就可以接了翠纤去过日子，自己要是李慕白，这些事早就完了，可是到了李慕白的身上就是这样麻烦。"

性格决定选择生活方式的态度，一个人的成长环境同样影响着他视野的广度和眼界的高度。

对生活本身没有过高的期望，一天天按部就班地捱过去，大脑的思维运转完全跟不上双手双脚劳动奔波的节奏。这样的人，生活中或许少了很多的情趣和欢乐，但也不会滋生太多的烦恼和忧愁。

困难有时候会不期而至，他知道绝对不会有人无缘无故来帮助他排忧解难，便自己想尽一切办法去挣扎克服。即使有些不幸伴随着毁灭性的灾难降临，他也只能坦然接受，视为天命如此，而不是一味抱怨报复。

这是生活在我们这个社会最低层的人朴实的本质和磊落的天性。

李慕白的盟伯兼师父江南鹤，少年时父亲被人杀死，母亲被迫改嫁，自己有几次差点死于敌人之手。

他怀着无比的仇恨，时时刻刻想要手刃仇人，但也没有忘记与仇人孙女阿鸾的情海之盟。即使阿鸾已经被迫与纪广杰成婚，他仍不离不弃。只可惜阿鸾重伤而死，彼此无法兑现少年时代的诺言。

可是，阿鸾已经在别人面前"爽然承认自己是江小鹤（以后改名江南鹤）的妻子"，这就够了。如今父仇既报，母亲病故，心爱的姑娘也不幸身亡，他对生活已无所求。

他远比李慕白豁达洒脱。

在此需要给江南鹤正名。江南鹤在王度庐小说中的地位，丝毫不亚于金庸小说中的张三丰，一生虽落拓不羁，但做事光明磊落，属于绝对的"大BOSS"。不知电影《卧虎藏龙》的编剧出于何种心理，却把江南鹤师兄哑侠的经历生搬硬套在他身上，借碧眼狐狸的口把一代奇侠描述得如此不堪，实在欠妥。

李慕白犹疑不决的性格决定了他的命运。

于事业，高不成低不就，于爱情，有了钟意的女子，却不敢放手去爱。他"如不认识孟思昭，孟思昭若不是为他而惨死，事情或者还可以斟酌……现在，他若真个娶了俞姑娘，岂不被天下人耻笑？而且良心上也太难过"。

他画地为牢，把自己拘禁在里面。《幸福之路》中说："凡是把自我拘囚在四壁之内不令扩大的人，必然错失了人生所能提供的最好的东西，不论他在事业上如何成功……太强的自我是一座牢狱，倘你想完满地享受人生，就得从这牢狱中逃出来。"

他逃不出来，是因为自己压根儿不想逃走。

其实，最值得同情的是俞秀莲而非李慕白。

李慕白、孟思昭，世间最好的两个男子，曾与她那么接近，却又先后擦肩而过。孟思昭身死，她心里才有了一点念想，而李慕白，却"因为他爱慕了自己，而偏偏自己又许配给孟思昭，所以他才落得志气颓唐，才觉得人世无味；他才愿意以死报德啸峰、谢孟思昭,并想以死来断绝他对自己的痴念"。

他丝毫没有顾忌她的感受。

"刘郎已恨蓬山远,又隔蓬山一万重。"这位有着绝世姿容、身怀绝世武艺的姑娘,"有时偶检随身之物,看见了李慕白的那口光芒的宝剑、孟思昭订婚的那枝灿烂的金钗,不禁引起柔情,幽恨频生,背人处弹上几滴眼泪。"她并不曾断绝对爱情的痴念,却无力抗拒命运的捉弄。

读者荐书
029

七月 / 上

《猎人笔记》

〔俄〕屠格涅夫　著
丰子恺　译

/ 一　乡村是一幅俗世的清明上河图

　二　用极端手段挑战法律准则，
　　　只会使社会秩序更加混乱

　三　喜欢一本书是因为一句话，
　　　爱上一个人启蒙于一个眼神 /

一
乡村是一幅俗世的清明上河图

屠格涅夫的《猎人笔记》把我带回遥远的故乡——黄土高原腹地那个古老的村庄。

故乡的景致有别于俄罗斯的乡下。道路两旁整整齐齐站立着笔直的钻天杨,窄窄的乡间小路,在黄土高原纵横交错的沟壑间,在像画轴一样铺开的绿油油的麦地里,逶迤而行。

故乡的村庄有一个老土的名字——瓦窑坡。现在已经很少有人知道这个称谓,除了五六年前重修家谱的那帮老头子。

为了这一纸家谱,老人们有的放下城里哇哇哭闹的孙子,有的暂别久病卧床的妻子,有的不远千里风尘仆仆,在儿子儿媳的唠叨和白眼中,揣着忐忑的心,用颤抖的手扒开沉甸甸的防盗门,步履蹒跚迈上回乡的路。

乡村是一幅俗世的清明上河图。

春节

　　瓦窑坡生产队四十多户人家，家家户户都养猪。腊月初十一过，村头摆开了杀猪摊。几个孔武有力的庄稼汉卸去耕田的短打装束，换上及膝的围裙，手持利刃大声吆喝满院子撵着猪跑。肥硕的猪一边撕心裂肺呼喊救命，一边夺路而逃，只恨平日好吃懒做不加强锻炼，没有练就《生死疲劳》里那头猪翻墙越脊的本领。

　　猪还是被无情地撂倒了。

　　几个小孩子疯抢猪尿泡，人手一个，把里面的液体倒干净，对着嘴就吹，看谁吹得大。我四叔爱跟小孩闹着玩，拿来打气筒，把猪尿泡打成个大气球，惹得几个小孩吹得脸红脖子粗，也达不到此等境界。

　　灌血肠、腌猪肉、蒸馒头、包包子、炸油饼、做豆腐，所有的活必须在大年三十干完收工。一年的辛苦，只为正月的享受。

　　正月二十万人空巷的社火，把春节的氛围推向顶峰。每个乡镇都要组织自己的社火队伍，力求别出心裁，与众不同，卯足了劲要进城大显身手。

　　市区以小什字为中心辐射的主街道早早封路，两条腿以外的交通工具都被无情地关在城外，所有的观众只能徒步前往。社火结束，被踩掉了鞋的人光着一只脚垂头丧气骂骂咧咧，小孩子找不到爸爸妈妈在洪水涌动的人流中啜泣，小媳妇嘴巴沾着一圈红红的辣椒油，端着凉皮一边吃，还一边瞄着刚出锅的热气腾腾的油炸糕。

民间自发组织、走街串巷的群众义演同样让人目不暇接。犹记那年,六十岁的姨父反串老太婆。锣鼓声中,穿着长衫的老头子,吧嗒吧嗒抽着一米长的烟锅儿,一摇三晃颤巍巍而来,扯长声音喊:"死老婆子,你做啥呢?"一个用网兜网住头发、穿蓝绸布衣裤的俏脸老太太,嘴角生着一颗硕大的痦子,踮着脚尖慢悠悠跟上来,嗲声嗲气地说:"他爹,我缠脚呢。"

姨父的表演笑倒一大片人。

端午

端午节,家家户户的门楣都插上一把艾草。年轻的妈妈赶集买回五颜六色的彩线,搓成粗细不一的花花绳,分别给小孩子戴在手上、脚上、脖子上,大人只须在手上戴一根即可。大一点的孩子,还要动手修两枝小小的桃枝棒槌,用花花绳穿起来,挽在衣服纽扣上。

几乎每个女主人都要亲手绣香包。最常见的是十二生肖,还有用彩线缠的六棱体,香包里包上浓浓的香料。小孩子见面,先把鼻子凑到对方戴的香包跟前闻一闻。如果能以绝对优势盖过对方的香味,便像得胜的将军一样得意洋洋。

女人们一起攀比的不是身上衣着的品牌,不是脸上涂抹的脂粉。拿得出手的是游龙戏凤的绣花鞋垫和一针一线纳出来的千层底布鞋。针线活手艺高下一目了然,比不上别人意味着自己不够贤惠，在谈笑风生的女人堆里顿时失去了地位。

庆阳的香包节已经闻名世界，香包和绣花鞋垫的加工工艺日臻成熟。可是香绣慢慢成为一项绝活儿，精于此道的人越来越少。大白纸糊的窗纸上贴满的窗花、窑洞土墙上八仙过海的剪纸，早已泛黄、脱落，剪纸的手艺也让那些小脚老太太连同裹脚布一起带进了棺材。

赶集

人口多、经济好的村子，都会组织独立的集市。邻近各村，这个安排在逢三、六、九日，那个村子就是逢二、五、八日，大家心照不宣，基本都会错开，让农民闲暇之余每天都能享受集市的热闹。街边的小摊，涵盖了百货大楼里所有的商品种类，价格却比百货大楼低得多，契合村民的购买力。

最热闹的还是那些小吃摊，种类不过是凉皮、油饼、油糕、豆腐脑几样。几十年过去，老家的小吃长盛不衰的还是这几样，湘菜、火锅取代不了它们的地位。

口袋里银子哗啦哗啦响的有钱人，宁可在街边黑乎乎脏兮兮的餐馆选择一碗清汤羊肉，泡上烙馍热乎乎地吸溜到嘴里，也绝不会到富丽堂皇的大饭店吆五喝六地吃大餐。

牛羊市场远离集市的中心，避免让主人听到"哞……""哞……"的声音牵肠挂肚，也防止小羔羊闻见同类的味道而兔死狐悲。

买家看中了牲口，一般不会亲自去讲价，而是找一个懂行的中间人，类似现在的中介机构，区别在于他不收中介费。双方生意成交了，你得请他吃碗清汤羊肉以示感谢。

讲价也不是明着讲，他神秘兮兮地撩起自己的衣襟，让你把手伸过去，捏捏你的指头，一五一十懂行的人心里有数。你不同意，他再以同样的方式去找对方商量，这个谈价的过程省却了语言的交流。

庙会

庙会的盛况不亚于春节。

声势最大的是刘家店的公刘庙会，最差也要请市里的剧团。三月初八那天，远近各乡的人闻风而来，乡间的土路上自行车车流滚滚，尘土飞扬，会场上摩肩接踵，杂乱的笑声、怒骂声、孩子的哭声，交融在黑压压的人堆里，远看就像浮动的雷声滚滚的乌云。

瓦窑坡是穷乡僻壤。五月份刚收完麦子，会长就派人挨家挨户求赞助。有钱的出钱，没钱的出麦子，没有麦子的出力去搭戏台子，凡事大家好商量，不至于伤感情。

庙会的日子还没到，村里人已经托付走南闯北靠手艺吃饭的匠人，给亲戚捎话别忘了七月初三来看戏。

瓦窑坡请的不是寺里田就是南左的村民临时拼凑的剧团。他们农忙时回家种地收麦子，闲时走街串巷唱戏演出，演员高矮不一，服装参差不齐。个别主打演员身兼数角，刚唱完这一出，立马到后台换衣服客串下一出。

这都不重要了，大家图的是热闹。

农村的很多事总带一点神秘的色彩。出门要翻老黄历，垒个灶台要请阴阳先生，关乎婚丧嫁娶的大事，更是声势浩大场面隆重。庙会也如此，村民忙着搭台撑场张罗食宿，演员全力投入倾情演出，跳大神的也东跑西颠手忙脚乱，神一会儿被请来，一会儿又被送走，正给夜哭的孩子过关，那边又有人跪着求药。

求神拜观音已经不是纯粹的迷信活动，它或多或少体现了西北一隅质朴无华的农民对大自然的敬畏之心和乐天知命的生活之道。它是世世代代生活在这片黄土地上的人，对既定风俗的传承和认同，对美好生活的祝愿和期许。

……

因为缺失，所以倡导。国家增加了法定节假日，瓦窑坡却改变不了被遗忘的命运。

曲终人散。那些为家族书写历史的老人，他们走下舞台，老伙计们紧紧相拥，老泪纵横。这一别，恐怕只有在家谱那并不显现的角落再享重逢的快乐了。

曾经在《猎人笔记》里灿烂盛开的村庄，和为他谱写历史的老人同病相怜，垂垂老矣。时代的车轮滚滚向前，烟尘四溅，他远远在后，嘶声呼喊，却无力追赶。

二
用极端手段挑战法律准则，
只会使社会秩序更加混乱

屠格涅夫是我喜欢的作家。

萧乾先生在序言里点明："《猎人笔记》控诉了腐朽的农奴制度。"我却沉醉在屠格涅夫简约干净的文字中。

我感受到的是扑面而来又若隐若现的爱情，是生活压力之下仍然熠熠生辉的善良，是处于社会底层而乐天知命的从容。它们就像俄罗斯乡下清新明朗的景致，悠远而意味深长。

这是普通读者的尴尬，我们只是关注文字中流淌的美好，没有 get 到作者的良苦用心。每一次重读《猎人笔记》，都会有这种反思，这中间，可能有我们的认知偏差。

统治者都是坏人吗

屠格涅夫是贵族出身，他对农奴制有清醒的认识，也很抵制，但他笔下的平民，思想意识是否达到了反抗社会的层面，需要我们思考。深陷农奴制度中的平民，更多的时候可能只是在期盼好运。

20世纪80年代有一部电影《花翎飞盗》。为官清廉、甚得民心的县令吴清风，白天一身官服，正襟危坐在明镜高悬的公堂之上，断案如流，曲直分明。夜幕降临，他换上夜行装束，出入达官贵人之家，搜罗稀世珍宝。这种电影很有市场，它符合古代平民对官员的想象。

影视剧的渗透范围广，传播速度惊人。这种传播易于被少读书且不了解历史的人接受，正如现在手机和微信主导的信息革命必将无情地取代电视一样。

古装剧中，官员千篇一律以官官相护的面目示人，商人无一例外是官商勾结的丑恶嘴脸。导演和编剧的初衷，不是普及历史知识，而是赚取收视率。他们的创作，迎合了老百姓对天朝上国社会秩序的认知态度。但曲解和戏说历史，可能会颠覆人们对真相的认识。

从统治者的本意来说，恐怕没几个人愿意眼睁睁看着自己江山覆亡而袖手旁观。惩治一个拱食的人，就打破他吃饭的碗，而不是砸自己煮饭的锅。这没什么错处。

树立政府的公信力，对老百姓来说好处肯定多于坏处，起码它比杀人如草芥的所谓侠客靠谱一点。

劫富济贫是替天行道吗

农民起义的领袖陈胜，在乡间种田时曾对小伙伴说："苟富贵，勿相忘。"大家都笑他痴人说梦。

终有一日，他率领阶级兄弟闹革命，把剥削自己的人打倒，让自己成为剥削的主宰。

他有钱了。

昔日的同伴积极踊跃地去求助于他，他却翻脸不认人。原本大家都是被剥削的一方，如今自己成为剥削别人的人，当然也要毫不客气地对这帮受惯剥削的人下手。

《水浒传》中，梁山好汉在山前竖起一杆"替天行道"的大旗，梦想的却是"大块吃肉，大秤分金银"。而托举理想的钱财和肉食，有多少是来自于打家劫舍、烧杀抢掠？

"月黑风高夜，杀人放火天。"

燕子李三矫健的身影掠过墙头，消失在富贵人家的院落。天明之际，又悄无声息现身在穷人的茅庐。从富人家拿到银子，撒在穷人的院落，这便是他心中的道义准绳。

他的价值观念，建立在假设的基础之上：即富人都是为富不仁。他把富人打入敌对势力的行列，让穷人不劳而获。

诚然，封建社会部分有钱人是靠坑蒙拐骗、强取豪夺的手段完成了财富的原始积累，但也不乏含辛茹苦、集腋成裘才发家致富的本分人。《猎人笔记》的描述还是比较公允的。

社会群体的仇富心理在黯然滋长。燕子李三的劫富济贫行为，赢得了群众的掌声，赚取了侠义之名，但对靠双手创造财富的人来说，是不公平的。

劫富济贫并不能从根本上改变穷人的生存状态，它使一部分人不劳而获，这更加助长了他们的惰性和依赖心理。更何况受益者只是极少数人，大部分人依然在贫困线上极力挣扎。对他们而言，是不是更不公平？

社会舆论应该引导人们树立正确的价值取向。你不应该把自己的贫穷完全归咎于社会。社会的确负有保障你基本生存权利的职责，但自己是不是也该冷静下来做一次检讨？

英雄就能滥杀无辜吗

武松醉打蒋门神，得罪了张都监等一帮隐形黑暗势力，被人设局陷害。他在飞云浦有惊无险地解决杀手之后，折回张都监府中，杀死一十五口人命。

"上海砍人事件"人神共愤，武松血溅鸳鸯楼却有人击节赞赏。两件事其实并无本质区别。

跟他有仇的就三四个，加上正当防卫击毙的杀手，也不过七八人，而陪葬的人竟比罪有应得的人还多。

武松心想："一不做，二不休，杀了一百个，也只是这一死。"电视剧每次演到临阵杀敌，将士们的心态常常如此，"杀一个够本，杀两个赚一个。"可那毕竟是战场对敌，不是你死就是我亡。

偷瓜的固然该死，吃瓜的就活该跟着遭殃吗？

《水浒传》中，这种动辄杀人灭口、食人寝皮的血腥场面屡见不鲜。中国自古就有"少不读《水浒》，老不读《三国》"的说法，名著的积极意义不可否认，而这种非理性的价值观念让人不敢恭维。

如果单论价值观，《哆啦A梦》同样不足取。在家里噤若寒蝉的胖虎，遇到大雄、小夫这些弱小的同学就不可一世。自己被力气大的孩子欺负，一转身立即把凌辱加倍发泄在更弱小的人身上，大雄如此，小夫也不例外。

"当你凝视深渊的时候，深渊也在凝视你。"

面对极具诱惑的事物，很多人内心时不时会有犯罪的冲动，但更多时候都被理智牢牢地摁在替补席上，得不到出场表现的机会。

人的内心，冲动和冷静原本份量相当。一旦某种激烈的刺激成为压倒骆驼的最后一根稻草，冲动的魔鬼便会迸发出超乎寻常的力量，轻而易举战胜理智之神。这和战场上勇士奋不顾身的杀敌气概源之同根，结果也可能类似。只不过一方师出有名，另一方则无比邪恶。

其中葬送了多少无辜的生命，又牺牲了多少弱势群体的既得利益！

反观《猎人笔记》，魅力正在于不会以鄙夷的姿态无视弱势群体。护林人孤狼放走伐树的庄稼人，身上闪烁的正是底层劳动者质朴无华的人性之美。

裁判不应该有尊严吗

电影《三岔口》中，郑伊健出演的知名律师杜厚生，替不良富商饶天颂掩盖罪行，助纣为虐。

作为律师，他深知法律手段并不能将所有的恶人绳之以法。所以他甘愿堕落为一名疾恶如仇的杀手，采用非常手段惩恶扬善，用自己的惩处方式匡扶正义。

他杀死的固然都是逍遥法外的坏人，但用极端手段挑战法律准则，只会使社会秩序更加混乱。受这种偏激心理的主导，逆天弑君的吕四娘自然可以逍遥法外，劫富济贫的燕子李三必须被评为优秀市民。

当世界杯赛场战火纷飞之际，赛场外的赌球传闻也是暗流涌动风生水起。观众的情绪被挑动，他们宁可认为不可见的金钱之手在无耻地操纵比赛的胜负，也不愿意相信赛场上拼到抽筋的球员和他们眼中的泪水。

是假的太真了，还是真的太假了？

一千个读者可以有一千个哈姆雷特，一场比赛只能有一个主裁。裁判的吹罚偶尔可能出错，有失公允。但裁判对比赛的掌控判断和熟悉程度总要强于大多数观众吧？

愤慨是情绪的自然流露，发表见解未尝不可。如果观众不遵守规则，往赛场扔矿泉水瓶子，给裁判喝倒彩，并不会使貌似不公正的比赛变得公正。瞎起哄只会扰乱视听，干扰比赛的正常节奏。

非常时刻更需冷静而非愤怒。

房龙在《圣经的故事》故事中写道:"耶稣劝告听众遵守本国法律,多反省自己的缺点,而不是去对统治者的优缺点指手画脚。"

作为裁判,道义和规则在心中,判罚尺度在手中。犯什么罪就受什么罚,不要因为舆论压力就杀鸡儆猴。

法律彰显的是公正无私,法律杜绝的是意气用事。

社会秩序与每个人的利益休戚相关。公民应该自觉提高知法守法用法的意识,竭力维护使社会秩序正常运转。

作为观众,当务之急是提升阅读比赛的能力。享受比赛难道不比起哄更有趣吗?

至于《猎人笔记》的价值,又何必拘囿于别人的眼界?紧跟文字的节奏,让心绪随意流动吧。

三
喜欢一本书是因为一句话，
爱上一个人启蒙于一个眼神

邂逅屠格涅夫时，我还在读高一。

从传记开始，知道他的生平，然后才读他的作品。

到了假期，我和朋友，少年神色匆匆的身影常常出没在市图书馆。每次先到检索区，查好要借的书，把索引号写在一张小卡片上，从一楼的小窗户递给管理员，她把卡片放在一个小篮子里，用滑轮拉到二楼。

二楼的人把相应的书放回篮子，再滑下来。她又从窗口把书递出来。好像监狱里给犯人送饭一样，满满当当送进去，空空如也递出来。我们去还书，也怀着"腹有诗书气自华"的成就感，觉得那本书已经是被榨干水分的面包干。

"少年听雨歌楼上，红烛昏罗帐。"读到的屠格涅夫第一本书是《猎人笔记》，一发而不可收。到了高三，我开始梦想考外国语学院，学两门外语，其中一门是俄语。

喜欢一本书可能是因为书中的一句话，触动了自己的某根神经，接着便义无反顾地沉下去，把他的每一句都当成金玉良言。爱上一个人也许启蒙于一个眼神，甘愿成为他的奴隶，从此唯命是从。

在《初恋》这个故事里，情窦初开的16岁男孩，爱上21岁的邻家女孩。女孩不是那种清纯如水的女子，她把五六个人同时玩弄在手掌中，却找不到打动自己的男人。

男孩也是她调笑和戏谑的对象。她知道他爱她，自己也有一点迷恋他的单纯。所以，她虽然时时折磨他，故意玩弄欲擒故纵的把戏，有时候也会让他接近自己，让他尝一点甜头。聪明的女人脚踩几只船，却不会让任何一条船水涨船高。

女孩爱上的是男孩的父亲。

女孩是矜持傲慢的公主，男孩是唯命是从的仆人。男孩为她奉献一切都理所应当。当女孩爱上那个成熟的男人时，他摇身一变成为她的主人，她是失去自由的奴隶。

男孩坐在高墙上眺望远方，女孩走过来故意挑逗他："您总是要让我相信您很爱我。要是您当真爱我，那您就跳到路上来迎我吧。"

男孩一跃而下，摔得失去了知觉，但这种幸福感，"像一种甜蜜的痛苦充满了全身"。她把男孩紧紧拥在怀里，亲吻他的脸，眼泪流了下来。这大概是她唯一一次为他流泪。她的眼泪是感动于眼前的痴情，还是感慨意中人的薄情，或许兼而有之吧？

她和男孩父亲最后一次见面时,他"耸了耸肩,整了整头上的帽子——这些动作一直是他表示极不耐烦的特征"。她大概激怒了他,或许是爱情的誓言无法兑现,他举起鞭子,抽在她裸露的手臂上。

她黯然接受了情人的鞭笞,慢慢举起胳膊吻了吻鞭子抽出的伤痕。脸上没有流下一滴离别时的眼泪。

这也是作者欲说还休的体会吧?

爱情是迷醉理智的大麻。屠格涅夫一生追随维多利亚夫人,她住在哪里,他必定择邻而处。可是她家庭幸福婚姻美满,没有给他一丝乘虚而入的机会。他心甘情愿地一生做她的仆人,心中的痛苦、辛酸、委屈、孤独,说与谁人听?

梦想和实现的距离,就像站在游泳池边憧憬池底的天蓝色,浅浅的蓝色格外诱人。可实际上,它的内涵可以淹没一个人的生命。

"壮年听雨客舟中,江阔云低、断雁叫西风。"胡兰成追求张爱玲,多次登门拜访而遭拒绝。她的矜持、她的拒人于千里之外,一般的追求者绝对会望而却步,偏偏胡兰成是一个情场老手,他把女人的心理拿捏得恰到好处,尤其是张爱玲这种仅仅是在小说里成熟、现实中幼稚的女人。

张爱玲小说的悲情暗合了自己的命运。

"她变得很低很低,低到尘埃里。但她心里是欢喜的,从尘埃里开出花来。"在他们两人短暂的爱情中,胡兰成牢牢地控制着彼此感情的命脉。

胡兰成是那种对女人一见倾心的人，却不是天长地久的爱人，他必然要成为一个负心人。张爱玲既不是他辜负的第一个女人，也不会是最后一个女人。

《猎人笔记》中那个背着家人和情人《幽会》的女孩，小心谨慎地捧着自己的幸福，忐忑不安等待爱人来赴约。

他也不过是一个地主的仆人，当初诱惑她的时候，用尽温言软语骗取她的芳心。现在他快跟主人到城里去了，就迫不及待地想抛弃她。

情人让她失望透顶，她是他的仆人，没有底气跟他说出自己的想法，只希望他会可怜她。热恋中的女人，她的自尊、矜持，她曾经有过的少女的羞涩，都萎缩成最卑微的希望。

他的傲慢和冷漠彻底伤了她的心。"那悲哀的目光里充满着温柔的忠诚、虔敬的顺从和爱情。她又怕他，又不敢哭，又要和他告别，又要最后一次把他看个够；而他呢，像土耳其皇帝那样伸手伸脚懒洋洋地躺着，带着宽宏大量的耐心和迁就态度容忍她的崇拜。"

爱人在最甜蜜的时候，谁都不会想要去支配对方，但你爱他越深，就越要迁就他。爱情的角力像世界杯的比赛，总有一方会胜出。记不清是在哪儿看到这句话的，"如果你不爱丈夫所犯的罪，你就不是真正的爱他。"

屠格涅夫的文字肆意在我的世界泛滥。简简单单的一本书，把我带入文学的殿堂，我已经没有选择阅读的选择，它支配着我的全部。

"而今听雨僧庐下，鬓已星星也。"爱情走完了甜蜜期，再往前走一步，就要开始谈婚论嫁了。双方疯狂的头脑逐渐冷静。新鲜感总要过去，刺激的麻醉剂也会失效。

如果双方的矛盾和别扭使感情无以维系，那么，不是主导方因无聊而放手，就是从属方因绝望而弃权。处于从属位置的一方无疑值得同情，他就像《我不是药神》里的病人，没有一点主动权，要么等死，要么等卖药的人发善心。

《木木》的主人公盖拉辛是一个哑巴，他爱和他身份对等的女仆塔季扬娜，但是女主人私自作主，把她嫁给了一个酒鬼。盖拉辛后来收留了一只小狗，起名叫木木，他把情感都寄托在木木身上。他们相依为命。

一只流浪狗竟然在自己的领地大摇大摆自由出入，女主人绝对不能容忍。

他只好亲自来结束它的生命。"他把他拿来的两块砖用绳子缠住，在绳子上做了一个活结，拿它套着木木的颈项，把它举在河面上，最后望了它一眼。木木信任地望着自己最亲近的主人，不但没有畏惧，还轻轻地摇着尾巴。……他把脸转过去，痛苦地皱着眉头，放开了手……"

盖拉辛在黎明之际大踏步走上回乡的路，他对这个陌生的世界不再有任何留恋。

年岁日长，我逐渐告别情感汹涌，走向内敛成熟。

对自己喜爱的作家，我的态度发生了微妙的变化。最初，我们可能迷恋他的语言，或者风格，或者他无边无际的想象力，现在则更在意一些文字背后的东西。摆在面前的选择有两种：要么继续深入扑在这个作家的世界，要么与他告别寻找下一个"他"。

我的最终选择是留下。

"悲欢离合总无情，一任阶前、点滴到天明。"主动放手也好，被动弃权也罢，难以为继就不必强求。这么多年过去了，我的俄语之梦仍然在路上。感谢屠格涅夫，他的文字还在原地，等待我来阅读。

读者荐书
030

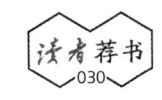

七月 / 下

《莎士比亚戏剧故事》

〔英〕威廉·莎士比亚 著
〔英〕查尔斯·兰姆 〔英〕玛丽·兰姆 改写
萧 乾 译

/ 一　谁是狙击婚姻的幕后黑手？莎士比亚来告诉你

　二　贫穷对命运的摧残无孔不入，
　　　但它使生活的每一种味道都甘之如饴

　三　无私的爱投注到子女身上，回报的不全是雨露

　四　你一直在不断改变生活现状，
　　　是因为选择的不是最心仪的模式 /

一
谁是狙击婚姻的幕后黑手？
莎士比亚来告诉你

英国兰姆姐弟改写的《莎士比亚戏剧故事》，收入二十个为人熟知的故事，大部分都与爱情有关。悲剧固然容易赚取读者的眼泪，但观众更乐于接受大团圆的结局。

一旦爱情剧场拉开帷幕上演飙泪大战，门第、家庭、风俗、钱财、性格等都会不失时机争先恐后地掺和进来，推波助澜也好，兴风作浪也罢，总之是左右了爱情之舟的航向。

门第

简言之，社会地位而已。富人结亲，绝不肯找穷光蛋。除非是古时候人过中年、膝下无子、老境荒凉又不甘寂寞的达官贵人，动了纳妾的念头，才会把相貌摆在第一位。

《冬天的故事》：国王和另一个国王波力克希尼斯是好朋友。

里昂提斯的老婆漂亮贤惠，两人也很幸福和谐。但是他有点头脑简单，非给朋友和老婆提供单线联系的机会。

结果呢，人家两个人未越雷池半步，他自己却疑神疑鬼，误会越来越深。朋友反目成仇，家庭分崩离析，女儿流落民间。

多年以后，波力克希尼斯的儿子爱上了被牧羊人收留的里昂提斯的女儿潘狄塔。

波力克希尼斯嫌弃潘狄塔出身低微，从中作梗。

潘狄塔说："同一个太阳照着他的宫殿，可也并不躲开我们的茅屋，太阳是一视同仁的。"太阳从高处往下看，一切尽收眼底，一目了然；人的眼界从下往上看，看不到眼皮以下的，眼皮以上自然也被很多东西遮挡了。她又有什么办法呢？只好"一边挤奶一边哭去"。

一番跌宕起伏之后，昏头的里昂提斯夫妻团聚，女儿恢复了身份地位。波力克希尼斯立即来了个180度大转弯，儿子与爱人顺理成章喜结连理。

《太尔亲王配力克里斯》：亲王把自己的女儿托付给受过自己恩惠的塔色斯总督抚养。可惜遇人不淑，总督心胸狭窄的妻子想要杀害这个出色的女孩。她幸运地躲过一难，却还是被卖为奴隶。

身份的低微淹没不了她的美丽出众。她俘虏了密提林的总督拉西马卡斯的心，但是他又顾忌她身份低微，不能下定决心求爱。

后来亲王与女儿相认。她名正言顺拥有了至高无上的地位。

横亘在他们之间的鸿沟消失，总督便不再纠结。爱情一旦挣脱束缚，更加势不可挡。

热恋中的青年男子竟然没有被感情冲昏头脑，时时顾及到自己的地位，极力寻求阶层的对等，他的门第观念何等根深蒂固！

《终成眷属》：已故御医的女儿海丽娜看上伯爵勃特拉姆。伯爵嫌她出身低微，生活不能自理，还要靠自己母亲的恩典度日。

灰姑娘凭借自己的心机和智慧赢得了情敌的支持，战胜了社会地位造成的鸿沟，俘虏了青年伯爵的心。

这类灰姑娘逆袭上位的故事，在莎士比亚的戏剧中并不多见。

《皆大欢喜》：这个故事最为平淡。废黜的公爵之女罗瑟琳爱上落难的爵士儿子奥兰多。两个被命运遗弃的人同病相怜，他们的结合没有遇到一丁点阻力。

一无所有的人往往无所牵挂，拥有太多的人反而顾虑重重。看起来，处在社会最低层的人，爱情最单纯也最朴实。

《奥瑟罗》：出身高贵的苔丝狄蒙娜，又漂亮又有钱。以她的条件，整个国家的男人都可以供她挑选。如果哪个男人有幸被选中，那正是他求之不得的。

可是，她偏偏置众多追求者于不顾，相中了一个身份、地位与自己不相称，而品格高尚且勇敢的少数民族小伙子奥瑟罗。父亲奈何不了宠坏的小公主，只能遂她的心愿。

奥瑟罗虽然娶了她，走进上流社会那座貌似富丽堂皇的神圣宫殿，但他改变不了自己的肤色和低微的出身。在环佩叮当响的绫罗绸缎间穿行，他多少有点另类。而妻子依旧那么美艳动人，他内心深处仍然是自卑的。

坏人恰恰洞察到他的自卑，又恰到好处地利用了他的嫉妒。在坏人的挑唆下，他妒火中烧，杀死了妻子。

地位的落差是无法逾越的天堑。即使一意孤行勉强结合，也难有幸福可言。《奥瑟罗》的悲剧印证了这一点。

你听过这个段子吗？

公子卷着盘缠走后，丫鬟幽幽地说："小姐，这已经是第五十个书生了。"

小姐叹了口气："唉，总有一个会考上吧。"

你懂的。姐有钱，拼的就是这个状元娘子。

家庭

大多数父母会对孩子的婚姻发表意见，其中也有一部分父母发挥了决定性作用。他们认为，坐享几十年的人生经验，即使称不上伟大导师，也堪称人生道路上的引路人。

《罗密欧与朱丽叶》：仇人的子女一见钟情，私定终身，但无法摆脱家庭的桎梏。神父本想帮助他们远走高飞，不料弄巧成拙，葬送了一对爱人的生命。

《仲夏夜之梦》：国家律法规定，女儿的婚姻必须听命于父亲。

平民伊吉斯想把女儿赫米亚嫁给贵族青年狄米特律斯，女儿却爱上了小伙拉山德。在仙王仙后的帮助下，赫米亚与父亲达成和解，如愿嫁给心爱的拉山德。

孩子们一旦认真跟你较劲，固执的父亲不免要面含微笑认输了。

《暴风雨》：被贬公爵的女儿米兰达，在父亲的主导下，爱上国王落难的儿子斐迪南。国王对米兰达的父亲做了亏心事，如今栽在她父亲的手里，对自己的过错羞愧不已，对这桩意外的婚姻求之不得。

母亲可以给你一把金汤匙，让你含在嘴里出生。父亲却能扭转乾坤，赐给你一个白马王子。

流言

《无事生非》中总督的侄女和贵族少年、《辛白林》中国王的女儿和绅士之子，两对恋人两情相悦，偏偏有人不怀好意挑唆破坏。但情到深处，流言不过是流水，无法撼动海枯石烂的盟誓，蓄意制造的假象总要被事实戳穿它的丑恶嘴脸。

这一段被乌云蒙蔽的感情最终拨云见日。

《维洛那二绅士》的结局同样皆大欢喜。一对好朋友，各有各的恋人。一个中途变节，抛弃爱情，背叛友情，横刀夺爱的目标就是朋友的女友。可惜他一厢情愿，人家压根儿不搭理他。

手段如此卑鄙龌龊，人品败尽，竟也得到了朋友和女友的谅解。他们可真够宽容的。

遗憾的是奥瑟罗的妻子苔丝狄蒙娜被流言催动的罪恶黑手杀死。与《无事生非》《辛白林》剧情一样，感情的嫌隙起于恶人蛊惑、谣言中伤，但《奥瑟罗》结局截然相反。唯一的不同，是奥瑟罗和妻子地位悬殊。莎士比亚真是把门当户对放在婚姻的首位吗？

既然选择彼此作为一生挚爱，那就互相给予绝对的信任，别让用心险恶的人有机可乘。

风俗

《一报还一报》：年轻英俊的绅士克劳狄奥勾引了一位漂亮小姐，因而触犯了维也纳城的法律，被公爵指定的临时摄政安德鲁叛处死刑。他不得已托人求助于将为修女的美女姐姐依莎贝拉。

无耻的摄政垂涎姐姐的美色，要让她委身于他，才肯施以援手，法外开恩。

隐身的公爵关键时候显身了。他像电视剧中的清朝皇帝一样，一直在民间微服私访，事情的来龙去脉了然于胸。他公平地裁决了这场纷争。不完美的是，他跟安德鲁一个德性，倾慕依莎贝拉的品格，倾心她的美貌。他让她成为自己的妻子。

依莎贝拉没有拒绝的自由。毕竟他救了自己的弟弟，还把她从安德鲁的胁迫下解救了出来，而且，这个人也不坏。

姐姐为弟弟换来了婚姻的自由，自己付出了宗教信仰的代价。

性格

《驯悍记》：深谙"狮吼功"的富翁之女凯瑟丽娜待字闺中，她长得漂亮，却性格乖戾，男人们心里又痒又怕，望而却步。屌丝男彼特鲁乔既垂涎她的美色，又恋慕她的钱财，索性放手一搏。

他是个有手段的人，恩威并施，把女孩收拾得服服帖帖，度化成最顺从、最尽本分的妻子。

爱情就是一物降一物。如果你不曾心甘情愿为他付出自己的一切，那说明他或许不是你的真命天子。一旦你爱得无可救药，你会自然而然地改造自己，顺从他的期望。

热恋中的男女，在外人眼里，不光是甜蜜，也满是委屈。

金钱

《威尼斯商人》：贵族巴萨尼奥爱上了富人小姐，担心自己不名一文，会受她的冷落。他便从好朋友那里借了一笔钱，顺利攀上了这门亲事。

有钱的男人娶个漂亮的穷女孩，大家都能接受，毕竟嫁入豪门的事屡见不鲜。但富婆接受一个穷光蛋的求婚，很多男人肯定会愤愤不平,何况这个女孩子还年轻漂亮。

我们如此看重的金钱,在莎翁眼里,竟然不是个事儿。看来,有钱的男人更看重女人的相貌,而有钱的女人最在乎男人的品格。

《第十二夜》是爱情的轻喜剧,没有误会,没有烦恼,冷若冰霜的伯爵女儿爱的只是一个美艳的躯壳,当她得知自己爱慕的是个女人,固然失望愤怒,但她的孪生哥哥一出现,她欣然允诺。

公爵奥西诺得不到伯爵女儿的爱情,可是灰姑娘薇奥拉向她表白,他也迫不及待地接受了,没有失望,没有纠结。

爱情在他们眼里形同儿戏。

真正的悲剧是《哈姆雷特》。爱情不是这个故事的主流。

王子父亲被弑,母亲改嫁仇人。仇恨才是他人生的基调。

他有一个心爱的姑娘,但他失手杀死了情人的父亲。也许作者认为,爱上杀父仇人并不会使悲情更让人同情,所以干脆利落地掐灭爱情的火焰。从此,王子的人生不再有爱。

大仇得报,仇恨随之消解,王子的人生便不再有任何价值。

……

每个人对爱情的憧憬都无比美好,但不是所有人都能遂心所愿。婚姻的烛光已然点亮,有人筑起幸福的小巢,有人被贬至魔鬼的地狱。

莎士比亚的真实想法不得而知,他大概也掂量过这些外在因素发挥的真实效能。从《莎士比亚戏剧故事》的章节篇幅和落笔着墨的力道来看，他大概认为，在促使爱情走向婚姻的收官之战中，如果论功行赏，这些兄弟们会这样一字排开：

门第＞家庭＞流言＞风俗＞性格＞钱财。

有人说，是命运之手在随性摆布你的人生，但成功者绝不认同。人在顺境下往往膨胀到自认为有逆天的力量，而在接二连三遭受挫折和打击后，却甘于失败并屈从命运的捉弄。

也许冥冥之中真有一种超然的洪荒之力左右你的人生，但是，个人独具风格的选择和判断的力量比臣服权势更为强大。

人生也罢，爱情也好，迷惘不知所措时，不妨参考莎士比亚的爱情指南，或许会有所悟。

二
贫穷对命运的摧残无孔不入，
但它使生活的每一种味道都甘之如饴

人最容易泛滥的情绪是同情。

2008年《李尔王》被搬上银幕。一位影迷在评论中写道："面前全是朋友的纸巾。终于理解为什么一位作家在读过 King Lear 决定不读第二次，因为这悲剧可怕得让他不敢回想。"

《莎士比亚戏剧故事》浓缩了这个故事。

李尔王膝下只有三个女儿。他是一个爱慕虚荣的人，很在意别人对自己历史功绩和人生过往的评价。

年老体衰的时候，他打算把领土分给女儿们，自己退居二线过闲云野鹤的日子。既然她们即将继承自己辛苦经营的领土，他当然要考量一下她们的孝心。

他选择的考核方法是语言陈述。

大女儿和二女儿知道昏聩的老王好大喜功。她们用花言巧语展开凌厉的攻势，老王被冲昏了头脑，很快缴械。而三女儿考狄利亚一句奉承的话也不肯说,在老王飘飘然的时候,一板一眼的实话不啻于一把高压水枪,冲散了仙境缭绕的浓雾。李尔王勃然大怒,干脆利落地把领土一分为二,让大女儿和二女儿分别掌管。

李尔王这个全国最尊贵的人,气度可没有国土那么宽宏,一旦有人让自己不满意,哪怕是最亲近的人,他也毫不手软。他将用最严厉的方式惩罚平日最疼爱的小女儿。

他把考狄利亚赶出了王国,让她一无所有。

考狄利亚的善良打动了法兰西国王,他迎娶了这位尊贵的公主。而同样的惩罚很快降临到李尔王身上。他没有得到两个女儿应有的尊重,不得已遁入荒野,与乞丐为伍。

考狄利亚得知父亲的不幸遭遇后,组织军队前来攻打两个姐姐,为父亲讨个说法。但不幸战败,她被俘后惨遭杀害。

这个故事中,李尔王最大的错误就是轻信。

鲁迅先生讲过一个故事:有一家人生了一个男孩,满月的时候抱出来给客人看。一个说:"这孩子将来要发财。"他于是得到一番感谢。一个说:"这孩子将来要做官。"他于是收回几句恭维。一个说:"这孩子将来要死的。"他得到的是大家的合力痛扁。

"良药苦口,忠言逆耳。"语言是趋炎附势的奴才,它臣服于那些善于察言观色的势利之徒。它披着彩色的外衣,在他们的驾驭和驱使下,时而云端,时而雾海,肆无忌惮地施展自己的本事,在与理智的较量中占尽上风。

李尔王另一个让人意想不到的举动是惩罚方式的选择。国王拥有至高无上的权力，惩罚一个人可以有很多种选择。他唯独选择剥夺亲人的全部财富。这比鞭笞和坐牢伤人更深，何况是自己的女儿。

李尔王让考狄利亚一无所有，遭到命运的反噬，自己很快也一无所有，最终在绝望中死去。

"我们往往因为有所自恃而失之于大意，反不如缺陷却能对我们有益。"当他在荒野中孤立无援的时候，他终于明白了所有的是非曲直。可惜这一切都已经无法挽回。

我们一生流的泪水数不清说不尽。绛珠仙子把所有的眼泪都给了神瑛使者，而我们普通人却作不了眼泪的主。它汹涌澎湃地夺目而出，四处散溢；流回心里时，只剩一道苦涩的小溪。

当面对弱势群体的时候，我们施舍最多的是眼泪，给予最少的是帮助。电影《我不是药神》便分享了观众不少同情的眼泪。

导演把目光投向慢粒白血病人这个特殊群体时，直接跳过了那些还有实力靠瑞士格列宁续命的人。一年五六十万的费用，如果都不能撼动他们的经济基础，即便癌症给了他们最致命的打击，在怀有仇富心理的人眼里，仍然是幸灾乐祸多于同情。

电影真正关注的是那些吃不起药的人。

贫穷决定了这群人的命运。吃不起药怎么办？电影给出了两种结果：一是等死，二是卖药的人发善心。前者以吕受益为代表，后者则是还能坚持到程勇出山的人。

程勇获罪入狱，等于给这个群体判了死刑。虽然有人最终等来了医保改革的曙光,但也有一部分人,在期盼黎明的过程中埋葬了希望。

贫穷对命运的摧残无孔不入。贫穷是不甘贫穷的人深恶痛绝的敌人。

我从小在戏台边长大,春去秋来,看惯了这局促的一方天地中人来人往,聚散无常。虽然听不懂台词,但也知道戏曲的故事梗概。

秦腔《五典坡》中的王宰相,同李尔王一样膝下无子,只有三位如花似玉的姑娘。老大嫁给了兵部侍郎,老二婚配骠骑大将军。王宰相最疼爱的三女儿王宝钏,已然待字闺中。按照二位老人的意思,她择婿的标准绝对不能低于两位姐姐。

王宝钏涉世不深,但她和考狄利娅一样,有自己的见识。她看不惯那些阿谀奉承的官宦子弟,能入她法眼的只有品学兼优的寒门子弟薛平贵。天遂人愿,择婿的绣球不偏不倚砸在薛平贵的脑门上。

势利的王宰相大为光火,声称如果不退婚就和女儿断绝父女关系。但王宝钏比他爸还倔,二话不说卷起铺盖离家出走,跟着家徒四壁的薛平贵住进了寒窑。

薛平贵终究不是池中之物,他随军出征,屡立战功,却又不得已做了西凉国的驸马。

王宝钏苦守寒窑十八年。说是为爱情执着无悔也罢,说是与父亲赌气打掉牙往肚子里咽也未尝不可。没有人知道她这十八年是怎么熬过来的,毕竟出身名门闺秀,吃糠咽菜的日子她是从来都没有想过的。

十八年后,丈夫衣锦还乡,路遇衣着寒酸却难掩姿容秀丽农家女,他认出她就是自己的糟糠之妻。

但十八年不见,如今眼前这个人胡子拉碴,衣着鲜艳,王宝钏还以为是好色的登徒子呢。

《五典坡》的结局是大团圆,薛平贵当上了西凉的王,王宝钏自然重回锦衣玉食的世界。

经历了这一番困顿折磨,她对人生的认识自然与众不同。又有好事者改编了这部戏剧,并把薛平贵塑造成陈世美一样忘恩负义的人,沉溺酒色,抛弃妻子。而抛弃的方式也很特别,他赐给王宝钏一只金碗,让她当叫化子。

可怜的王宝钏手持金碗行乞,却无人敢于施舍。这只金碗吓住了那些被乞讨的人。想想《武状元苏乞儿》的结局,同样是叫化子,同样手持金碗,苏灿拖家带口所到之处,要风得风,要雨得雨;王宝钏却食不果腹,生活难以为继。

薛平贵由寒门子弟一跃而成为西凉之王,富甲天下。可是,他惩罚自己的亲人,也采取了和李尔王同样的手段。

李尔王把最疼爱的女儿赶出家门,王宰相看着女儿生活无着却袖手旁观,西凉之王把结发妻子从王后的位置贬至乞丐。为什么这些位高权重的人都用贫穷惩罚自己的亲人?

因为贫穷决定了地位。"穷处闹市无人问,富在深山有远亲",很多优越的社会资源注定与你无缘。

因为贫穷的命运不易改变。"是金子哪儿都会发光"这句话是有风险的,把才貌双全的女儿嫁入寒门极有可能血本无归。

人常开玩笑说"越有钱的人越抠门"。实际上,地位越高的人更看重地位,他深知这种优越蕴含的价值。

虽然仰望富有的感觉让人绝望,但贫穷那副狰狞的面目并不可怕。贫穷让我们懂得生活的艰辛,更会珍惜得之不易的拥有;贫穷让我们在困顿时束手无策,却激发出无比坚强的斗志和决心;贫穷使生活的每一种味道都甘之如饴,而富有使人遍尝人间珍馐却索然无味。

莎士比亚说:"尽管贫穷却感到满足的人是富有的,而且是非常的富有。而那些尽管富有,却整天担心什么时候会变穷的人才凋零得像冬天的世界。"

吕受益的命运让人唏嘘,但那位瑞士格列宁代言人,活得也未必像镜头前那么理直气壮。

三
无私的爱投注到子女身上，
回报的不全是雨露

把父母说成世界上最伟大的人并不过分，因为几乎没有父母不为子女殚精竭虑。其伟大之处更在于，父母之爱不是立身之本的技能，也不是人生的必考科目，一旦身为人父或人母，他们自然而然就会适应角色，悉心付出。

无私的爱投注到子女身上，回报的却不全是甘醇雨露。父母的善举有时候反而带给子女一连串的麻烦和伤害。

《莎士比亚戏剧故事》中《罗密欧与朱丽叶》的故事，大家耳熟能详。

凯普莱特和蒙太古两家是世仇。但造化弄人，蒙太古家的儿子罗密欧和凯普莱特家的女儿朱丽叶在假面舞会上一见钟情，私订终身。

他们顾忌家族的反对，便悄悄请修道院的神父帮忙。神父想通过缔结姻缘来化解两家的矛盾，于是主持这对恋人结为夫妻。

但罗密欧阴差阳错地杀死了朱丽叶的堂兄,遭到驱逐。他恋恋不舍地踏上流亡之路。

朱丽叶的父亲已经拿定主意,要把女儿嫁给出身高贵的伯爵。朱丽叶不得已求助于神父。神父给了她一种药,药效类似于武侠小说中的龟息大法,服下去以后跟死人没有两样。药效一过,又恢复如初。

如果是中国的小说和戏剧,不合理的情节需要衔接和过渡时,奇遇会应运而生。行文至此,恋人适时赶到,从棺椁中救出爱人,远走高飞,偕隐江湖。

莎士比亚偏偏给了一个不一样的结局。他让罗密欧错过了神父派来的送信人,提前来到朱丽叶的墓穴。罗密欧万念俱灰,盛怒之下杀死了那位准新郎伯爵,仰药自尽在情人的身旁。

朱丽叶醒来后,看到罗密欧死在自己身边,生无可恋,用情人的剑结束了悲情的一生。实在太虐心了!

人生不如意的事情颇多,滋生出无数愤懑、厌恶、灰心、堕落的情绪,这些与悲剧的内蕴是一脉相承的。喜剧毕竟让人看到了团圆、喜庆和希望,它比悲剧更具有积极的现实意义。

但悲剧的旺盛生命力是喜剧无法企及的。《墙头马上》《西厢记》都是出自名家手笔,哪一部影响力能盖过《梁山伯与祝英台》?我还记得自己小时候,小学一年级没毕业的母亲都能完整地讲出这个故事,准确说出"马文才"这个名字。

《梁山伯与祝英台》的故事,跟《罗密欧与朱丽叶》有点相似,两情相悦的一对恋人，受阻于家庭，最后双双殉情。前者有一个浪漫的中国式尾缀：既然生不能同衾，死不得同椁，那就一起化为蝴蝶，翩跹而去。算是给对大团圆情有独钟的观众一个交代。

罗密欧与朱丽叶殉情，带给双方家长一次深刻反省。

老凯普莱特痛不欲生："我在这世上已经什么希望都没有了，只有她是我的唯一的安慰。"老蒙太古也是悔不当初："只要能够知道他的悲哀究竟是从什么地方来的，我们一定会尽心竭力替他找寻治疗的方案。"

所有的忏悔虽然太晚，但世仇的两家人因此冰释前嫌，也算是给这一对痴心人在天之灵一点慰藉吧。

有人说"好心办坏事"，父母之爱正有这样的苦恼。过度溺爱会让孩子盲目自信，过于严厉又可能让他陷于自卑。醇厚的爱潜藏着变成甜蜜毒药的概率。

外国人把孩子养到十八岁，就赶出家门让自谋生路。中国的父母终身都是孩子的保姆。节衣缩食给孩子买房子，买了房子成了家，还要给孩子带孩子；子女已经人过中年，还总觉得他涉世不深，牵肠挂肚。孩子顺从理解还好，如果悖逆你的意旨，那真让人生不如死。

家庭悲剧或许已经悄无声息地走近。

父母有一方过于强势。如果一个家庭内部被强权氛围笼罩，最有可能扮演暴君角色的是父亲。在"暴君"面前，其他成员只能遵从他的命令，绝对不能挑战他的权威。

家长的专制会促生孩子的逆反心理。《罗密欧和朱丽叶》中，双方家长的干涉，非但没有掐灭爱情的火苗，反而燃成了熊熊烈火。

在强权"统治"之下，家庭关系表面上风平浪静，水面下暗流涌动。有时候，孩子会在自己能力所及的范围内和家长"对着干"，心里有了一个主意，家长恰好也这么想，他就会义无反顾放弃原有的念头。久而久之，"父与子"成了敌对分子，父亲喜欢的，他都刻意抵制。

父亲或母亲太自以为是。父母培养孩子的意愿，大多带有继承性。给孩子规划人生，基本参照自己的人生轨迹。自己梦想的事没有做好，或者没有机会实现，就把希望寄托在孩子身上，全力给他打造继承自己梦想的环境。两代人的希望叠加在一起，演绎成"恨铁不成钢"。

自身优秀的父母，往往对孩子标准过高要求过严。

鲁迅先生在《我们现在怎样做父亲》中说："只要思想未遭锢蔽的人，谁也喜欢子女比自己更强，更健康，更聪明高尚，更幸福。"

这原本无可厚非。但一个人长期处于自己熟悉的领域，从事擅长的工作，就会低估工作的难度。而实际上，自己轻而易举做好的事，别人费尽心思也不见得能顺利完全。

我有一个朋友，是家中的独子。他的父亲是部级高官，没有家庭背景，完全靠个人出众的能力一步步走上事业的巅峰。如今儿子站在自己的肩膀上，他自然要对儿子寄予厚望。

可朋友是一个安于现状的人,人生的最大目标就是和自己喜欢的女孩在一起。父亲严厉的喝斥让他胆战心惊,父亲冷峻的目光让他自卑不已。

他害怕面对父亲。

高中毕业,他刻意到远离父亲的城市上大学,终于有机会和那个女孩在一起。但大学刚毕业,父亲就替他张罗好了单位,他一句反抗的话都不敢说,背上行囊黯然回到父亲的城市。

父亲也替他决定了婚姻。

这么多年过去了,说起往事,他只是淡然一笑,毕竟目前的境况已经是他不敢想象的理想生活了。还苛求什么呢?只有在夜深人静、与朋友酒过三巡的时候,他才会吐露心声,心里沉淀多年的苦涩喷涌而出……

如何才能把父母的意愿和孩子的理想完美地结合起来?

这不是三言两语能说清楚的,也不是几个简单的举措就能解决的。我想做一点初步的努力和尝试。

尝试与孩子沟通交流,走进他的心灵。每个人都是从孩童时期走向成人世界。可一旦步入成人世界,便遗忘了孩子天性里的无理取闹和天马行空般的幻想,转而以成人的严格和古板来束缚他。

不要轻易说"你应该""你不应该"。做任何事情或决定,不妨告诉他一个理由,征求一下他的意见,倾听一次他的想法。家长和孩子成为忘年交恐怕有点不现实,但把你培养成他心目那个会讲故事的老爷爷,也不错哦。

学会尊重孩子的意愿，挖掘他的兴趣。每个孩子的心灵，都是一块未知的星空，需要家长以科学家孜孜以求的精神和建筑师精雕细琢的耐心去探究。

父母按自己的意愿培养孩子的初衷是好的。如果父母有一段失败的人生经历，他就会千方百计避免让孩子重蹈覆辙。这显然会让孩子少走一些弯路。

你虽然是他至亲的人，但他是不同于你的另一个人，为什么固执到让他延续你的理想，铭记你的仇恨？这对他是不是过于抽象呢？

营造和谐美满的家庭，创造温馨的成长环境。人生的第一位导师是自己的家庭成员，家庭对每个人的影响至关重要。

父母关系和谐，孩子身处其中也会身心愉悦，少一些压力和困惑。人的记忆很奇怪，说不定蹒跚学步时就将人生最初的一幕剧情印入脑海。你当然不会希望看到的是爸爸妈妈剑拔弩张的不愉快场面吧？

完整的性格，从生命中第一幅记忆的画轴开始。

四
你一直在不断改变生活现状，
是因为选择的不是最心仪的模式

我们为了改善生活状态一直不停地挣扎、折腾。成功了才称得上奋斗，不成功就是逃避。

我上小学时义务教育还没有普及。家长不愿意多花钱，孩子不喜欢学校的管制，到了不得不认字的时候，有的孩子才姗姗而来混个脸熟。同一个年级，年龄相差五六岁是正常的。

我有一个同学，每天和我同路上学。有一天，他突然做出惊人之举，快到学校时，他蹿到一个大土堆后面，刨开一个坑，把书包往里一埋，一溜烟跑了。放学时，又把书包刨出来背上回家。

几年后，他顺利逃离"科举之路"。又几年，我还在为高考彷徨挣扎，他已是本村最年轻的阴阳先生。

他是一个敢于挑战规矩的人。

厄普代克小说《兔子，跑吧》的主人公哈里，绰号兔子，学生时代一度是学校的篮球明星。成年后因为一时情感冲动，不得已奉子成婚。为了养家糊口，又不得已从事廉价厨房用品的推销员。

他内心抗拒零乱平庸的生活，也无法忍受愚蠢嗜酒的妻子詹妮丝。在妻子又一次怀孕后，他抛下她和儿子逃走了。

兔子找到当年的篮球教练托塞罗，暂时栖身他的家里。这个曾经托举起兔子梦想的人，如今老眼昏花，衰朽不堪。托塞罗的回忆陡然增加兔子的沮丧。

托塞罗介绍兔子认识了一位善良的妓女鲁丝，她带给他妻子的温暖、情人的体贴。"温馨熟美鲜香起，似笑无言习君子"，他度过了一段无需承担家庭责任、又能充分享受家庭温馨的快乐时光。

妻子面临分娩。在责任的感召下，兔子回到妻子身边。他忏悔从前的荒唐，决意告别过去，但妻子无法接受。兔子再一次从妻子身边逃走。

不久以后，詹妮丝酒醉后给初生的女儿洗澡，却让婴儿意外溺死。兔子得知消息后回到妻子身边，与她共同承受意外的灾难之痛。

在女儿葬礼上，他无法面对内心的负疚和谴责的压力，再一次逃走。

这一次他没有去找从前的教练，他已无法复原兔子的梦想；他也没有回到鲁丝的身边。鲁丝意外怀孕了，可家庭一直是他蓄意逃离的牢笼。

他选择了大自然,"兔子大步穿过街道,那里有某种令他愉快的东西;他毫不费力地从一种甜蜜的惶恐中挣脱出来,脚步也变得越来越飘然、敏捷和轻盈。"

这也不过是一次短暂的逃避。

他一直在不断改变生活现状,是因为选择的不是最心仪的模式,身处其中却无法活得更好。与其花费巨大的精力去扭转雾霭重重的环境,不如尝试另一种活法。

但是,一个人放弃熟悉的生活,贸然涉足未知的世界,势必要冒很大的风险。

房龙在《圣经的故事》中写道:

"人们常常会问,住在贫民窟的人为什么不离开惨淡的家园,迁至大西部的开阔之地?在那里,每个人都是自己的主人,自己的孩子也有机会可以成长为健康强壮的人。

"答案非常简单。

"这些可怜的人已经习惯于比较舒适的城市生活,以至于他们不敢去一片未知的土地,而且必须自谋生路。

"……因此,他们在出生之地生活,然后死去,只有在真正发生饥荒时,他们才肯迁居。"

不满意生活状态的人很多,但轻易改变的人很少。如果旧有的模式被打破,不是这种生活已经远远跟不上胃口的扩张节奏,就是它无情地抛弃了你。

我选择的也是一条与儿时伙伴截然不同的路。

由小学升入十五里外的初中,又由初中考入离家三十里的高中。这条路上的艰辛，经历过才知道。

高一假期生病，一直延续到高二，断断续续地治疗。有时是自己回家吃药，有时是母亲煎好，父亲骑自行车送到学校。到了冬季，土路上结了冰，极其考验车技。

下午回家，第一眼看到的就是在院子里生火煎药的母亲。天阴地潮的时候，浓烟贴着地走，呛得她满眼泪水。火势也不旺，她就拿筜帚一下一下地扇。这样煎一副药要两三个小时。

母亲不知从哪儿听来的，说是把猪苦胆汁和菜籽油煎在一起，连吃七个就可以消除病根。寒假到了，春节也越来越近，村头已经摆开了杀猪摊。

每天早上，我早早去杀猪摊上，等着拿别人家的猪苦胆，母亲如法炮制。每次端起碗喝这生命中最极品的苦味时，母亲都把头转到一边，偷偷地抹眼泪。

我终于考入军校，但这种无聊古板的教育不是我向往的大学生活。我渴望毕业，到工作岗位上舒展和延续自己的梦想。背上行囊赶赴西北边陲时，我对母校和武汉这座城市并没有多少眷恋。

在西北十四年，我又逐渐厌恶工作中繁琐臃肿的事务，想挣脱这死气沉沉的氛围。一旦有机会逃离，我便匆匆结束了军旅生涯。

人到中年，常常耽于回忆。有人说，一个人频频回忆过去，说明他老了。我倒觉得，回忆代表一种对美好事物不断追求的积极态度。

未来世界是未知的,而过去洞若观火。什么是对的,什么是错的,哪些是美好的,哪些是丑陋的,已经尽收眼底。记忆对生活的复苏,不正是滤尽尘渍,沉淀欢乐吗?

回忆恰好可以供给选择以养分,尽管这种养分也可能滋生错误的判断因子。

总有一部分人会不停地尝试新的选择。

德雷谢维奇在《优秀的绵羊》在中写过:

"创建自己的生活并不意味着你可以成就任何事情。在我们的教育过程中,我们一直被灌输一个错误的理念,认为只要自己足够努力,就可以把不可能变成可能。现实中有很多事是不可能的。"

一位朋友跟儿子对话,说目前工作无趣。孩子安慰说:"你再坚持十五年,到六十岁就解脱了。"

儿子又补上一句:"总共再坚持三十五年,也许就永远解脱了。"

生活其实无处可逃,选择的空间实在有限。

杨丽萍说:"有些人的生命是为了传宗接代,有些是享受,有些是体验,有些是旁观。我是生命的旁观者,我来世上,就是看一棵树怎么生长,河水怎么流,白云怎么飘,甘露怎么凝结。"

她的使命指向精准无误。

可是,不是每个人都能像杨丽萍一样恪守生命的信念,大多数人只能成长为一个普通人。

人在智识、学力、性格等方面的个体差异显而易见,同等的机遇迎面而来，你仍然可能擦肩而过。即使把它完整地交付到你的掌心，你也不见得有能力让它释放出与别人同等的聚变效应。

紧张、茫然、无知、无助等情绪神色匆匆，催促我们往往在需要理智判断的时候迭出昏招。面对生活，我们求不来翻江倒海的定海神针，又炼不成削金断玉的金钢钻。缺少坚强有力的支撑，也没有独当一方的本领。

每一次信誓旦旦的放弃，也许换来的是又一次的伤心落泪。

更可恨的是，鉴定人生成败的准则，总是由"看热闹不闲事大"的局外人来制定，他更看重你财富的增量、地位的跃升。

如果比从前混得好，那么恭喜，你炒掉原来的生活是一次华丽的转身，是一次逆袭的奋斗。如果跳槽以后一落千丈，那是你身在福中不知福，自作自受，挣扎是一次无谓的逃避。

无奈决定平庸。还好，选择的牵强不是人生遭遇的唯一无奈。敢于抉择，就是活出了自己。

《偷影子的人》中有一句话："永远不要把别人拿来比较，每个人都与众不同，重要的是要找到最适合自己的差异性。"

人经历痛苦、挫折、磨难，未必能得到理想的爱情、事业，人生没有活出应有的伟大，理想折翼于高远的境界。是为遗憾。

但是，你走过的痕迹，就像一道道暖流，在成长的过程中流遍了生命的每一处角落。淳厚的记忆将在鲜活的人生跃动如初。

读者荐书
031

八月 / 上
《圣经的故事》

〔美〕房 龙 著
黄 悦 译

/ 一 汶川十年：时间是一把不公平的尺子，
　　对不同的人采用不同的度量标准

二 你是否有过轻生的念头，是谁在悬崖边挽救你

三 站在科技之巅的人类还需要信仰吗 /

一

汶川十年：
时间是一把不公平的尺子，
对不同的人采用不同的度量标准

房龙在《圣经的故事》中写道：

"历史就像大自然，没有什么会突然发生。只是通常看上去很突然。"

历史总是有规律可循，而大自然像被宠坏的孩子，有时候你觉得他该高兴，他却在发脾气。

拥有太多，就难免任性。

无所不能的上帝一发火，轻则把你驱逐出伊甸园，流放到陌生的世界自力更生，重则就用洪水淹没整个宇宙，只有挪亚和他的家人才幸免于难。

大自然一旦肆虐放纵，人类往往束手无策。

还记得那首小诗吗？

> 自从倒塌的墙把阳光夺走
> 我再也看不见你柔情的眸

　　　　孩子，你走吧

　　　前面的路再也没有忧愁

　　孩子，你要记住我和爸爸的模样

　　　　来生还要一起走

　　　　　　……

　　　　哪一个人的妈妈

　　　　都是我们的妈妈

　　哪一个孩子都是妈妈的孩子

　　　　　没有我的日子

　　　你把爱给活的孩子吧

　　　　妈妈，你别哭

　　　泪光照亮不了我们的路

　　　让我们自己慢慢地走

　　　　　　……

　　十年前这场突如其来的灾难，夺走了十万同胞的生命。那天下午三点三十分，我们排成队站在办公楼门前，面朝灾难发生的地方，脱帽默哀。身陷灾区的同胞，失去了家园，失去了亲人。他们为争取生存的权利而嘶声呼喊，大自然却置若罔闻。

　　2014年3月8日，有一位安全程序工程师到别国出差，乘坐MH370航班回家。飞机离奇失踪，至今音讯杳然。

　　2017年，三年过去了，妻子仍然在痴痴地等他回来。她暴瘦了几十斤。她觉得这不过是一场梦，梦醒时分，他会站在床头，微笑着轻拂她的秀发，把充满关切和思念的温润之吻，印上她的脸颊……

我们不过是悲剧的看客,那一刻因为感动而流下了深情的泪水,可是事过境迁,早已淡忘了当时的情怀。可是,这一千多个日子,二百多名失踪人员的家属一刻都不曾忘记。他们的音容笑貌,生活中的点点滴滴,仿佛一页页生动鲜活的画卷,随意翻过,触手可及。

一位网友为失踪的人寄上了自己的美好愿望:

几十年之后回来

飞机上的乘客都容颜未老

飞机油箱是满的 咖啡是热的

而你,还是我的

在冷冰冰的现实面前,这个充满善意的祝愿,就像一个犯了错在等待处罚的孩子,小心翼翼俯首贴耳,没有一丁点理直气壮的感觉。

2013年8月19日,我们一家到成都游玩,返程时路过映秀镇,准备祭拜完地震中遇难者的公墓继续赶路,晚上宿在茂县。

一个三十岁左右的女人骑着自行车匆匆赶来,问我们是否住宿。她说,高速路被泥石流冲毁了,现在单线限行,下午恰好是从茂县下行。我们只能等第二天早上才能出发。

映秀原本依山傍山,重建完毕之后,俨然一座欧洲小镇,天高云淡,风清气爽。只有漩口中学还保留着地震后断壁残垣的原貌,让人在轻松惬意之时又倍感沉重压抑。

我们跟着她来到镇上,她经营着一家餐馆(遗憾的是直到第二天走,也没去她的羌族菜馆吃顿饭)。一路走来,她简单地叙述了当年地震的情形。她也是从废墟爬出来的幸存者。

问她为什么不搬走,她说,这里前两天刚发生泥石流,时常天灾,也想搬走呀,可是成都一套房子百十万,哪来那么多钱?再说了,天灾嘛,谁也改变不了,老百姓就只有承受着呗。

她带我们找了一家家庭宾馆。

地震后,政府给这家人补贴了两套房子。他们住一套,把另一套改成了宾馆,一共三层,每层两间房。我们七个人要了三间,总共才二百块钱。

震后余生的人,都有一种想找人诉说的欲望。晚上,女主人主动拿出记录地震的图册,给我们详细地描述当时的情景。

加上外来人口,映秀镇原有一万四千人,震后只剩三千多,一万多人都埋在了对面的山上。邻居全死光了,她的房子也在余震中摇摇欲坠。她说,她当时就跪下来,双手合什,感谢老天爷对她一家人生命的眷顾。

"偶然"往往无迹可寻,但它又偏偏与命运手拉手镶嵌在一起。你也许按照自己绘制的人生蓝图顺理走完生命的最后一步,但也可能接二连三遭遇出乎意料的灾难或是幸运。上苍额外摊派给你的东西,没有一样可以推卸。在灾难面前,人实在不堪一击。

波黑的拉吉克,他的家在三年之中被从天而降的陨石砸中六次,他说:"被陨石击中的几率是如此之小,可是我却被击中了六次之多,很明显这是故意的。"真让人哭笑不得。是"偶然"打乱了人生的部署，毁坏了生命的完整。

中国的神话故事里，时间是一把不公平的尺子，它对不同的人采用不同的度量标准。现在知道为什么"天上一日，人间一年"，因为快乐总是短暂的。神仙逍遥自在，不觉时光飞逝；而人间灾难丛生，所以度日如年。

十年的光阴，在成功人士的人生履历中，是一串串深浅不一的脚印；在幸福的婚姻生活里，是手牵手并肩而行踩在沙滩上的足迹。时间已经渐渐抹平了旁观者记忆中痛苦的痕迹。而在灾后重生的人的记忆里，它是每时每刻都让人撕心裂肺的惨叫，是仍在流血而无法愈合的创口，是入睡后紧张窒息的梦魇，是永远看不到黎明曙光的漫漫长夜。

短暂的一瞬被无限放大和延长，以致整个生命的重量都不由自主地倾斜到这一端。

从天而降的灾难，把不同身份、不同阶层的人，把耄耋之年的老人，把襁褓之中的婴儿，把富可敌国的财阀，把一贫如洗的乞丐，都拉回同一个端点。

死亡无从抗拒，无人可以逃避。你抱怨也好，挣扎也罢；咒骂也好，笑纳也罢，死亡之神的表情永远冷若冰霜，他绝不会因为你乞求而对你网开一面。

人陷于死亡的困扰时，绝不会斤斤计较名利的得失、财产的贫乏、容颜的衰退。如果能使预期的生命延长哪怕只是一天，他也心甘情愿把过去的一丁点儿错误忏悔一千遍。而一旦远离死亡的威胁，各种负面的情绪就会争先恐后，纷至沓来——失望、愤懑、骄傲、自私、抑郁、不满等等。

"无事袖手谈心性，临危一死报君王。"这个世界从来都不缺满腹牢骚的人。

读《圣经的故事》，我在想，如果抛开宗教的背景，摘下耶稣头顶的光环，还原他真实的人生，那他也不过是个普通人。

"他爱自己的母亲、家庭和朋友。他总是乐于享受家乡生活中那些简单、快乐的点滴。他所做的一切既不为名，也不为利，更不是为了成为一个民族英雄而名利双收。他只希望人们能忽略俗世的眼前欲望，而通过仁爱、慈善和悲悯让人与人命运相连。"甚至于面对死亡，都是如此幽默而恬淡。

区别在于他饱经磨难，他的人生困顿不堪。他和中国的孔子一样，对他人无限宽容，却不轻易放弃自己的信念，他"不鼓励任何人通过逃避生活来拯救灵魂"。

生活并没有糟糕到想象的地步，只是拿来比较的对象有高低贵贱之分，以至我们对待生活的态度无法心平气和。"真正的幸福只是灵魂的一种境界"，目光投向了远处，远山的风景自然淡而悠远。

二
你是否有过轻生的念头，
是谁在悬崖边挽救你

你是否有过轻生的念头？

当视为一生至爱的恋人弃你而去的时候，刚攀上事业巅峰迅速坠落的时候，被污蔑陷害全世界都背叛你的时候，疾病缠身痛不欲生而康复希望渺茫的时候……

这一瞬间的挫败感可能会迸发出摧毁一切的力量。

十几年前我在医院上班。一天晚上，一个仰药自杀的人被送到急诊室。药效还没有来得及发作，他的神志很清醒，极力抗拒救助。

洗胃的流程按部就班结束以后，他才有机会说话。他说："我是不打算活了，你们救我也是白救。"

几个星期以后，他再次喝下农药，义无反顾地结束了自己的生命。

非洲流传着一个故事：上帝同时派变色龙和蜥蜴给人类送

信，分别传达长生不老和必将死亡的讯息。变色龙像那只骄傲的兔子一样，途中耽搁了时间，结果蜥蜴提前到达。

于是，人类只能接受终将死亡的命运。

人的成长、衰老、死亡是一个顺其自然的过程，就像高速行驶的列车，即使跨越万里山河，还是要抵达终点。

对生命的认知不同，对死亡的理解就不同。林语堂说："我来到世上，是因为我有话说。话一说完，我就走。"如何对待死亡将决定一个人如何生活。

《猎人笔记》之《死亡》一篇中，磨坊主德米特里奇搬做磨盘用的石头时使劲过度，挣断了疝气，又错过了治疗的最佳时机。当医生给他宣判死刑后，他婉言谢绝了救治，淡然走出诊所，踏上回家的路。

走向死亡的道路泥泞不堪，坑洼不平。这位磨坊主还像往常一样，得心应手不慌不忙地驾着马车。路上的熟人并不知道等待他的噩运，微笑着迎面而来，亲切地和他交谈。他也回报以温馨的言语。

四天之后，死神降临，把他带走了。

既然结局已经无法挽回，何妨享受这仅存的美好时光呢？

《圣经的故事》中，耶稣遭到门徒犹大的背叛。这是两种不同思想的冲突。耶稣虽然深得人心，拥趸甚众，但最有说服力的语言终究抵不过强权的势力和尖锐的武器。

灾难在慢慢地逼近他。

以他先知者的智慧，不难洞悉犹大的心怀二志和敌人的险恶用心。他有足够的时间逃跑,"但逃跑意味着默认自己有罪,也意味着自己思想的失败"。

他独自一人在寂静的树林中徘徊,内心进行着艰苦的斗争。

那时候,耶稣还很年轻,而声名鹊起,信徒成千上万。如果逃回他们中间,淹没在人际的海洋,仍然可以继续自己的事业,号召自己的听众。一旦留下来,等待他的必将是最严酷的刑法。

他最终拒绝逃跑,把自己送到了敌人的手里。与戊戌变法的谭嗣同一样,他甘愿为理想献出生命。

耶稣被钉死在十字架上。临终,他最后一次祷告,宽恕了敌人,用这样的方法完成了自我救赎。从此,他的教义更加深入人心,直到把曾经的敌人感化为自己的信徒。

"生我者父母",人无法选择生命的起点,也没有力量延长生命的距离。但是,我们可以尽享这生命的荣光。如果人生会不时偏离既定的跑道,我们也要竭尽全力匡扶它回归正确。

可是,在你我的身边,总有一些人默默选择提前离场。他们用自己的双手,执行了大脑发出的终止前进的命令。

没错,我说的是自杀。自杀已经成为不容忽视的社会问题。

本世纪初,学术界数据统计显示:"中国每年大约有28.7万人自杀死亡,占全世界自杀死亡人数100万的四分之一多。世界卫生组织预测,到2020年,全世界自杀死亡人数大概会增长到153万。而自杀未遂人数大约是自杀死亡人数的10～20倍。"

死神的说服像手电的万道光芒,让黑暗中的每一个角落都无处藏身。而活下去的理由像即将燃尽的蜡烛,火苗在奄奄一息中风雨飘摇。人不见得有能力改变自己的命运，却有绝对的力量在到达终点之前终结生命。

自杀身亡者无论出于怎样的心理，结果都是令人惋惜的。

2018年6月20日，甘肃庆阳19岁女孩李奕奕拒绝施援之手，从庆阳市中心丽晶百货八楼跃下，果断给自己年轻的生命划上了句号。

姑且不说其家人、朋友如何悲伤，就是给她造成伤害的那位老师，在群情激愤的催化之下，在舆论攻势的凌厉之下，不知他是否有忏悔之心，即使有，无疑已经被碾压成齑粉。

我们不要忘了，这个人，他也有家庭，也有子女，他纵有千般罪过，他那置身事外的孩儿，总是无辜的吧？可是社会纵横交织的网格，在人迹所至的每一个角落都已吐丝结网。

他能从为父亲背负的悔恨愧疚和谩骂诋毁中逃离吗？

列夫·托尔斯泰小说《伊凡·伊里奇之死》中，病入膏肓的伊凡·伊里奇在鬼门关前苦苦挣扎。患病之初，凡事都难以舍弃；随着病情的加重，康复希望渺茫，又希望付出所有代价来换取生存。

因为自己的病，他容不下别人的健康和欢笑。他把妻子、儿子、朋友依次打入敌对者的行列。但他们无法代替他，也不可能分担他的病痛。

他终于明白，眼前的路只能自己去走。这时候，他也彻底放弃了求生的希望，眼前豁然开朗，仅存的愿望就是平静离开。

列夫·托尔斯泰说："人在知道他过半小时就会死去时，

便不会在这半小时内去做那些徒劳无益的事,那些愚蠢的事,尤其是那些坏事。……在死亡和现实面前,是不存在时间长短的。"

一个人如果下定决心终结自己的生命,别人恐怕难以将他挽救于危途。"亲戚或余悲,他人亦已歌。死去何所道,托体同山阿。"人的生命只有一次,走过去的路不能重来。我们不能因自己的死而把痛苦和伤害留给家人、亲友。

但这些心存轻生之念的人,理应得到更多的关怀。

《现代生死学导论》一书中指出:"自杀的根源和本质存在于社会,人所以自杀,盖因不能见容于社会或社会存在不能容人的缺陷,自杀的杜绝有待社会的自我完善。从自杀角度,我们或许发现人类社会无限发展与完善的必要与可能。"

书上说,每一种宗教都会劝人善待生命。《圣经的故事》中,耶稣也是满怀仁爱、慈善和悲悯,"不鼓励任何人通过逃避生活来拯救灵魂"。

曾经熟悉的人中间,可能不乏这样的人:也许深度抑郁难以自拔,也许穷途末路无以为生,也许病痛摧残生不如死。于是,他用这最残酷的方式结束生命,告别一度让他迷恋的世界。

他的离去,看似跟我们没有一丁点关系,但实际上,我们每个人都有不容推卸的责任。或许,我们漫不经心地投注一个温润的眼神;或许,我们随意施舍一枚可有可无的硬币;或许,我们轻启秀口奉献一句宽慰的言语,便可能将他从深渊拉回浅滩。

每个人都应该珍视生命，爱惜自己的，也关爱别人的。即使轻生的念头在一定时期长久盘桓心头，你也一定要极力抵抗它的怂恿和诱惑。

如果你还是个无知的孩子，就尽情在童趣乐事中扑跌翻滚吧。

当你长成茁壮的青年，那就不要辜负韶华，充分享受生命的闪烁。

有一天你老成一枝枯木，那又何妨随性沉醉于局外人的悠闲？

三
站在科技之巅的人类还需要信仰吗

谈到信仰，西方人首先想到的是宗教。但在中国，我们可能会茫然，不知道对方说的是本土出品的道教，还是民间求医卜卦的迷信，或者是植根心中的人生信条。

物竞天择、适者生存，离不开强健的体魄，传承道统、延续香火更依重精神的支撑。精神支撑便是一种信仰的力量。

一

原始社会的图腾崇拜或许也是信仰，但演化成体系才是宗教。人类为什么会有宗教的信仰？

死神随时随地乱发脾气。人最初对死亡的理解，缺少科学依据的支撑。有位作家说："在这个世间走失的亲人，还能在另一个世界重逢，那死亡就变得毫不恐怖了。那些爱过你的人，只不过是在下一站等你……即使还要重新经历贫穷、苦难、迫害和伤痛，但仍然有那些至亲和你一起，生生世世，不弃不离，那还有什么不能面对呢？"

可这仅仅是一个美好的心愿。死神随时随地乱发脾气营造的恐怖氛围让人困惑。在中国，我们人为地幻化出一个鬼世界，把活着的世界和去世后的鬼世界一一对应，看成这个世界的折射。佛偈有云：欲知前世因，今生受者是。欲知后世果，今生做者是。

死亡被演绎得如此神秘，以至面对死亡，谁都没有足够的底气抗争。

大自然总是蛮不讲理。大自然每祭出一次地震或者海啸，就要毁灭成千上万的生灵。面对残暴的自然和狂躁的万物，人类越发渺小。

在不断失利的斗争中，我们逐步积累经验，一步步把主动权争取到手里。科技改变了人类社会的命运。如今，我们在自然面前不再唯唯诺诺，而且把足迹踏上了地球之外更遥远的星空。

人类已经强大到可以局部操纵自然的地步。

站在面前的全是大哥。无论是体型庞大的生猛海鲜，还是面目狰狞的爬行动物，或者是吟啸山林的豺狼虎豹，每一个曾经都让我们望而生畏、胆战心惊。诞生之初，我们根本没有还手之手，不得不时时仰人鼻息，更何谈对命运的掌控？

当我们的祖先在行走的过程中逐渐解放出双手，当他们走出穴居的山洞，当他们把足迹迈向更远的山川和草原，才无比清醒地意识人的大脑有着一望无垠的施展空间。

我们从远古步履蹒跚地迈向科技时代的进程，是一部饱含血泪的斗争史。如今，我们已经所向披靡，成为当仁不让的王者。

二

宗教应运而生。

如果说实践出真知，那么宗教绝对不是空中楼阁，它有适宜生长的土壤，得以不断地改造和升级。"耶和华不再是狂风呼啸的平原山地之上的那个耶和华。他变成了一套规章和律例。他不会再在沙漠的电闪雷鸣中与人类交谈。从现在起，他的声音只能在孤寂的图书馆中听到。"

但人类对宗教的接受过程，体现的恰恰是强权意志。

《圣经的故事》第六章。在总督约瑟统治时期自愿来到埃及的犹太人已经被边缘化，他们在异国他乡过得并不快乐。

这么多年过去了，埃及人已经忘记了犹太人的先祖曾经帮助过他们。统治者为了自身的利益，甚至采取一些非常极端的手段来打压和排挤犹太人。

身在埃及的犹太人，早就淡忘了那个万能的上帝。"当生活变得舒适，当在宽阔世界中没有任何担忧，除了如何尽情花钱享乐，人们就不太容易对宗教事宜感兴趣了。"

先知摩西奉上帝的命令，要拯救这些犹太人，当然也要给忘恩负义的埃及人一个下马威。他和同伴亚伦祭出三招大杀器：

第一招是让尼罗河的河水变成红色。可怜的老百姓打井掘不出达标的饮用水。这就意味着死亡的脚步已经临近。

第二招是让尼罗河岸边突然多出数百万只青蛙。它们四处乱蹦，蹦到老百姓的家里，甚至蹦到法老的宫殿里。清晨醒来，满地都是青蛙呱呱叫。埃及人的生活乱成一锅粥。

第三招是营造一场"空难"。数以亿计的苍蝇席卷了埃及自由的天空，它们嗡嗡叫着到处乱飞，带来一波又一波不知名的细菌，让疾病肆虐着这个古老的国家。

法老仍然不肯妥协。

摩西和亚伦这对最佳拍挡又打出一套组合拳——男女长疮、冰雹摧毁庄稼、闪电袭击粮仓、蝗虫吃掉植被。埃及这个盛极一时的王国濒临崩溃。然后，又是一场强沙尘暴遮蔽了太阳，让埃及陷入黑暗。

法老只能妥协让步。

这场战争让上帝重新上位，他是最终的胜利者。

《圣经的故事》中，上帝并不仁慈。他是个暴躁的老头，稍不称心就要发怒。上帝之怒，"伏尸百万，流血千里"。你不信仰我，我就惩罚到你信仰为止。这是他赖以树立权威的手段。

三

宗教在某个国家得以盛行，统治阶级绝对功不可没。按理说，强奸民意容易激起民众的反感和抵抗，但宗教的推行恰恰相反。统治阶级为维护自身利益，利用宗教魅惑臣民，反而使其更加深入人心。

可见，宗教能在波浪翻滚的历史长河中历经淬炼而成长壮大，其教义的某些层面必定契合了民众精神和心理的需求。

中国的宗教信仰深陷误区。

首先是官方认识的误区。有人认为，一切宗教的东西都是借宗教的幌子搞迷信活动。这多少有些片面。其次是老百姓信仰的误区。民间确实把信仰当成迷信，求健康、求发财、求升官，似乎没有什么事不可以拜托神灵，似乎也没有什么事是神灵力所不逮的。

民间的宗教信仰混乱不堪。念佛的人家里可能供的是太上老君，拜观音菩萨的人同时也拜着关老爷。诸多怪力乱神形成了植物大战僵尸般的场景。

四

记得在一本书里看过一则对话，某人说，他开飞机飞上高空 N 多次，也没有见过上帝。回答的人则巧妙避开话锋说，他解剖过很多人的大脑，也没解剖出思想。看似巧妙，实际是诡辩。

人类站在科技之巅，要用科技手段证实上帝的不存在，简直易如反掌。但是，即便戳穿了上帝的假面，却未必剥得净宗教信仰的侵蚀。

信仰在科技时代还会发挥作用吗?睿智的人类还需要信仰吗?

徐贲先生说:"有信仰的人同时选择了人生观、价值观和世界观。人生行为有了信仰原则的指导,不至于全凭功利的考量,随波逐流、附膻逐腥、无法无天、无所不为。一个缺乏信仰的社会,不是缺乏某一种信仰,而是什么信仰都没有。"摔倒的老人没有扶,跳楼的少女遭围观,类似现象与信仰的缺失不无关系。

今天的信仰,绝对不可能仅限于宗教的教义。"绝大多数人不再盲目地接受来自传统或宗教、政治教义的信仰,而是用理性来思考和判断信仰的内容和合理性。"

一个人可以没有宗教的信仰,但绝对不能缺少内心秉承的准则。康德说:"有两件事物我越是思考越觉得神奇,心中也越充满敬畏,那就是我头顶的星空和我心中的道德准则。"

都说国人没有信仰,如果就宗教而言,我们不过是"临时抱佛脚"而已。但每个人心中都有自己的行为尺度和处事原则,它就像中学生守则一样耐心说教让你规范言行举止。如果连这一点最基本的东西都弃之不顾,那还有什么不能舍弃呢?

晚年的林语堂,道学的恬淡超然已不能够弥补生命形诸于内心的悲剧。于是,六十四岁的时候,他把生命最后的十七年交给了基督和耶稣,"我现在不再问'有没有宗教能使受过教育的现代人心悦诚服?'我的探索已经完满结束了。"

我们的探索,依然任重道远。

读者荐书
032

八月 / 下
《苏东坡传》

林语堂 著
张振玉 译

/ 一　苏东坡的人生是成功还是失败

二　残酷的传记：她爽约在与你缘定三生的路上，
　　你还在路口痴痴等待

三　人生从中年开始：
　　三十七岁才觉悟，这样的人生还能走多远 /

一 苏东坡的人生是成功还是失败

一个人取得成功要具备哪些条件？

简单一点说，是能力和际遇。自己没有两把刷子，际遇摆在面前，也是像阿斗一样烂泥扶不上墙。当然，如果能有家庭背景助推，那便无异于成功路上喜得捷径。

捷径的距离有多短，取决于可依靠的背景有多深。

苏东坡的才干毋庸置疑。林语堂在《苏东坡传》写道："苏东坡在中国是主要的诗人和散文家，他也是第一流的画家、书家、善谈吐，游踪甚广……他在中国绘画上创出了新门派，那就是文人画，而使中国艺术增加了独特的优点。他也曾开凿湖泊河道，治水筑堤。他自己寻找草药，在中国医学上他也是公认的权威。"

这真是一个百科全书式的人物，他的特点不仅在于广而博，更在于专而精。他是"人间不可无一难能有二"的人物。

苏东坡出身小康之家。在眉山这个小县城里，苏家算得上声名显赫。在他出生不久,他的叔叔赶考高中。东坡的母亲程氏,识书达理,娘家有钱有势,又非苏家所能及。

东坡少时在母亲指导下读书。读至《范滂传》,他为范滂舍生取义的行为所感动,立志长大了要成为范滂一样的人。母亲的回答更为惊人,她说:"你能成为范滂,我就不能成为范滂的母亲吗?"可见她的见识非一般人所能及。

苏东坡的人生际遇不算太坏。二十岁时,他与四十七岁的父亲、十八岁的弟弟一同进京赶考。本应得中榜首,阴差阳错成了第二。仁宗皇帝读了他们两兄弟的文章击节赞赏,回到后宫非常高兴地对皇后说,他为子孙后代物色到两个宰相之才。

苏东坡一生遇到四位皇后主政。"自古闺阁中历历有人",她们都是历史上极为难得的贤后,且对他青眼有加。朝中先后当权的人,除了王安石与他政见不合,屡屡排挤他之外,其他如韩琦、欧阳修、司马光等都对他十分欣赏。

仁宗皇帝誉苏东坡有宰相之才,可他一生"生活寄于风雨,岁月失于道路,命运困于党争"。

如果以成败论英雄,他的人生算成功吗?

中国有句古话,"千里来当官,为的吃和穿。"苏东坡为官最辉煌的时期短暂地当过吏部、兵部、礼部尚书,离宰相还差着一截。官居高位不久,又被贬往蛮荒之地。还好,他比王阳明运气好一点,虽然始终行走在被贬官的路上,但总算没有性命之忧。

官运不算好,那么财运呢?他一生辗转流离,积财无多,甚至有时候连温饱都解决不了。四十八岁的时候,他离开常州赴任,"资用罄竭……无屋可居,无田可食,二十馀口,饥寒之忧,近在朝夕。"

流放到海南以后,"食无肉,病无药,居无室,出无友,冬无炭,夏无寒泉,然亦未易悉数,大率皆无耳。"他与儿子"相对如两苦行僧尔"。一个当世闻名的才子,不可世出的天才,境况竟然凄惨至此。

前些年流行一个微信段子:

有两份名单,一份是傅以渐、王式丹、毕沅、林召棠、王云锦、刘子壮、陈沆、刘福姚、刘春霖;一份是李渔、洪升、顾炎武、金圣叹、黄宗羲、吴敬梓、蒲松龄、洪秀全、袁世凯。

前者都是清朝状元,后者都是落第秀才。

谨以此宽解所有的考生以及他们的父母。

真正的考场并非在学校!

话虽如此,有清一朝,状元名人不在少数,偏偏挑了这些不为人熟知的。而落魄的文人更多,又专门拣了这些出名的。

这些秀才落第的名人中,有多少人一度穷困潦倒,生活难以为继。状元即使寂寂无名,总能捞个一官半职,封妻荫子,衣食无虞。

落魄书生的无奈,又有几人知?

东坡也绝不否认他政治上的失意。四十七岁中年得子,他为幼子写了一首诗:

"人皆养子望聪明,我被聪明误一生。唯愿孩儿愚且鲁,无灾无难到公卿。"

多年前读过一首诗《臣》，深为所动。大概这才是无法从政治中全身而退、又郁郁不得志的人生真实写照吧。

　　通往宫殿的路
　　一生不够，要走十生
　　臣属于那些寒窗下
　　灯光最亮的人
　　头顶的花翎
　　今朝绽放，明朝凋零
　　臣在阴晴不定的君颜里
　　熟识天气
　　无论九鼎的哪里出现裂缝
　　臣都得融入血与性命
　　填补
　　臣的庭院和他屈膝的高度
　　无可比拟，臣的现实
　　不能再与他的文中的鸿鹄同义
　　臣仅有的愿望
　　是在家谱最显眼处
　　留一根子孙仰慕的香烛
　　翻动经书的左手无比高贵
　　诛杀风波的右手充满污秽
　　即便是史书最纯的语言

也不能将复杂的臣一一道尽

如果苏东坡的人生仅至于此,那他仍不失为一个伟大的文学家、书法家、画家,但绝对不会成为中国历史上那个独一无二的苏东坡。

王安石失势,苏东坡得以东山再起,他迎来政治生涯的顶峰。但恰恰在这个时候,他萌生退让之意。

林语堂写道:"当年王安石得势之时,他在政坛坎坷不达,不足诧异;可是如今他的同党既然当政,他仍然失败,则确属可惊了。"

原因是什么?

林语堂说:"政治这台戏对有此爱好的人,是很好玩;对那些不爱统治别人的人,丧失人性尊严而取得那份威权与虚荣,并不值得。"

苏东坡是一个出类拔萃的实干家,却不是一个合格的政治家。林语堂说:"政争之中也有些规则,第一条是要多说话,但内容必须空洞;第二条是必须讨好朋友;第三是提防开罪于人。不幸,苏东坡非此等人。"他是一个嫉恶如仇的人,遇有邪恶,"如食中有蝇",吐之乃快。

如果把人生的剧本分为上下半场,那宦海生涯不过是苏东坡人生的上半场。

他人生的下半场,始于失意。

身居高官显爵,人被无限放大的是欲望,而不是幸福。被贬黄州以后,苏东坡悉心钻研佛道,生命逐渐步入另一种境界。

在这里，他甘愿做一个快乐的农夫，充分享受拘禁下的自由和无拘束的自然之美。他写出了《前赤壁赋》等名篇。

记得我上大学一年级时，学到《前赤壁赋》，喜爱之极。后来在课堂上，几乎一字不差地背诵出全篇。三十出头颇有古典气质的金艳老师略感惊讶，说我是她的学生里第一个能背诵这篇散文的。

她的鼓励让我沾沾自喜。我一发不可收，把大学语文三分之二的课文都背诵了下来，又雄心勃勃地开始背《古文观止》。

《前赤壁赋》打动人的，固然是文辞之美，更在于意境之高远。

功名、荣誉如果来得适得其时，那得之者必然欢欣鼓舞。如果过了求官心切的阶段，人生已经豁然开朗，这时别人好像法外开恩一样再把它施舍给你，那还有多少趣味？

"唯山间之清风，江上之明月，耳得之而为声，目遇之而成色。"苏东坡失去了高位，却得到了生活。

林语堂说："苏东坡在中国历史上的特殊地位一则是由于他对自己的主张原则始终坚定而不移，二则是由于他诗文书画艺术的卓绝之美。他的人品道德构成了他名气的骨干，他的风格文章之美则构成了他精神之美的骨肉。"

他过着流浪汉式的生活，但并不以为苦。"一箪食，一瓢饮，在陋巷，人不堪其忧，回也不改其乐。"

"用舍由时，行藏在我。"黄州也好，惠州也罢，甚至是在遥远的海南岛，每贬至一处为官，他都竭尽所能为民请命，造福一方。生活一如既往地贫苦,而他出尘洒脱,光风霁月,连政敌都嫉妒他。

他已然不为所动了。

他这样评价陶渊明:"欲仕则仕,不以求之为嫌;欲隐则隐,不以去之为高。"代表中国文化顶峰的儒、释、道三派的精义,在他身上实现了完美的结合。官场的遭遇成就了他艺术的境界。

一路走来,他无所畏惧,淡泊宁静,在政治漩涡和人生逆流中处变不惊,秉承自己的风格。他的人格才是他留给世间最完美的艺术品。

成功抑或失败,还重要吗?

二
残酷的传记：
她爽约在与你缘定三生的路上，
你还在路口痴痴等待

外国作家中，我对屠格涅夫情有独钟；中国作家里，我独爱林语堂的幽默闲适。

林语堂最得意的小说是《京华烟云》。写作此书，他不止一次落泪。他说，"古今至文必血泪和墨。今流泪，必至文也"。

他最引以为豪的作品是《吾国吾民》。他曾为自己写了一幅对联："两脚踏东西文化，一心评宇宙文章。"借助《吾国吾民》，他把中国文化的全貌引渡到了英语世界。

他最向往的人生是苏东坡的宠辱不惊。林语堂说："有他的作品摆在书架上，就令人觉得有了丰富的精神食粮。现在我能专心致志写他这本传记，自然是一大乐事，此外还需要什么别的理由？"

这几本书，恰恰也是我非常喜欢的。

从《吾国吾民》开始，一发不可收，先后读完《生活的艺术》

《京华烟云》《红牡丹》《苏东坡传》。由林语堂而至周作人、梁实秋、俞平伯，一时席卷二三十年代的文学。

大一时，在学校图书馆看到中国广播电视出版社的《周作人散文》四册、《林语堂散文》上下册，如获至宝，一度想偷出来据为己有。

我默默考察图书馆周边地形，制定窃书策略。计划将书从二楼的窗户扔到窗外平台上，傍晚再从一楼爬上平台，神不知鬼不觉揽书入怀。

临到作案，犹豫再三还是决定放弃。这毕竟不是闹着玩的。学校的处罚极其严重，我害怕背上一世的污名。

大一寒期回家，与朋友在新华书店看到东北师范大学出版社的《林语堂全集》三十册，430元，决心要攒钱买上。

到大二时，手里已有230元。迫不及待，就把钱寄给在老家上学的一位朋友，希望她慷慨解囊，再赞助点经费。我的理由是：我们一起来读林语堂的全集。至于欠她的钱，只能以后再还了。

月余后，收到一张500元的汇单及她的信。信中告知，钱已帮我凑齐，可惜书已卖掉。如今把钱寄我，可在别处买。

眨眼之间二十年过去了。林语堂的作品已收集齐全，欠她的钱仍然没有还上。

林语堂的作品读过很多，相比于难脱散文格调的小说，我还是更喜欢血脉纯正的散文。

这些活泼、幽默、轻松的文字，在我的眼前闪耀、跳动。

我在它们的注视里心境渐渐平和，偶尔会心一笑。

在那个纷乱的年代，能把情绪消解在文字里，能把愤懑藏得这么深，实在不多见。难怪他会钟爱东坡先生。

相隔千年的距离，也有心意相通的时候。

大三时，受舍友的托付，曾为他读中文大专的同学写了一篇有关林语堂的文字。接连好几个夜晚，我趴在小板凳上，诉说着对他的喜爱。

有一段时间热衷于人物传记。读完《傅雷传》，又读《苏东坡传》，再读林太乙的《林语堂传》。

亲人对至亲之人的书写，难免流露过多个人的情绪。

既然喜欢林语堂，那就任自己一味沉溺下去。

这个穷其一生"两脚踏东西文化，一心评宇宙文章"的人，在别人眼里又是怎样的呢？

不可否认，十月文艺出版社的《林语堂传》，更加全面、客观。

人都是这样，崇拜一个人，就觉得他十全十美，容不得别人说一句他的不好。

当年对林语堂的热爱，一度达到狂热的地步，看到批评他的文章，自然不满。如今十几年过去，对很多事情也慢慢养成公允的心态。

林语堂不是完人。各人对文艺的理解不同，立场不同，"以自我为中心，以闲适为格调"，未尝不可。他与同时代的很多文人意见相左，但并不失一颗拳拳爱国之心。

"你可以不同意他说的每一句话，但是你必须尊重他说话的权利。"戏台上，有人唱白脸，有人唱黑脸。现实中，有人过着小资的生活，有人崇尚极简主义。文艺界何必强求同一个声音？

与其他的人相比，林语堂带给我的思考更多，带给我的享受更多。我从他的文字里知道袁中郎、沈复、李渔、张岱，了解孔丘、苏轼的平生。

尽管他在解读这些人的时候，掺杂了太多个人的情绪。对待朋友，你又何尝不是在用自己的心态理解他？用自己的评价准则和是非观念去校正他？

"终日昏昏醉梦间，忽闻春尽强登山。因过竹院逢僧话，偷得浮生半日闲。"我喜欢这样的文字，向往这样的生活，尽力印证在自己的生活里。

"人生必有痴，必有偏好癖嗜。没有癖嗜的人，大半靠不住。而且就变为索然无味的不知趣的一个人了。"我同样信奉这句话。

朋友中不乏奇人、畸人、妙人。与他们相处，精神官能的某一处格外活跃。偶尔争得面红耳赤，争论完毕，两人握手言笑，淡泯恩仇。现在回想起来，都觉得痛快。周围少了这样的人，生活也因此而清淡。

这么多年过去，狂热崇拜的心境，渐渐趋于冷静。

但我仍然喜欢林语堂的文字，钟爱他的散文。"宇宙之大，苍蝇之微"，一些细微不过的事，经他的笔娓娓道来，顿时情趣盎然。读施建伟的《林语堂传》，收获到两首《乐隐词》：

短短横墙，矮矮疏窗。㸦楂儿小小池塘，高低叠障绿水旁边。

也有些风，有些月，有些凉。

懒散无拘，此等何如。倚阑干临水观鱼，风花雪月盈得工夫。好炷些香，说些话，读些书。

《苏东坡传》末，林语堂写道："他的名字只是一个记忆。但是他留给我们的，是他那心灵的喜悦，是他那思想的快乐，这才是万古不朽的。"林语堂留给我的，是一样的感受。

传记读完，已是深夜。

书的最末，正是他生命的最后时光。在沉静的夜里，他轻轻地走了。用他的话说，"我的话说完了，我就要告辞"。

我慢慢合上书，告别了林语堂的一生。

读传记实际上是一桩残酷的事情。见证一个人由寂寂无名到名著于世，再到最后的重归自然。

你看着他成长，经历他的痛苦与欢快，选择与放弃。你与他轻轻交谈，他在你的注视下慢慢老去。最后，一抔黄土掩埋了一世的荣耀、纷争和疲惫。

"时间正像一个趋炎附势的主人，对于一个临去的客人，不过和他略微握握手；对于一个新来的客人，却伸开了双臂，飞也似的过去抱住他。欢迎永远是含笑的，告别总是带着叹息。"

这就像一场夭折的约会——

她爽约在跟你缘定三生的路上……

你不知就里，还孤零零地站在路口痴痴等待。

三
人生从中年开始：
三十七岁才觉悟，这样的人生还能走多远

人到中年，心力交瘁，万事皆休。如果到三十七岁才想明白一件事，他的人生还能走多远？事业的上限又在哪里？

恐怕不太乐观。

有一次从机场返家，已是深夜。开顺风车的是一个二十出头的小伙子，脸上的稚嫩尚未脱尽。见他谈吐老练，又像是个经过世事的人。问他结婚没有，他说当然结婚了，孩子都已经五岁了。

我略感惊讶，说你这么年经就有孩子啦？他停顿了一下说，年轻就要付出代价。结婚快，离婚也快。他再奋斗五年，如果生活还没什么起色，那这辈子就这样了。

不由黯然。再过五年，他也不过三十岁。三十岁的人生，就已经定型了吗？

在一个单位待了十八年，身边的同事像韭菜一样被割了一

茬又一茬。春去秋来，我成了单位最老的人，自己也觉得老气横秋，意气萧然。

二次就业选择的是一个陌生的城市，山水明媚，四季如春。说实话是奔着养老来的，我绝不会再憧憬眼前一幕幕推开的现实会像梦境一样五彩斑斓。

我和曾经的同事们，已然未老先衰了。

中年以后，压力陡增，疲态尽显，想再有所作为精神血气难以为继。这个时候，还能奋勇向前的人，着实当得起"勇士"的称谓。

近日重读《苏东坡传》。林语堂说："甚至才高如苏东坡，真正的生活也是由四十岁才开始。"

四十岁的苏东坡，外放徐州，终于当上了地方的最高行政长官。多年韬光养晦，一朝出手，便震惊天下。他不再是那个名满天下的诗人、画家，而是一个实用主义者。他治理洪水，整饬军纪，改革监狱的管理制度，对囚犯施以人文主义关怀。"他以徐州太守所表现的政绩已经证明了苏东坡这个行动人物作为行政官员，也是个干练之才。"

"用舍由时，行藏在我。"一个乐观主义者，一个真正懂得生活的人，绝不会轻易抱怨命运的不公。他会把这些心思和精力，用于为民众谋福祉的实际行动中。

让我们来看看四十岁之前，苏东坡的人生都经历过什么。

二十一岁丧母，二十九岁丧妻，三十岁丧父。人生不应该有的悲痛，他大部分都已经经历过了。

四十岁之后,生活更不如意。四十七岁老来得子,却不幸夭折。宦海沉浮,几经波折。五十七岁时从政治生涯的顶峰迅速坠落。此后几年,不是被贬官,就是在被贬的路上。

"失去人间美好的东西之人才有福气!苏东坡能够到处快乐满足,就是因为他持这种幽默的看法。"苏东坡的快乐,固然在于他的心态,更得力于艺术的支撑。"他不管身处何处,总是把稍纵即逝的诗的感受赋予不朽的艺术形式,而使之长留人间。"

人生到处知何似?应似飞鸿踏雪泥。

泥上偶然留指爪,鸿飞哪复计东西?

生命的偶然,岂是我辈能轻易把握的?

都说历史总是惊人相似,这话不假。四百三十多年后,明朝出了一位大人物,他与东坡先生的人生观不同,艺术观也不同,命运和人生的经历却有几分相似之处。

这个人就是王阳明。据说他在娘胎里待足十四个月才出世,五岁才开口说话。他的人生注定不会平凡。

王阳明的人生,正是始于三十七岁。

苏东坡当官是坐过山车,高开低走。二十岁金榜高中,皇帝就赞他有宰相之才,可直到四十多岁,才迎来官运的辉煌。这辉煌不过是昙花一现。

与苏东坡不同,王阳明做官像是在爬坡,越爬越高。三十七谪居龙场,一番大悟之后,不但学问精进,官运也亨通。三十九岁当上县令,从此南京刑部主事、考功郎中、大仆寺少卿等等，坐着火箭一路飙升。

苏东坡和王阳明两人，有太多相似之处。他们年少成名，本来都要高中状元的，阴差阳错都屈居第二。阳明年少时母亲去世即入佛道，觉得与自己的学说相悖，遂弃之不顾。东坡官场沉浮，老来潜心精研佛道学问，人生和艺术的境界更上层楼。

面对死亡，两人从容淡定的态度惊人一致。苏东坡对来世无所苛求，鸠摩罗什不都死掉了吗？"解脱之道在于自然，在不知善而善。"王阳明的遗言也只有八个字："此心光明，夫复何言？"学术上的辩驳，留给后人去争论吧。

苏东坡除了艺术上的名望之外，徐州治洪水、杭州掘西湖、设立公立医院等等，政绩斐然。王阳明平宁王判乱、江西平寇、思田平苗，历史功绩又何遑多让？

想当官的人无非有两种，一种是官瘾大，想当大官，光耀门楣也好，占有资源也罢，说白了为的是自己；还有一种人，当官是想做事，施展自己的才华和抱负，为的是理想。

蒋廷黻在《中国近代史》说："在中国做官可以，做官而要同时做事，很困难；做事而又认真，很危险；认真而且有计划，那简直不可能。为做官而做官的，只要人人敷衍、事事通融，反得久于其位，步步高升。"

他又说："官场最不可缺的品格是圆滑，最宝贵的技术是应付。"当官想做事为什么难，因为顾及自己的官位，所以会考虑做事的结果及对自身的影响。

在过去的中国，无论你官居一品还是不名一文，既想有尊严，又要体面生活，很难。苏东坡和王阳明在如此恶劣的政治环境中，不失其本色，真正难得。

四十岁后，苏东坡和王阳明官越当越大，却越来越看淡了官场的荣辱。官运亨通之际，心里想的却是隐居林下，著书讲学。那封侯拜相、荣宗荫子的虚名，在他们眼里，何尝值得半文？

王阳明的志向是在学术上。他注重小学教育，关注小学教师的培养。这在几百年前的中国，真是闻所未闻了。他的学说最终在日本得以发扬光大，在中国剑走偏锋，最终坠入无聊的学术纷争，实在让人遗憾。

中国自古有民间讲学的风气，大师学者们不求发财，不为高官，只是期望自己的学说名扬于世。学人们前仆后继的付出，推动了人类社会前进的脚步。不曾想到了科技无上限的现代社会，讲学之风竟然绝迹了。殊为可惜。

东坡先生用他的艺术征服了世界，用他的人格感染了后人；阳明先生却用他的学说挽救了世人，用他的人品赢得了尊重。诸葛亮在《诫子书》中有言："绝情欲，慕先贤。非淡泊无以明志，非宁静无以致远。"这两人真正做到了。

王阳明去世时只有五十七岁。他的学说自成体系，可是其中的精微奥妙之处，弟子们尚未领悟透彻。"阳明以自己之高明律人，视他人尽是高明，既不能定之以教理，又未能范之以律仪，而及门诸子，得浅、得深、得纯、得驳，只取其一偏，以之独扬其至，执之不得会通，末流遂猥杂不可收拾。"

阳明学说分崩离析，罪不在他。释太虚在《王阳明论》中写道:"若使阳明能如王安石、张居正得君当国一二十年,则伊尹、周公之盛不难重见明季,而国运亦或为之一变……又使阴阳能有孔子之寿数,则必能裁其门第子之狂狷者驯致中行,则立言亦可上跻孔子。"

可惜死神之冷酷,绝不因一个生命有价值而对其有所眷顾。大明王朝没有此等福气,所以难以挽回国势衰微的局面;后辈学子缺少造化,只有在盲人摸象的泥淖中自圆其说。

读者荐书 033

九月／上
《纸牌的秘密》

〔挪威〕乔斯坦·贾德 著
李永平 译

/ 一 昆山龙哥已成传说，我们该怎样维护社会秩序

二 学习哲学，剥夺了我们的快乐吗

三 你还沉溺在宫廷剧中吗？
别总被"兄弟反目"忽悠 /

一
昆山龙哥已成传说，
我们该怎样维护社会秩序

有人就有江湖，有江湖就有规矩。人类能够走在历史之路上不掉队，得力于我们建立了自己的秩序。

人和猩猩的区别之一就是秩序感。赫拉利在《人类简史》中写道："如果一对一，甚至十对十的时候，人类比不过黑猩猩。如果把几千只黑猩猩放到纽约股票交易所、职业棒球赛场、国会山或是联合国总部，绝对会乱得一塌糊涂。但人类在这些地方常常有数千人的集会，人类创造了秩序井然的模式。"

创造秩序是每个世界最基本的需求。《纸牌的秘密》这本书中，作者构思了一座奇异的魔幻岛。水手落难漂流至此，寂寞时，他用自己随身携带的一副纸牌幻想出一个与人类对等的侏儒世界。

纸牌的四种图案用以区分人群的三教九流，牌面的点数表明身份的高低贵贱。方块侏儒专司吹制玻璃器皿，红心姑娘是热情的面包师，梅花侏儒是插花种树的能手，而黑桃汉子肌肉发达，为人阴鸷。

有一天早晨，这些侏儒从创世主佛罗德的脑袋中爬了出来。他们一丝不苟地按照佛罗德幻想的剧本倾情演出，恪守着程序设定的角色职责。

每一种秩序，不见得既合情又合理，但如果没有秩序，这个圈子可能乱成一锅粥。赫拉利说："大多数人都会认为只有自己社会的阶级是自然的，而其他社会的阶级分法都实在是虚假又荒谬。"

传统的印度社会用种姓制度来区分阶级。每个人出生就属于特定的阶级，而破坏阶级就是污染个人，也污染了整个社会。一个人的迦缔（出生）决定了他的职业、他的饮食、他的住处，还有他的结婚对象。

这种秩序在我们看来荒谬而又可笑，但它在那个神奇的国度已经安然无恙地活到几百岁。你胆敢挑战它的权威，恐怕所有的人都会跳出来跟你玩命。

这两天，"昆山龙哥"的热点终于开始冷却，龙哥的死被判定为正当防卫。在江湖中，龙哥也许是守法公民，可江湖规则并不适用于现有社会秩序。

龙哥的悲剧在于他妄图挑战秩序和规则：其一，酒驾违法明知故犯，看似对别人不负责，伤害最深的人实际是自己；其二，眼前有路偏不走，非要占别人的道，让别人无路可走；其三，江湖已是过往，刀不归鞘本是罪过，却还拿出来伤人。

不过，案件未有定论之前，相信很多人都为夺刀砍人的当事人于海明捏一把汗。因为诸多的实施条件让正当防卫太难以界定。过去数年，防卫不当、防卫过当占据了案件的绝大多数。

有数据显示，在"无讼案例"收录的433万份刑事裁判文书中，采取"正当防卫"辩护策略的有12346篇，最终，法院认定正当防卫的只有16例。正当防卫辩护成功率仅为0.13%（万分之十三）。

龙哥事件尘埃落定，让一直关注案件走向的人长出一口气。

案件基本情况：2018年8月27日21时30分许，刘海龙驾驶宝马轿车在昆山市震川路西行至顺帆路路口，与同向骑自行车的于海明发生争执。刘海龙从车中取出一把砍刀连续击打于海明，后被于海明反抢砍刀并捅刺、砍击数刀，刘海龙身受重伤，经抢救无效死亡。于海明经人身检查，见左颈部条形挫伤1处，左胸季肋部条形挫伤1处。

案件定性：根据侦查查明的事实，并听取检察机关意见和建议，依据《中华人民共和国刑法》第二十条第三款"对正在进行行凶、杀人、抢劫、强奸、绑架以及其他严重危及人身安全的暴力犯罪，采取防卫行为，造成不法侵害人伤亡的，不属于防卫过当，不负刑事责任"之规定，于海明的行为属于正当防卫，不负刑事责任，公安机关依法撤销于海明案件。

案件陈述材料中有一段文字："从正当防卫的制度价值看，应当优先保护防卫者。'合法没有必要向不法让步'。正当防卫的实质在于'以正对不正'，是正义行为对不法侵害的反击，因此应明确防卫者在刑法中的优先保护地位。……在事实认定和法律适用上，司法机关应充分考虑防卫者面临的紧急情况，依法准确适用正当防卫规定，保护防卫者的合法权益，从而树立良好的社会价值导向。"

"正义""社会价值"这样的字眼，在以往的陈述材料中并不多见。最后的判决是以法律的形式体现，但正确的社会舆论导向和公道自在人心的道德力量功不可没。法律固然表情冷峻，但它不会无视道德。

设想一下，如果于海明没有反抗，而是在同事报警之后忍痛等待警察来救场。他应该没有性命之忧，因为醉酒的龙哥一直在用刀面击打他。关键是龙哥会面临怎样的惩罚？

可以肯定的是，龙哥将再次赴看守所，与曾经的难友一起背诵《三字经》。这一套他轻车熟路，肯定会无条件完成任务。

看守所的初衷，恐怕不是为普及推广国学教育吧？

仅仅依靠法律制裁并不能使这些深陷囹圄的人真正得救。他们中有些已经沦为惯犯，各类制裁手段了然于胸，肉体的惩罚只不过是小时候犯了错父母施加的一顿暴打。背诵国学典籍，也许还能够唤醒个别一点良知，让他反思人生的过往。

维护社会秩序固然离不开法律手段，更应该倚重道德力量。道德温文尔雅，但绝不是苍白无力。这在古代已有例证。

明朝的王阳明为官一方，坚决抵制重刑，代之以开导人心。他认为用刑是治不好人民的，唯有正本清源，引导民心向善，才能降低民间的犯罪率。他终生鼓吹的"致良知"精义也正在于此。

在明代,诉讼之风原本非常盛行。王阳明的辖区庐陵县,老百姓更是芝麻大的事都告官。但阳明主政之后,民风竟然为之一变,积弊渐除,囹圄日清。

这个道理并不深奥。当父母的都知道,小孩犯了错,家长采取的教育方式不尽相同,有人动之以情,晓之以理;有人简单粗暴,拳脚相向。对孩子而言,一个耳光发挥的作用也许胜过一千句好话。所以,短期内家暴会比说教更有效。

但是,体罚不是教育孩子的最佳选择。

把一千个耳光叠加在一起,效果肯定比不上十万句温言软语。家庭的温馨,不会在乒乒乓乓的格斗声中氤氲而起。等孩子长大了,翻阅童年的记忆,他们对家暴绝对刻骨铭心,深恶痛绝。相反,父母不经意间一句体贴的话反而让他内心暖流涌动,记忆犹新。

法律重在约束,道德长于感化。一项秩序,如果你要发扬传承,法律可以是辅助手段,但不能作为主流措施;如果你要取而代之,最好不要暴力来打倒,而是用道德来修正。

印度电影《厕所英雄》,就是用道德手段向荒诞的旧秩序唱响了强有力的战斗之歌。相反,《纸牌的秘密》中,丑角煽动纸牌侏儒以暴力推翻创世主佛罗德,结果自食恶果。

丑角跳出佛罗德的幻想,看到同类在貌似合理的秩序中手舞足蹈,忘乎所以。他不甘心自己的命运受别人的摆布,他要戳穿傀儡的身份。

一场反攻之后，原有的秩序分崩离析，创世主佛罗德死于内讧，魔幻岛在一片汪洋中沉没。其他的五十二个侏儒重新回归到纸牌中。

暴力推翻了旧的秩序，新的秩序却荡然无存。

康德说："世界上只有两样东西让我无限敬畏：即头顶的星空和心中的道德准则。"相比于法律，道德对秩序的影响更广泛，更持久，更能彰显一个人价值追求的理性与否。

道德本身没有高低贵贱之分。它在千差万别的生命载体中将产生正能量还是负能量，取决于这个人家族的传承、社会习俗的渗透、传统文化的浸润，等等。一个贫穷的人不见得不如一个百万富翁品德高尚，得看他从什么样的土壤中破土而出，与什么样的人择邻而处，人生第一位导师信奉什么样的箴言。

王尔德说："即使身处脏水沟和下水道，也要仰望星空。"每一个生命都是尊贵的，只不过有人把尊贵活成了卑微而已。昔人已逝，是非过错便无需过多评说，让缄默和沉思淹没愤怒和纷争吧。

二
学习哲学,剥夺了我们的快乐吗

苏菲是个快乐的女孩,现在她不再快乐了。

苏菲的人生因为几封陌生的来信改变了航向。不是同学的情书,也不是远方的朋友送来的祝福。

信里带来两个问题:"你是谁?""世界从何而来?"回家后站在镜子面前,她凝视着自己的眼睛,忽然迷惑了。镜子里的人是不是自己?

十四岁的女孩,经历过亲人的离世,但从没有认真思考过死亡。我为什么而活?生命的意义又是什么?如果没有这些信来提醒她,她不会这么早开始思考这些问题。现在,这些人生永恒的命题开始困扰她。

苏菲坠入了让她恐慌而又好奇的哲学世界。

哲学蒙着一层神秘的面纱。曾经流行过一个段子:

大学生活的四个阶段,大一时不知道自己不知道;大二时知道自己不知道；大三时不知道自己知道；大四时知道自己知道。

一个人经历高考的搏杀，突出重围进入高等学府，难免信心膨胀，目空天下；经过一段时间的学习，才知道自己的浅陋和无知；又假以时日锤炼，终有小成，而磨灭的自信尚待恢复；又持之以恒锻造磨励，终于拨云见日，学有所成。

但哲学系的学生恰恰相反。大一时不知道自己不知道；大二时不知道自己知道；大三时知道自己知道；大四时知道自己不知道。

大一初入学堂，腹有诗书，掂不出自己的斤两；一年来用功至深，到了大二学问已窥端倪，自己还不明就里；升至大三，终于融会贯通，浑身酣畅；大四毕业，才知道世界之大，哲学之玄，不是能轻易了解和掌握的。

古希腊哲学家苏格拉底曾经坦诚地说：他只知道一件事，那就是他什么都不知道。但神谕说苏格拉底是全雅典最有智慧的人。

塞·巴特勒说："无知的真正底色是虚荣、骄矜和狂妄。"这正是苏格拉底的智慧。哲学让人望而却步，但它并未远离我们，我们只是因为熟悉而漠视它的存在。

乔斯坦·贾德一定是在写《苏菲的世界》时，留下了很多疑惑，才要在《纸牌的秘密》里用奇幻的故事给我们解密。

水手佛罗德用扑克牌幻想出职业、性格不尽相同的纸牌侏儒。这些侏儒陪伴他在岛上渡过了五十二年。

在岛上，佛罗德就是幸运的上帝，他创造的侏儒对他无比信奉。

侏儒们没有烦恼，因为他们所处的世界不会变化，他们永远也不会长大，不会衰老。即使五十二年过去，他们仍如初生时一样青春，一样快乐。只有佛罗德在独自老去。

整副纸牌人唯一清醒的丑角，看穿了命运的布局，掌握了别人看不到的人生真相，他一定是追问过"我是谁""世界从何而来"的那个人。他要打破宿命的安排。在丑角年的派对上，他煽动侏儒们推翻佛罗德。

佛罗德在内讧中死去，魔幻岛也随之荡然无存，从海平面上沉没消失。丑角则永远游荡在世间，没有同类，没有归宿。"看透命运的人必须承受命运的折磨"，这就是他的宿命。

苏菲就像魔幻岛快乐的侏儒，而陌生的来信，就是在丑角之宴揭穿谜底的丑角。人一旦思索和追寻生命的意义，无尽的烦恼就会时时袭来。

生物学家曾结合生化遗传等因素，做了关于一项主观幸福感的调查和研究。研究表明，中大奖、买房子、升官发财等，都不是我们快乐的主要原因。我们之所以感到快乐，是因为身体内发出的快感指令在命令我们产生快乐的情绪，于是我们的血液中开始流过各种激素，大脑中随即闪现出电流。

说白了，是荷尔蒙在刺激我们的感观。

赫胥黎的反乌托邦小说《美丽新世界》一书出现的所有人，每天都要服用一种叫苏麻的药物，刺激自己的观感以产生快乐，这样才不致于影响生产力和工作。

即使生活环境朝夕变迁，他们都不会有一点烦恼。没有一个人会打骂孩子，和邻居吵架，跟上司顶嘴；人间没有战争，不会产生维权纠纷，更不会倡导民主。

但是，生物学上快乐并不能囊括快乐的全部内容。正如赫拉利所说，快乐不只是"愉快的时刻多于痛苦的时刻"这么简单。相反，快乐要看的某个人生命的整体；生命整体有意义、有价值，才能得到快乐。

《纸牌的秘密》中，丑角之所以要推倒佛罗德创造的秩序，正是因为他看穿了这种快乐的真相。他要抗争别人对自己命运的布局。

对生命意义的追寻，正是哲学的启蒙。哲学不断把人推向思维的极限，却剥夺了显而易见的快乐。

《纸牌的秘密》中的彩虹汽水，作用等同于《美丽新世界》里的苏麻，这更像一个隐喻。这种滋味异常美妙，让人沉溺其中难以自拔。"它让你尝到的不光是一种滋味，而是人世间各种各样的滋味。这些滋味同时侵袭你身上的每一个感觉器官。更妙的是喝这种饮料时，不但你的嘴巴和喉咙尝到它的滋味，连你身上的每一个细胞都尝到。"

"因为当你们喝彩虹汽水时，你们只尝到蜂蜜、薄荷、草莓等的滋味。你们从不曾意识到自己的存在，就像一个尝尽世间百味的人，却忘记自己有一张嘴巴。"

在观感的快乐中，我们忽视的是自己本身。身体触觉的贪恋和释放欺骗了我们，让我们误以为这就是真正的生活。

雨后，当彩虹浮现，孩子以好奇的眼光欣赏着它的美妙，同时拽动我们的手臂，邀请爸爸妈妈分享他们的喜悦。我们却以世故的冷静制止他们的热情，期待他们快速成长为我们的样子。

少女苏菲是幸运的，有一个陌生人在她心智渐开的年龄来点破她的命运。而我们很少会越过父母的肩膀去认识人生，更多时候，我们都是躲在身后，让他们带着我们去接近命运。我们与生命的影子渐行渐远。

如果某一天，有一句话、一本书或一个人打动了你，让你忽然想要反思生命的奥妙，那就不要停驻思考，让哲学带你去寻找真实的我。

这个世界是一个无比奇妙的奇迹。弗兰克尔说："我们的行动，我们创造的作品，以及我们的经历、际遇和爱。即使在无法改变的残酷命运面前，我们仍然可以通过某种方式获取生命的意义。"

哲学摊派给我们一份忧郁的气质，却拓开了人生的道路，丰富了生命的底色。

三
你还沉溺在宫廷剧中吗？
别总被"兄弟反目"忽悠

2015年10月，国家给二孩全面松绑，很多中国小孩又可以拥有合法的兄弟姐妹了。但是好景不长，经历2016年短暂的生育高潮之后，2017年，二孩出生人数和人口增长比例均有所下降。在专家热情洋溢、信誓旦旦的华丽辞藻面前，普通民众显然更加冷静。

不可否认，我们很多人丧失了拥有兄弟姐妹的机会。对更多的孩子而言，叔父伯父姑姑阿姨这些字眼，只能在字典和故事中寻找。

古代诗词歌赋中，歌唱爱情的很多，谈论手足之情的却很少。提起兄弟，更容易让人想到惨绝人寰的夺嫡之争，曹植诗云："煮豆燃豆萁，豆在釜中泣。本是同根生，相煎何太急？"百姓之家，也不乏手足相残、兄弟反目的惨剧。

尤其在宫斗剧大行其道的时代，后宫争宠甚嚣尘上，夺嫡之战愈演愈烈。我一度非常担忧，那些缺乏兄弟姐妹的孩子眼中，兄弟、姐妹的情义是不是会变成可怕的东西，兄弟姐妹的存在只和争权夺利有关。

我的幸运是有自己的兄弟姐妹，虽然儿时的生活贫寒，但手足的快乐却总能慰藉内心。

少年时代，我和兄长一起在离家十五里的地方上初中，不得已住在校外的农户家里。每周日，哥哥会骑自行车把我从家里带到学校，周五放学又把我带回去。如是者两年。

有一晚我们闹别扭，我生气扔掉了最后一块烙饼。第二天，我们没有口粮。到了中午，他跟别人借了八毛钱，给我四毛，让我买两根麻花。这天恰好是周五，下午他照常带我回家。

读了大学以后，有一年去看他。他们的考察队正在甘肃文县的深山追寻大熊猫的足迹，我也随行前往。山中气候无常，吃住没有规律，进山才第三天，我就发烧病倒了，被拖拉机送出山外输液治疗。

半睡半醒之际，忽然有人在摸我的额头，悚然惊醒。原来是哥哥他们任务告一段落，返回来休整。看他的眼睛满含关切，我内心暖流涌动。

如今相隔千里，一年难得一见，不由常常想起当年的点滴。人在世上，有个兄弟姐妹总是幸事。他和你源自同宗，你们在同一个庭院中长大，逐渐开枝散叶，各自书写不同的人生。在同一片月光下，当你想念他的时候，他或许也正遥远地思念着你。想到无论何时、何地，这世上都有一个和你血脉相连的人在牵挂你，心里总是欣慰的。

这种情谊，不是每个人都可以体会，但我确定，如果我畅叙兄弟之情，苏轼一定会点头称是。

兄弟反目是街边的脚本，在苏轼家中，弟弟是他一生的挚友。苏轼曾有一首诗："我少知子由，天资和而清。岂独为吾弟，要是贤友生。"弟弟也在哥哥的墓志铭中写道："我初从公，赖以有知。抚我则兄，诲我则师。"

苏东坡比弟弟苏辙大三岁，幼时两人即在父亲的指导下潜心读书。《苏东坡传》中写道："他们兄弟之间的友爱与以后顺逆荣枯过程中深厚的手足之情，是苏东坡这个诗人毕生歌咏的题材。兄弟二人忧伤时相慰藉，患难时相扶助，彼此相会于梦寐之间，写诗互相寄赠以能音信，甚至在中国伦理道德之邦，兄弟间似此友爱之美，也是迥不寻常的。"

苏东坡二十岁时，与父亲和弟弟赴京赶考，高中第二名，弟弟也金榜题名。仁宗皇帝格外高兴，回宫以后对皇后说，他为子孙物色了两位宰相。可惜造化弄人，皇帝的话只说对了一半。

东坡是典型的诗人，直言爽语，热情易冲动，苏辙更加冷静沉着，所以在官场上也比哥哥走得更高更远。虽然一生也有起伏颠簸，但相比于哥哥过山车式的宦海人生，他则是平稳得多了。五十岁以后，苏辙出任同中书门下平章事，即真正意义上的宰相。而哥哥，短暂得宠，随即外放，始终游离在权力中心之外。

福无双至，东坡兄弟尚未就职，母亲因病去世。兄弟二人居丧守礼，一起蛰居数月。世事无常，两人已经深有感触，更加惺惺相惜。可是,"侯门一入深似海",丧期一满,还是要各奔前程。

从小到大,兄弟两人第一次分开,却不知何时才能相见。他们在雪地依依惜别,苏辙骑着瘦马返回,在崎岖的山路上隐约起伏。峰回路转,渐渐看不到他的影子了,只有雪地上还留着一串深浅不一的蹄印。雪越下越下,完全覆盖了人和马留下的印迹。恍惚之间,似乎不曾有过刚才的离别。

人生到处知何似?应似飞鸿踏雪泥。

泥上偶然留指爪,鸿飞哪复计东西。

此后数年,分分合合,总是聚多离少。每次重逢,两人都格外珍惜,吟诗论政,以至于彻夜不眠。离别时也难分难舍,不惜百里相送。《苏东坡传》中写道:"往往为了子由,苏东坡会写出最好的诗。"亦师亦友,足可见手足情深。

"江畔何人初见月?江月何年初照人?"月亮是文人们传唱千古却永不凋零的话题。同样一轮明月,千载而下,承载了太多的情绪。

皓月当空,银辉遍地,深夜的脚步越来越近,月儿转过楼阁,斜挂在雕花的窗户上。月亮是裹着思念的花苞,日里谢夜里开,屋里的人因为思念而睡意全无。

东坡喜欢喝酒。用现代人的眼光来看,他的酒风不好,逢酒必喝,逢喝必醉,还好,酒醉以后不闹场。他已经七年没有和弟弟见面,这一夜,适逢中秋,心有所思,索性开怀畅饮。拂晓,诗人醉醺醺地被扶回去,借着酒劲就开始写诗。一诗既成,诗人把笔墨胡乱地丢在一边，倒头昏昏睡去，案上留下了这首传唱千古的词：

明月几时有？把酒问青天。不知天上宫阙，今夕是何年。我欲乘风归去，又恐琼楼玉宇，高处不胜寒。起舞弄清影，何似在人间。

转朱阁，低绮户，照无眠。不应有恨，何事长向别时圆？人有悲欢离合，月有阴晴圆缺，此事古难全。但愿人长久，千里共婵娟。

情到深处，运笔入神。"即使最挑剔的崇拜者也必须承认，《水调歌头·明月几时有》可以被看作是苏东坡的代表作，人称'中秋词，自东坡《水调歌头》一出，馀词尽废'。"

1097年，两人的缘份走到了尽头。这一年，苏东坡被贬至海南儋州，苏辙被贬至广东雷州，兄弟二人在广西藤州相遇。月余后，弟弟送哥哥出海，两人挥泪诀别。

苏东坡在《绝命诗寄子由》中写到："与君世世为兄弟，更结来世未了因。"逝者如此，不觉都已是六十岁的人了，都被贬在这蛮荒之地，此生再难相见，恐怕要埋骨他乡了。

四年后，东坡溘然长逝。

血和水的关系，只有亲人能讲得清楚，面对至亲之人的时候，你的内心总会涌起异样的感觉。荷尔蒙不会说谎，它流露的你最真实的情绪。所谓的家产，对于我们大多数还在小康线上挣扎的人来说，能改变多少生命的成色呢？

今天的世界，我们面临的现实是，越发达的地区，人们面临的生育压力越大。恢复多子女的家庭结构让很多人意兴阑珊，毕竟多生一个孩子不像添双筷子那么随意。

据统计，截至2015年底，上海全市60岁及以上老年人口435.95万人，占户籍人口的30.2%，比上年增长5.3%。同时，纯老家庭、独居老年人不断增加。未来一段时期，上海步入老年阶段的人群中80%以上是独生子女父母。

奥地利作家茨威格说："那时候还太年轻，不知道所有命运馈赠的礼物，早已在暗中标好了价格。"曾经，我们得以短暂坐享所谓的人口红利和"三千宠爱在一身"的溺爱；未来，还会有更多的孩子将被剥夺拥有弟弟妹妹的权利，这便是我们的代价。

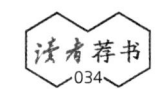

九月/下
《追风筝的人》

〔美〕卡勒德·胡塞尼 著
李继宏 译

/ 一 我们无法想象战争的可怕：
你不能做我的诗，正如我不能做你的梦

二 "老实"，贬义词还是褒义词 /

一
我们无法想象战争的可怕：
你不能做我的诗，正如我不能做你的梦

1969 年，阿波罗 11 号登月之前，在沙漠里接受训练的航天员碰到一位当地原住部落的老人。听说他们即将登月，他恳求帮忙带个口信给月亮上的族人神灵。

这个口信是地道的族语，航天员们搞不懂。登月归来，他们找人翻译了一下，原来，老人是要告诫神灵，登月的这帮人将偷走他的土地。

老人的警惕不无道理。在人类通过科学的征途上，堆满了无辜平民的尸体。1769 年，英国皇家科学远征队抵达塔希提岛，观察金星凌日，此次考察在科学史上意义重大。但他们又顺便干了点副业，替英国征服了邻近的澳大利亚、塔斯马尼亚和新西兰。

此后一个世纪，澳大利亚和新西兰最肥沃的土地都被欧洲移民抢夺占领，原住民人数锐减 90%，塔斯马尼亚岛上的原住

民更是惨遭灭族，遗体被人类学家和博物馆长以科学之名掠夺到博物馆，进行解剖和测量，骨架最终成为人类学的藏品。

人类的智慧在于让任何罪行都"师出有名"。张养浩说："兴，百姓苦；亡，百姓苦。"平民不喜欢战争，但没有力量让它放慢脚步。当政者不是不懂这个道理，而政治家的野心、阴谋家的祸心、资本家的贪心，会绞尽脑汁联手推动战争的进程。

《追风筝的人》一书中，主人公阿米尔曾是阿富汗的富家公子。少年时，因为懦弱和自私，他背叛了一起长大的仆人哈桑。哈桑为了让他保住尊严，和父亲黯然离家，另谋生路。

阿米尔十六岁时，苏联人来了。战争让财富毁于一旦，让信仰落入凡尘，还好，金钱可以续命，父亲带着阿米尔远走美国。

有人花前月下软语温存，有人战火纷飞中妻离子散；有人觥筹交错写意人生，有人无家可归难求一餐；有人喋喋不休对生活各种不满，有人朝不保夕生命随时会烟消云散。天外同样云卷云舒，庭前照旧花开花落，不同的人，心境不同。

苏联人走后，塔利班来了，紧接着，美国人也来了，命运的主宰换了一拨又一拨，永恒不变的是，接受命运裁决的还是那些熟悉的面孔。仅仅在苏联盘踞阿富汗的十年中，就有100万人死于战火，600万人被迫离开家园。

二十年后，阿米尔意外得知哈桑是自己同父异母的弟弟，弟弟为了保护他们的家园，死在了塔利班的枪下，他的儿子生死未卜。阿米尔决心赎罪，重回故园寻找侄子。最终，他从战乱中将侄子带回了美国。现世终于安稳，他和一群天真的孩子，奔跑着，像儿时一样，再一次追起了风筝。而另一边，阿富汗依然风雨飘摇。

战争从未主动离开，它一直在伺机而动。

2003年3月，我还在广州实习。某天上午，办公室的大哥兴冲冲地进来说："打起来了。"我一脸懵，直到同事们纷纷奔走相告，才搞清楚其中原委。一个貌似冠冕堂皇的由头，便把数百万伊拉克平民置于水深火热之中。

这场战争历时七年，美国大兵并没有找到所谓的大规模杀伤性武器，战争的由头至此成了一场儿戏。但当政者仍不免窃喜，毕竟他们为美利坚的凯旋之歌剔除了一个不合拍的音符。

截至2011年底，伊拉克战争中美军约有9000人丧生，伊拉克军队和武装分子死亡约3.6万人。我们受到战争威胁的概率在逐渐降低，战争夺走生命的比例在逐渐下降，这大概可以算是生在这个时代的幸运吧。

数据显示：2000年，全球战争造成31万人丧生，暴力犯罪造成52万人死亡，而车祸死亡人数达126万，自杀人数达81.5万。2002年，只有17.2万人死于战争，56.9万人死于暴力犯罪。相较之下，该年自杀的人数就有87.3万。

如果仅从人员伤亡来评价战争，我们应该欣慰。当然，欣慰之余，最该感谢的还是核武器。上世纪四十年代，美帝给广岛、长崎投下两颗原子弹，把人类对战争的恐惧推向顶端。核威力的"灿烂绽放"，让任何一个超级大国都不敢像从前那样肆无忌惮地狂轰乱炸，一旦有欺负人的冲动，他们绝对会挑那些软柿子杀鸡儆猴。这种一边倒的战争，虽然精彩程度大打折扣，但毕竟降低了对生命的威胁。我们对战争的恐惧开始一路走低，走在街上，我们不必时刻提心吊胆有炸弹突然在身边引爆，更无须处处顾虑被恐怖分子、士兵或毒贩枪杀。

但"不幸"的是，人类从亘古荒野走来，告别愚昧走向文明之后，比以往任何时候都更加珍视生命。所谓的"人权"，开始频频出现在军国大事的议事日程上，当政者不敢再像历史上那些暴虐的君王，把生杀予夺的权力视同儿戏。

正是这一个个独立的生命个体，通过艰苦卓绝的努力，把科学演绎得精彩纷呈。科学推动了人类的进步，成就了国家的辉煌，反过来，社会和国家也会更加尊重独立的个体生命，发表一番热情洋溢的讲话就能煽动一个民族去毁灭另一个民族的时代，注定已是过往。

战争对生命的伤害，的确降到了历史的冰点。但是我们也应该看到，战争的残酷不仅仅体现于人员的伤亡，它的负面效应将会长期存在。

科索沃战争历时 78 天，摧毁了南联盟境内大部分地区的军事、民用、工业设施和居民区。1000 多名无辜平民死亡，但有数十万阿尔巴尼亚族人沦为难民。贫铀弹和集束炸弹的污染，导致新生儿白血病和各种畸形病变高发。伊拉克战争中，美军阵亡约 4900 人，却另有 4400 余人死于事故，这其中，自杀占了绝大多数。战争欠下的债，总有一天要让更多的人加倍偿还。

还有，如果把因战争死亡的区区几十万人，淹没在每年平均5820万的死亡人数中，的确不算什么，但如果把这些人集中到某个国家或者某个地区，那会是什么样的情状？恐怕是哀魂遍野，民不聊生。胡适先生说："醉过才知酒浓，爱过才知情重；你不能做我的诗，正如我不能做你的梦。"因为我们远离战争，所以总是对它轻描淡写。

"亲戚或余悲，他人亦已歌。死去何所道，托体同山阿。"事不关己的时候，我们总是面带微笑；而灾难降临的时候，我们却在愤怒别人的冷漠。阿富汗战争不论是谁的过错，平民总没有错，却在承受错误带来的惩罚。

当你看到，一个为了喂饱孩子的男人在市场上出售他的义腿；足球赛中场休息，一对偷情的情侣被掼在球门后的洞里用石头活活砸死；一个涂脂抹粉的男孩被迫出卖身体，跳着街头手风琴艺人的猴子表演的舞步。你作何感想？是同情他们的不幸遭遇，还是憎恨给他们施加这种遭遇的人？与自杀的人相比，前者毕竟保全了生命最后的尊严，而他们屈辱地活着，也许还会更加屈辱地死去。

近年名声鹊起的学人李天飞说："暴力是中性的，驱动暴力的，或是情绪，或是理性。前者猛烈却短暂，后者持续而可畏。人性是复杂的，掌控人性的，或是自己，或是别人。前者纠结但安全，后者恣意但危险。"人类的理性难能可贵，如果把尊贵的理性用来制造灾难，那跟魔鬼有什么区别？

二
"老实",贬义词还是褒义词

有一年出门旅游,和一个多年不见的朋友不期而遇。当晚煮酒论英雄,他们一行有三四个人,觥筹交错之间,朋友挤眉弄眼,示意大伙冲其中一位高壮的汉子下手。谁知那人酒量奇大,来者不拒,我们几番车轮战才把他拿下。

第二天,我们去某岛屿参观,他没有出现在队伍中。朋友不无得意地说,那哥们是台湾人,今天这个地方不适合他去,但又不好明着拒绝,只好出此下策。他再一次透底,其实那人的酒量不怎么样,只是他太老实,看不明白套路,把我们的心机错当成对外乡人的热情了。

不知从什么时候开始,"老实"沦落成贬义词。

我便是那种不开窍的榆木疙瘩。有很多次,领导向别人介绍我时,不无揶揄:"这个人,最大的优点是实在,最大的缺点是太实在。"大家哄然而笑,感觉像自己的谎言被当众戳穿一样，我羞愧得无地自容，"实在"让我倍感自卑。

许久以来，善良和诚实一直都是被标榜的品格。《追风筝的人》一书中，父亲曾对阿米尔说："当你杀害一个人，你偷走一条性命，你偷走他妻子身为人妇的权利，夺走他子女的父亲。当你说谎，你偷走别人知道真相的权利。当你诈骗，你偷走公平的权利。"

曾经的谎言，成为阿米尔心头挥之不去的阴影。那年他十二岁，仆人哈桑和他年龄相仿，两人一起长大，情同手足（实际上他们是同父异母的兄弟）。

哈桑不算勇敢，但当强壮的孩子王阿桑夫试图欺侮阿米尔时，哈桑挺身而出，用弹弓对准阿桑夫的面孔，迫使阿桑夫让步。他表现得镇定而勇敢，只有阿米尔看穿了哈桑内心深处的恐惧。

在阿富汗传统的追风筝游戏中，两人的配合天衣无缝，所向披靡，距离成功还差最后一步，那就是追回第二名掉下的风筝。哈桑双手放在嘴边，对阿米尔说："为你，千千万万遍！"然后迅速消失在街角之后，他那独特的微笑深深印在阿米尔的脑海。

不幸的是，哈桑被阿桑夫带人堵在胡同里，并且强暴了他。随后赶来的阿米尔在暗中看到了整个过程，懦弱让他放弃了最忠实的仆人、朋友。

阿米尔无法面对哈桑，因为他无法正视自己的懦弱，他处心积虑要把哈桑赶走。过完生日第二天，他把一只手表和一把钞票塞进哈桑的床铺，栽赃给他。在阿米尔父亲的面前，哈桑没有戳穿骗局,他选择离开,成就主人的谎言。

一年后,战争爆发,阿米尔和父亲远走美国。二十六年后,在一张褪色的宝丽来照片上,阿米尔再次看到了哈桑独特的微笑,可是哈桑已经不可能接受他的道歉了,他死了,死在塔利班的枪下。阿米尔无须为自己的谎言赎罪,因为自始至终,哈桑对他只有爱,没有怨恨。

制造谎言的理由,有些是善意的,有些是蓄意的;释放谎言的手段,有些是大而无当的言词,有些是逻辑严密的论证,但结果无非两种,一种是赢得别人的信任,一种是诞生之初即失效,它是"嘴唇的花朵瞬间的开放"。

善意的谎言,不乏玩笑和恶作剧。《狼来了》的故事中,那个孩子不知道谎言会带来恶果,所以一二再、再而三地挥霍着村民对自己的信任和爱惜。就像阿米尔诬陷哈桑的谎言,别人没有揭穿他,是源于对他深沉的爱,他无法承受的是良知和道德的审判。

而蓄意的谎言,如果佐之以高明的技术,可能会逼真到不但能骗过别人,甚至连自己都深信不疑的地步。当一个人陷入谎言的圈套时,他自然而然会产生一种错觉,以为谎言就是真相。《皇帝的新装》中,不可一世的君王光着屁股穿街走巷,夹道迎接的群众欢呼雀跃,是谁剥夺了真相?

让我们一起回到十几年前。

2002年5月30日,河南鹤壁浚县发生一起灭门案,父亲陈连荣和一对年幼的儿女惨遭杀害。警方急于建功,邀请到全国一流的测谎专家和足迹鉴定专家前来助阵。最终,与陈连荣同村的马廷新被锁定为嫌疑人,杀人动机为其父与死者陈连荣生前有过纠纷。

马廷新自始至终都在大声疾呼自己是被冤枉的。此后五年半,案件不断改判、再改判,四次审理,两次宣告无罪、两次抗诉,检察院最后又撤回抗诉。2008年4月17日,马廷新被无罪释放。

2003年5月18日,安徽歙县村民张高平、张辉叔侄从老家开车运电缆前往上海,同乡王某,一个17岁的女孩,顺道搭他们的车去杭州。次日,王某被发现死在杭州西湖区的野外。

张氏叔侄被认定为强奸杀人,杭州中院一审判处张辉死刑、张高平无期徒刑,浙江高院终审改判张辉死刑、张高平有期徒刑15年。2012年3月26日,浙江高院再审宣判:张辉、张高平无罪。

出乎意料的是,后一个案件的昭雪,灵感竟然得自前一个案件的改判。张氏叔侄在4000公里外的新疆,在倍受煎熬的牢狱之中,无意间看到马廷新被无罪释放的报道,意外地发现他们的证人名字完全相同。

这两份证词,确实出自同一人!可悲之处在于这不是巧合,是有意为之,所谓的证人,出示证言时正身陷囹圄,他跨省服刑,先后成为马廷新和张氏叔侄的狱友,他的一席谎言,差点埋藏了三个人的人生。

古代有一则故事:鲁国有一个和曾参同名同姓的人杀了人。别人急匆匆来告诉曾参的母亲,曾母深知儿子高风峻节,觉得一定是搞错了，她安之若素，只管织自己的布。但当第三个人来告知时，她一下子慌了，赶忙扔掉织布机的梭子，翻墙逃走了。

人们向往真理和自由无可厚非，但甚嚣尘上的舆论往往会蒙蔽透视真理的眼睛。如果不是真相大白于天下，试问群情激愤的群众中，有几个人会相信张氏叔侄是被冤枉的呢？

既然是同一个人作伪证，那就让同一个律师来伸张正义吧。律师朱明勇分别打赢了这两场官司，他说，生命是无价的，当我们替一个冤魂伸张正义的时候，更有责任不能误杀无辜，否则，冤魂得不到抚慰，而无辜者或许再遭涂炭。

更让人欣慰的是，张氏叔侄杀人案的疑凶，数年前因为另一桩杀人案坐实，已被正法。正如重审的检察官所说，正义虽然迟到了，但不会缺席。

当一切尘埃落定时，我们或许会想，如果能把时间向前推十年，回到张氏叔侄前往上海的路上，那时，王某刚刚下车，他们带着祝福与她挥手作别，然后彼此转头迎接各自大踏步而来的生活。那该多好！

让人唏嘘的是，大多数时候，假设只是满足了意淫的欲望，没有一丁点现实的意义。这场官司没有胜者，这算不上是正义的胜利，只是意外的巧合，冥冥之中牵动蒙冤之人的神经，借它彰显了法网恢恢、疏而不漏的铁律。张高平和张辉也不可能回归十年前的人生，这一段刻骨铭心的遭遇，不是任何一种赎罪的方式能够弥补的。

林肯曾说，你可以在所有的时间欺骗一部分人，也可以在一段时间欺骗所有的人，但你不可能在所有的时间欺骗所有的人。不错，已经经历的错误，再次犯同样错误的概率肯定会降低，但是，当你不断充实自己甄别和判断能力的时候，欺骗的手段也在逐渐丰富和提高。诚实和谎言的对抗永不停息，正义和邪恶的斗争也将持续下去。这个时候，我们还会嫌弃诚实的多余吗？

《追风筝的人》一书中有一句话，我不太理解，只是隐隐约约感觉它有一股震撼人心的力量，"安静是祥和，是平静，是降下生命音量的旋钮。沉默是把那个按钮关掉，把它旋下，全部旋掉。"那就让沉默代替语言作答吧。

读者荐书
035

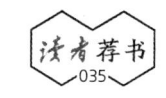

十月/上
《原生家庭》

〔美〕苏珊·富沃德 〔美〕克雷格·巴克 著
黄姝 王婷 译

/ 一　你想要一个什么样的爸爸

　二　还记得小学课文里的凡卡吗？
　　　他已经化身为6000万留守儿童 /

一
你想要一个什么样的爸爸

二十多年前的一个雨夜,一个父亲和两个儿子在雨中扭成一团,突然一道闪电,像点燃的火柴一闪而灭,我看到父亲面目狰狞,杀气腾腾。这不是一对父子在扭打,而是仇人在厮杀。最后,父亲长嚎着夺门而出,两个儿子呆立在原地,任雨水冲刷身上的泥浆。

这不是电影。这么多年来,每当想起那晚的情景,我仍然心有余悸。

那时我上初三。再过十几天,我们中有很多人将告别学堂,男的步入各行各业,从"一年级"重新读起,女的待字闺中,随母亲学习女红和厨艺。学生生涯此时尤其珍贵,几个关系亲密的同学,放学以后,今天去你家,明天到我家,咸菜就馒头,把酒言欢,肆意放纵着青春岁月最后的荣耀。

那是我第一次见林的父亲。我和另外两个同学,还有他和长一岁的哥哥，五个人酒过三巡，正谈笑风生间，他的父亲披着夜色走了进来，林的语言戛然而止，哥哥的表情也瞬间凝结在空气里。他冷冷地看着桌上杯盘狼藉，一脸阴鸷。我红着脸，慢慢站起来，走过去叫一声"叔叔"，他没有任何回应就走了出去。

我不知道林是不是喝多了，这个平日里极其内敛的大男孩，竟然对奉若神明的父亲恶语相向，嘟囔着骂了一句。父亲浑身一颤，猛然回头，厉声说："你说什么，你敢骂我？"一下子冲过来，拳头披头盖脸地落下来。林抓住父亲的手，他们抱在一起。林的哥哥赶紧过去劝架，父亲误以为他是帮弟弟打架，结果三个人又扭打在一块儿。

那天我们五个人坐到深夜，相顾无言。

林曾不止一次跟我谈起家庭的苦恼。他羡慕我，他在自己的家里从来没有温暖的感觉。他的父亲，属于《原生家庭》一书中归纳的"操控型"父母。他是当仁不让的一家之主，所有家庭成员都完全听命于他，他高兴时他们才有资格高兴，他愤怒时就要把愤怒的情绪传递给每一个人，"随着子女年龄的增长，他对子女的控制也愈演愈烈，因为他需要子女永远的依赖"。

列夫·托尔斯泰说："幸福的家庭都是相似的，不幸的家庭各有各的不幸。"相对于林，我觉得自己是幸运的，起码在我的记忆中，父亲从来没有让我恐惧过，母亲虽然管不住自己的手，顿不顿就一个耳光扇在我的后脑勺上，事后却总感到内疚。她常把一句话挂在嘴边，"财东家惯骡马，穷汉家惯娃娃"，她确实也是这么做的。

当了父亲以后，我对爱人说，我要像父亲疼我一样疼自己的孩子。但我不知道怎么样才能成为一个好父亲，我只能参照自己的童年，把童年的自由毫无保留地还给他。我希望他长大以后，回想起童年时，还会觉得那段时光是无与伦比的。

他两岁半进幼儿园，只有第一天是快乐的，那么多玩具，他都很好奇，每样摸一摸，摇一摇。中午，按老师的要求，我悄悄离开了。下午去接他时，他哭得很凶。接下来几天，中午下班我都要先去幼儿园，趴在窗户上偷偷看他，有几个小孩不肯睡觉，放声大哭，他躺在小床上，背对着窗户，啜泣着，小肩膀不住地抽动。

接下来两年，对他而言无比痛苦，对大人来说也是一种折磨。他很会把握我们的心理，只要是外婆送他，他都哭得特别厉害，当然，大多数时候他都遂心所愿，外婆在他的眼泪攻势下早早缴械。有一次，我决定去送他，他不敢哭，坐在自行车上抹着眼泪。刚进教室，正好老师在喝斥一个小孩，他哇地哭了出来，我不忍心，又把他带了回来。学前启蒙和幼儿教育，便这样荒废殆尽。

在他步步为营的攻势下，我的阵地也一点点沦陷。我尝试给他报过跆拳道、美术、街舞几个课外班，但没有一样能坚持下来，我磨不过他，索性睁只眼闭只眼吧。有时候看到别的孩子"德艺双馨"，在舞台上从容表演，说不羡慕那是假的。我偶尔会发泄一下不满："你看你，这么大了不学无术！"他振振有词地回应："谁说我不学武术啦？我不是学过跆拳道吗？"

心理学家武志红在《为何家会伤人》一书中写到："有太多的错误假借了爱的名义，结果使得关于爱的谎言在这世界上大肆横行，最终令我们部分失去了爱和恨的能力，令我们不懂得自己的爱与恨，也不懂得分辨别人的爱与恨。"我以自己的方式疼爱孩子，到底是对还是错？

今天我仍然无法回答。

可以肯定，大多数父母都深爱着自己的孩子，希望孩子出人头地。但是，好的愿望并不一定能成就好的结果。当我们还是孩子时，因为父母的专制滋生过无数反感的情绪，换位思考，觉得如果自己身为人父或人母，一定要这样那样，可有了孩子以后，却又深信"当家才知柴米价，养儿方识父母心"，心甘情愿地走进当年父母的那个圈子，上一辈走过的弯路，我们可能还会义无反顾地追随。

苏珊·福沃德在《原生家庭》一书中写道："家庭这个体系是一张交织着爱、嫉妒、自尊、焦虑、欢乐和内疚的复杂网络——饱含着各种各样的人类情感，这些情感在其中此消彼长，在由家长的态度、理解和相互关系构成的混沌海洋中不断翻腾……身为父母的你也会犯错，而你也愿意为自己的错误承担责任。这其中的信息是，你的孩子也有犯错误的权利，只要他们愿意为此承担责任。"但是，在大多数家庭中，父母和子女的关系绝对不是对等的。我们从上一辈言传身教学会和继承的家庭模式，就是长幼序列严明、内部分工明确。父母尤其是父亲，在我们这个传统氛围仍然浓郁的国度，他总是高高在上，拥有不容挑战的权威。

林的悲剧正在于此，正如武志红所说："在特别讲孝道的地方，一个孩子最容易成为权力狂家庭的受害者。他被父母伤害，但所有家人都说，父母是爱你的，你不该有痛苦。到了社会上，大家也这么说。去看书，书上也这么说。"他和父亲始终没有和解，那晚以后，父亲的冷战持续了一年。直到林复读考上中专，端上了铁饭碗，父亲将一家人带到老祖宗的坟前，叩头、敬香，向老祖宗汇报林家的祖坟终于冒出青烟，然后转头，给家庭成员们一个久违的微笑，没有说一句话。

一千个父母有一千种教育孩子的方法，谁对谁错，很难说。有的父母虽然简单粗暴，但是他的孩子考进了名校，成为行业的佼佼者，别人绝不会考究他的方法恰当与否，反而会争相效仿。我们对成功的评价标准决定了教育方法的取舍。不管怎么说，林总算进了公家的门，他的父亲在他们整个村子，都将是一个成功的父亲。

我却不知道怎样才能成为合格的父亲。我纵容、娇惯孩子，由着他的天性自由生长，他固然拥有快乐的童年，但或许已经输在了起跑线上。他长大以后，回味过去，也许只有童年是明朗的，而我对他的塑造，显得苍白无力。如果孩子可以选择自己的父母，林大概不会选择现在这个父亲，但我不敢肯定我的孩子一定属意于我。

二
还记得小学课文里的凡卡吗？
他已经化身为 6000 万留守儿童

《为何家会伤人》一书封面右侧有八个字：家是港湾，爱是退路。美国心理学家哈利·哈洛用一个实验诠释了这句话。

他选择了一只刚出生的幼猴，把它和母亲分别关在不同的笼子里，然后给关幼猴的笼子里装上两只仿真母猴，距离近的一只采用金属材质，怀里有奶瓶；距离远的一只用木材，外面包了一层绒布，但是没有奶瓶。

按照理论设想，幼猴应该会摒弃情感因素，依附提供食物且距离较近的金属猴，而不是什么都不做的布猴。但实验证明，幼猴更偏爱布猴，不吃奶的时候，它多半时间都紧抱着布猴不放。哈洛猜想可能是金属猴太冷，幼猴不喜欢，又为金属猴加装了一个电灯泡，让它有了体温。但幼猴大多数时间选择的仍然是布猴。针对不同的幼猴，经过反复实验，结果大抵如此。

原本以为，初生婴儿离不开妈妈，是因为妈妈拥有维系生命的乳汁，但实验纠正了我们的错误。苏珊·福沃德在《原生家庭》一书中写道："爱是一种令人幸福的感觉。爱的行为会滋养你，让你拥有健康的情感。当有人爱你时，你会感到被接受、关怀、珍惜和尊重。真正的爱带来的是温暖、愉悦、安心、稳定和内心的平静。"我们真正依赖的，是母爱传递的这种温馨柔软的感觉。多少年后，我们已然身为人父或人母，当把同样的付诸子女的时候，或许还会回味自己在母亲怀抱中的感觉。

严歌苓小说《芳华》中，女主人公何小曼出生在一个中产阶级之家，父亲是文人，母亲是美女，传统的男才女貌搭配，典型的小资生活。然而，那场猝不及防的运动，一夜之间把父亲从一个谦谦君子变成了"四类分子"。人生失意，生活无着，士可杀不可辱，父亲选择了自杀，母亲带着六岁的小曼嫁给功成名就的老干部何厅长。有后爹就有后妈，弟弟出生后，小曼彻底失去了母亲，成了一个多余的人。

她在所有人的冷眼中捱了十年。江南三月，春寒料峭，她突发奇想，连续三天晚上，把自己浸泡在装满冷水的浴盆中足足一小时，为的是得到一场高烧。因为十年前，当她犯了错即将被严惩的时候，就是一场高烧把她送回母亲的怀抱。母亲连续七天都把她紧紧裹在怀里，悉心照料，直到她完全康复。孩子的父亲死后，这是她第一次在女儿面前表现得像个妈妈，也是因为维护女儿，她公然挑战权威，与厅长激烈争吵。

何小曼的母亲和继父是典型的"有毒"父母。在这种家庭模式下，有人失宠落寞，就有人恃宠而骄。何小曼当然是失宠的一方,弟弟无疑是恃宠的那一方。小曼一度爱上生病,爱上发烧。有人会问,为什么有人会爱上发烧,那不是傻子吗?如果仅仅从她的行为来说,她是傻,但是没有人知道她内心的秘密,一旦她生病发烧,母亲就可能会来抱抱她,她就有机会重温母爱。

假如你回到四十年前,走在百废待兴的城市,或是万物复苏的农村,孩子们连哭带闹,"哇"声一片,家长们拳脚挥洒自如的场景绝对让你视觉疲劳。家里孩子多,父母很难兼顾每个孩子的情绪,而传统的家长制更让个人主义无处容身。曾经有一次,在母亲收势休息的间隙,我倔强地昂起头颅,要跟她探谈一下我卑微的自尊心,母亲二话不说,以更猛烈的组合拳回应。我能怎么办?只有打掉牙往肚子里咽。

《原生家庭》一书中,一位接受心理治疗的患者这样说:"如果让我在挨打和挨骂之间做出选择,我一定会选择挨打。因为挨打之后,伤痕都是看得见的,至少人们还会同情你。可是责骂会把人逼疯,你却看不到任何伤痕。没有人会在意。和侮辱比起来,身体创伤的愈合可快多了。"这大概是那个年代我们的心声,多年以后,何小曼对刘峰由知遇之恩萌生爱意,可以理解为对父母之毒的刮骨疗伤吧。

明知父母有毒,却无力抵御毒液的渗入,只有希望脸皮会源源不断生产出免疫力。武志红在《为何家会伤人》一书中写道:"时代改变了,我们爱的方式却没有改变。以前,物质很匮乏,所以爱的方式主要内容是保证对方的物质需求。但现在,物质需要已经不再那么重要,心理需求的重要性则日益突出。心理需求的核心是感受，亲密关系的一个重要价值就在于交流并相互理解和接受彼此的感受。家里讲感觉，理解并接受彼此的感受是最重要的，利益已退居次要位置。"理论上是这样，但传统这个东西，生命力极度顽强，三代以内的传承都算是小儿科。我们要推翻这种模式，仅仅靠一代人两代人的努力，恐怕难以实现，只能留给时间去反败为胜了。

有和没有都不会改变结果，何小曼的原生家庭其实无异于单亲家庭。现实中还有一种家模式，父母健在却等同虚设，掉转目光，你就会发现这个特殊群体。那些孩子本该承欢膝下，抓蛐蛐、挖蚯蚓，把童年写满诗意，可实际上，他们却长年累月在村头翘首等待父母的归影。他们的父母正值盛年，为了生计和小康，不得不走出农村，走向城市。孩子们尚在懵懂无知的年龄，已然明白了忧郁，体会到了孤独。

这个特殊群体有个名字，叫留守儿童。

2014年《全国农村留守儿童状况调查》显示：我国留守儿童有6000多万，占整个农村儿童的37.7%，其中，近一半在半年到一年内没有见到自己的父母。换言之，每年大约有3000万左右的孩子见不到自己的父母亲。

世界上有一种牛，出生那天就开始过着隐居生活。它们刚刚脱离母体，成为单独个体时，立即与母亲分开，被关进一个和身体同等大小的笼子。它们不能华丽转身，不能回眸一笑，甚至没有机会给同类暗送秋波，它们一生将在现代化畜牧场特殊的笼子里渡过。

它们第一次有机会走路、伸展筋骨、遇见其他小牛的时候，就是前往屠宰场的路上。它们一生的使命和意义，就是保持肉汁鲜嫩，让享受饕餮大餐的人类在席间赞不绝口。

相比于小牛，那些被用来实验的幼猴总算是幸运的，毕竟还有一对假妈妈在旁边勾动自己的情绪。这些小牛们，突兀地出生，孤独地死去。《人类简史》的作者——以色列人类学家赫拉利说："就演化而言，牛可能是有史以来最成功的动物。但同时，它们也是地球上生活最悲惨的动物。"的确如此。

林耀华博士在《金翼》一书中写道："我们日常交往的圈子就好比一个由竹竿构成的保持微妙平衡的网络，用橡皮带紧紧地绑在一起。当太用力地拉动其中一条带子以致断裂时，整个网络就会混乱崩溃。每一根紧紧相连的竹竿就好比生活中与我们相关的每一个人，将其中任何一根完全抽离，我们都会混乱、痛苦，直至崩溃，而所有的结点都暂时松弛。"家庭正是如此，父亲、母亲、孩子，各自占据等边三角形的一个顶点，合力把家由平面扩张成一座三维图形，如果哪条边用力不均，这个立体图形瞬间就会坍塌。

科学家已经通过实验证实，长期被隔绝孤立之后，不但勤劳踏实的奶牛心理会感到压抑，连好吃懒做丧失事业心的猪也可能患上抑郁症。喝了压抑的牛奶，吃了抑郁的猪肉，是不是多少也会给我们传递抑郁的情绪？

想想那些孩子，有的或许有老人照料，有的直接寄养在别人家里。翻看他们的童年记忆，父母就像是一则童话故事，亲切而又遥远，家庭则是一座驿站，所有人都精神抖擞，整装待发。孩子们在"笼"中无望地守望着，日复一日，年复一年。孩子们是孤独的，失去的东西还可能再次得到，而孤独却让人绝望，因为他们从来没有、也许仍然没有机会品尝"得到"是什么滋味。孤独比失去更加可怕。

还记得小学课文里的凡卡吗？三十年后，重读《凡卡》，我仍然心潮涌动，难以平复，只好任它一遍遍冲击泪河之堤。武志红说："同情心有两种。一种是对弱者的可怜，但内心同时有一种我很好很强大的自恋。另一种是共情，即，我深深地碰触到了你的感受，进入到了你的世界，感你所感，想你所想。"两种情绪或许兼而有之吧，我无法漠视凡卡把写着"乡下，爷爷收"的信投进邮筒时的满心喜悦和期望。

悲剧的魅力之一，就是能够轻而易举地收集眼泪，但品味悲剧不是为了泪奔，我们是不是更应该借力悲剧，把人生推向它的反面？无论是何小曼，还是留守儿童，但愿在现实中，他们都能远离悲剧，把生命之舟泊回属于自己的港湾。

读者荐书 036

十月/下
《白鹿原》

陈忠实 著

/ 一　他如果在世，
　　　会不会是下一个诺贝尔文学奖得主

　二　现实中的魔幻现实：
　　　你知道农村这"三股势力"吗

　三　社会环境和家庭教育，
　　　哪一个对人的影响更大 /

一
他如果在世，
会不会是下一个诺贝尔文学奖得主

有一年，美国召开作家大会，来的都是业界大咖，大家忙于扫码加微信、晒微博，不亦乐乎。一位寂寞男神见一位女士落落寡和，就凑过去找话题。

他对女士说："我在圈子里很有影响，已经出版多部畅销书。"

女士说："哦，我只写过一本书。"

男神："哦？说来听听，说不定我读过。"

女士："《飘》。"

男神：……

只用一本书就可以唬人，可能有两种情况：一是这个作家一辈子只写了一部书，恰恰也很出名；二是这个作家书写的不少，但是其中一本太出名，以至于别人都不记得他还写过别的。比如说艾米莉·勃朗特，只留下一本《呼啸山庄》，比如说哈珀·李，唯有一部小说传世——《杀死一只知更鸟》，但这已经足以让他们的名字传唱不衰。陈忠实则属于后一种,他的作品不少,但除了《白鹿原》,其他的恐怕没有几个人能说上来。

陈忠实是个什么样的人?光看外表你就可以揣摩他的风格。傍晚结束地里的活,村民们荷锄回家,陈忠实混在他们中间,毫不违和。他就是一个原汁原味的农民,少年时就在这片黄土地上挖野菜、拾牛粪,踩烂了不知多少双布鞋。他对农村的感情,是从一天天的日头里熬出来的,这种厚度,不是在几本史书下功夫,驻村体验几个月生活就能悟得到。

有一个故事,说陈忠实成名之前,一边干农活一边构思写作。老婆气不过,骂他:"写这玩意顶多死了以后拿来垫棺材。"有的人让老婆骂成了哲学家,盛传苏格拉底就特别惧内,但大多数人都被生活的琐碎浇灭了理想。陈忠实破釜沉舟,和老婆约法三章,他先把书写出来,如果还是改善不了处境,就去养鸡糊口。还好,出版社发现了《白鹿原》,挽救了陈忠实,从此,世上多了一个作家,少了一个养鸡专业户。收到编辑来信,他好像中了双色球大奖一样,激动得差点窒息,瘫倒在椅子里,好半天才缓过神来,说的第一句话就是"我不用养鸡啦"。

故事的真实性有待考证。一个人即使才华横溢,当他僵卧孤村等米下锅的时候,很少有人会主动接济他半个烧饼,一旦他一朝成名,各种有关的奇闻轶事便接踵而来,陈忠实不过是其中的一个幸运者。自此,"白鹿原"这个僻壤之乡,跻身于同"凤凰""鲁镇"等比肩的文学名胜行列。

据说,《白鹿原》出版后,唬住了莫言。他那会儿正在酝酿《丰乳肥臀》。莫言苦心经营家族历史小说多年,正为如何突破以往的写作模式而抓狂,这个来自陕西的土得掉渣的农民却捷足先登,让《白鹿原》先于《丰乳肥臀》挂牌上市,对他来说,既是鼓励,也是打击。面对如此鸿篇巨制,人如果信心不足,很容易绝望。

"白嘉轩后来引以为豪的是一生里娶过七房女人。"这么开头,在中国小说里不太多见,记得某位导演说过,《白鹿原》仅仅前面几页就可以拍成一部电影。一点不假,这几页,丰富得就像史书中"某公某年"这样的陈述,承载着一个历史人物和他的故事。

我常常想起《百年孤独》的开头:"多年以后,面对行刑队,奥雷良诺·布恩迪亚上校将会回想起父亲带他去见识冰块的那个遥远的下午。"高中时和几个朋友一起探讨《白鹿原》,一致认为两本书相似度极高。《白鹿原》虽然是现实主义作品,但也大量引入充满潜意识的非理性描述方式,还有至今仍在农村顽强蔓延的各种被目为迷信的宗教传说,这又何尝不是中国版的魔幻现实?加西亚·马尔克斯多年前就死了,陈忠实也走了。哥俩到了那边,凭着对底层文化中神秘因素的喜爱,不用找翻译就可以直接对话。

《白鹿原》着力打造的几个重要人物,注定不会被文学史埋没。但是,一千个读者就有一千个哈姆雷特,不同的人会从同一本《白鹿原》里看到什么,一时也是众说纷纭。作者写作时,往往会被笔下呼之欲出的人物所感染、牵制,不得已由着他的性格开枝散叶，所以，人物有时候会挣脱作者思维的束缚，做出一些意想不到的事。或许这就是为什么研究者会发掘出那么多超出作者意图的丰富内容的原因吧。我对《白鹿原》也是有爱有恨，取舍之间，不免剑走偏锋，比如说黑娃，有些人可能不太认同，浪子回头金不换，我却特别喜爱他。

黑娃是一个充满争议的人物。他是长工的儿子，却不甘心像父亲一样给白家当一辈子长工。白嘉轩的腰挺得太硬太直，他高高在上的威严和权势，伤害了黑娃的自尊，放大了他心里的阴影面积。多年以后，他以土匪身份回村洗劫时，打折了白嘉轩的腰杆。

他出门打短工，却给雇主戴了绿帽子，又干脆一黑到底，把别人的老婆变成了自己的。后来又烧粮仓、干革命、当土匪、参加起义，时时出格，处处鲁莽。白嘉轩说："圣人能看一丈远的世事；咱们凡人只能看一步远，看一步走一步吧；像黑娃这号混沌弟子，一步远也看不透，眼皮底下的沟坎也看不见。"用行话来说，他就是个陕西楞娃。

他和孙悟空一样都是草根出身，孙悟空学了一身武艺，黑娃有满身力气，孙悟空地下玩腻了，就到天上找份工作，换个玩法。到天上混了一阵子，才发现自己是个蓝领，心里不爽，又撂挑子了，临走还把天宫搅个乱七八糟。他好吃贪玩，游戏人生，做事不过脑子，只是率性而为，黑娃又何尝不是这样？

孙悟空被困五指山，不得已随了唐僧西去。谁能想到黑娃摇身一变又做起了学生？他忏悔半生孟浪，投入朱先生门下。

按理说这大字不识的土匪，拿什么做学问？但朱先生毫不介怀，他说："读书原为修身，正己才能正人正世；不修身不正己而去正人正世者，无一不是盗名欺世；你（黑娃）把念过的书能用上十之一二，就是很了不得的人了。读多了反而累人……好饭耐不得三顿吃，好衣架不住半月穿，好书却经得住一辈子读。"

孙悟空收伏心魔，终于修成正果，黑娃一夕顿悟，浪子回头，虽然最终被白孝文衔恨所杀，结局让人唏嘘，但是，朱先生把黑娃视为自己一生最得意的弟子，能赢得白鹿原上唯一一个圣人的首肯，得其所哉，生又何欢，死又何惧？

再来说说前知五百年，后知五百年的朱先生。

还是拿《西游记》说事，朱先生之于《白鹿原》，正如如来佛祖之于《西游记》，他不但是这一方水土的精神和灵魂，也是一个全知全能的人物。他不拘泥于古训，亲手推倒了白鹿书院大殿里的四位神像；他不迂腐呆板，把十恶不赦的土匪引入门下，并视为一生最好的弟子；他洞见了白鹿图象蕴含的意义，准确预测了白灵之死，对死后数年发生的历史灾难做出了精准推算；他像是诸葛亮，又像是刘伯温。

陈忠实在《白鹿原》中给了朱先生极高的地位，真正把他当圣人来看："圣人能看透凡人的隐情隐秘……凡人和圣人之间有一层永远无法沟通的天然界隔。"中国社会有颂圣的传统，历来的圣人都高居庙堂，但在《白鹿原》中，陈忠实为我们提供了另一种凡人仰望圣人的视角。

高高在上的佛祖不乏真性情，白鹿原的圣人朱先生也不例外。他知道自己大限将至,伏在老婆的怀里,轻轻叫了一声"妈",这是他在人间流露的最后一丝情愫。

范福潮在《一生能读几多书》中写道:"在古代,有一种树叫文人,十年育苗,十年结果,果子是各工各样的诗、文、辞、赋,这种树非常娇贵,必须在特定的环境里才能生长,环境一旦遭到破坏,或者不结果子,或者结不出好果子,环境恶化到一定程度,它就枯萎、死掉。"文人如此,圣人可想而知。朱先生不仅是白鹿原的最后一位圣人,恐怕也是我们这个时代的最后一位圣人!

王阳明说:"盖所以为精金者,在足色而不在分两,所以为圣者,在纯乎天理而不在才力也……犹一两之金,比之万镒,分两虽悬绝,而其到足色处可以无愧。"在黑娃和朱先生中间,横亘着一条为往圣继绝学的崎岖小路,有人长头匍匐,有人闲庭信步。褪去圣人的光环,每个人都再平凡不过,"但识自本心,见自本性",佛法中的某些要义,不也是教人做回真实的自己么?当黑娃收拢童心、驯服心猿、剔除暴戾之后,他与朱先生,是不是仅有分量的悬绝?

陈忠实已经足够伟大。如果健在,他会不会继莫言之后,成为中国下一个诺贝尔文学奖得主?不得而知。斯人已逝,一切设想都是多余,更何况,诺贝尔文学奖虽然是文学界的最高奖项,但并非没有遗珠。每个读者心里都有一个最好的作家,别人强求不来,也不必强求。

作为读者,能读到抒胸臆、见性情、不媚时俗的文字,当属幸事。范福潮曾说:"为文当行则行,当止则止,即使一生不留一篇文字,遍读古今中外佳作,也是乐趣。"我们姑且享受其中乐趣吧。

二
现实中的魔幻现实：
你知道农村这"三股势力"吗

说了你也不信。

阿生刚走那几年，频频在刘珍身上还魂。阿生二十四岁去世，他用一根捆柴的绳子把自己挂在沟边的树上，绳子断了，他摔了下来，一直滚到沟底，掉进一个土坑，坑很小，又深，他被折叠在里面动弹不了，眼睁睁看着自己咽气。

刘珍第一次"鬼上身"是在阿生死后三个月。阿生的爹被喊到刘珍家里时，刘珍背朝外躺在床上，口气和阿生一模一样。她说，他不想死，他跌在坑里没人管，他饿，让侄子回家把案板上面盆里的干粮饼给他拿来。这饼子是今天早上阿生媳妇才做的，侄子和刘珍都不知道。

刘珍身体弱，三天两头生病。老人们说，鬼专找身体弱阴气重的人，她如今魇在死鬼的世界，苦不堪言。最后一次，家里请来法官，问他到底怎样才肯罢手。他说，沟太深了，他爬不上来。法官支招：你爹天天在沟畔放羊，你抓一只骑着上来不就行了？

几个月后，阿生他爹的一只大羯羊从那棵树下掉到沟里，摔死了。

这个故事是不是有点眼熟？

如果你看过《白鹿原》，应该不会陌生。黑娃的老婆田小娥被鹿子霖蛊惑利用，勾引了白孝文，让白嘉轩颜面扫地。黑娃的父亲鹿三羞愤难当，用梭镖杀死了小娥。梭镖戳进小娥后背的那一刻，她回过头，那惊诧凄怆的眼神死死地攫住鹿三，他不寒而栗。

那个眼神钻进他的梦里，他常常惊醒。不久，鹿三被小娥"鬼上身"，做了她生而为人时不敢做的事情——公开羞辱白嘉轩，挑战族长权威。一场瘟疫紧随其后，在白鹿村肆虐蔓延……

当科学大踏步前进的时候，在黄土高原的腹地，老人们仍然口口相传着一个个神奇诡异的故事，含糊不清的乡音，把一星半点的陌生和神秘渲染得神乎其神。科学总试图用理性来矫正想象，可固执和臆想在灵魂深处依然旗帜鲜明。

《白鹿原》中，白嘉轩请法官一撮毛来驱鬼。这个人极不靠谱，拿人钱财，却没本事消灾，当年白嘉轩的第六个老婆胡氏中邪，请的就是他，结果，家里不闹鬼了，胡氏却一命呜呼。这次，鹿三只消停了一天，鬼魂就去而复返，而且比之前更加猖獗。白嘉轩不得已将小娥焚尸锉骨，永镇塔下，才消除了无妄之灾。

《白鹿原》还描写了另一类人物——阴阳先生。第三章，白嘉轩巧换鹿子霖家的慢坡地后，准备给父亲迁坟，阴阳先生拿着罗盘看遍了白家的地头，还是选择了慢坡地。阴阳先生说："头枕南山，足蹬北岭；四面环坡，皆缓坡慢道，呈优柔舒展之气；坡势走向所指，津脉尽会于此地矣。"这是白嘉轩一生唯一的亏心事，他觉得鹿家败落，白家兴旺，聪明一世的鹿子霖发疯，因果都埋在这块风水宝地里。

　　阴阳先生那两下子，完全达不到小说和电影的水准，他们的业务范围很窄，不过是定风水、写殃榜、寻名穴等，平日走的是阳间康庄大道，干的却是跟死生打交道的营生。贾平凹小说《美穴地》中的柳子言就是这类人。人都说算卦的算不来自己的命，看风水的也同样摆脱不了看风水的命。柳子言给别人踏了一辈子坟地真穴，从未失手，临末信心爆棚，给自己选了块宝地，和毁了容的四姨太躺在里面，背贴透心的悲凉，心里怀着美美的希望。他蛮以为这美穴会让儿子当上威风八面的大官，谁知看走了眼，把儿子变成了戏子，天天在戏台上演大官。

　　农村还有一类人物——神汉或神婆，我们瓦窑坡叫"觉子"，这个称谓可能有先知先觉的意思，写不出来这两个字，也无处求证。名义上，他们是当地尊神的代言人，其实相当于宗教管理员，游走阴阳两界，经管现世安稳，兼传尊神意旨。每逢春节、庙会等大型祭祀、庆典活动，他们便会神灵附体，给老百姓赐药解卦。他们穿起红衫褂，包上红头巾，两腮插着半尺多长的锥子，健步如飞去村民家里迎供品，一路上把二十多斤的麻鞭舞得呼呼生风。

神汉和法官、阴阳先生专业虽然都是神学，但不同之处在于，神汉的本事不是手艺，不像法官和阴阳，拜了名师，刻苦学习就能掌握。现任神汉必须由前任来指定，前任遴选接班人，也不会执意于性别和年龄、残疾或健康，他有自己不为外人道的标准和尺度，这多少带一点宗教的普世价值观。

术业有专攻，法官玩的是奇门遁甲，镇妖祛邪，更适合人类发挥想象力，故事自然就多。我们瓦窑坡最出名的法官叫刘海生，法术高超，后来死于非命，更给他的传奇增添了浓墨重彩。

刘海生的生活很简单，不是在家等着接单，就是在接单赴会的路上。那天他在家等人下单，忽然听到有人喊自己的名字。混到这份上，不管是谁，见了他都毕恭毕敬叫一声"刘师"，已经很多年没有人直呼其名了，他听了心里很不舒服。

老刘家住的还是西北传统的地坑院——平地往下挖出一个十多米见方、十米左右深的大坑，大坑的四条边上用砖头垒起一米高的矮墙，以防人晚上喝多了掉下去，这叫崖畔。坑底挖一个斜洞，直通到地面，供人出入。然后沿坑的四壁往里打窑洞——这种宅子费工夫，耗精力，但冬暖夏凉，住进去就不想往外搬。

老刘打发儿子出门一看，崖畔站着一个人，说："刘海生，听说你手高的很，我是专门来领教的。"刘海生听了就笑了，给儿子说："来了就是客，你拿笊篱舀上一笊篱水，给他端去。"儿子见惯了父亲的本事，也不多问，拿起笊篱舀上水就端了上去。

来人放声大笑："刘师就这两下子！"接过笊篱，喝了一半，把笊篱还给他。刘海生看着儿子拿回来的笊篱，傻眼了，笊篱里的水像西瓜一样被切去一半，这一半水还在荡漾，那一半空空如也。刘海生跳下炕靸了鞋，深一脚浅一脚冲出门，问："你是谁？"那人笑着说："我姓贾，北关人。人都说刘师能的很，我就来看看。"刘海生臊得满脸通红，连声说："好，好，好……"

那人走后，刘海生起了歹心，让儿子到北关去打听，弄明白那人姓甚名谁，然后画了一个五雷碗，半夜悄悄去埋在那人家墙背后。

大概过了半年，那天吃完晌午饭不久，听到有人喊他，刘海生让儿子出去，一看，还是上次来的那个人，挂着一支拐，另一手搭在崖畔上。他说："刘海生，你这人心不正。五雷碗还给你！"把那只碗"咣"地一声丢到院子里。他又说："我也不白受你的东西，得给你还一样。"

刘海生在窑洞炕上躺着，忽然觉得心口被人击了一闷锤，渐渐喘不过气来。他撑着一口气爬到院子里，只见对面窑顶上悬着一个大碌碡，吊碌碡的是一根红色单股细线绳。刘海生一看，二话不说，赶紧让儿子到地里把老婆叫回来，说："准备抬埋我吧。不要让儿子学法术，不要给人说家里来过这么个人……"

一个月后，刘海生病故。

这三个职业，口碑最好的是神汉，骂声最多的是法官。神汉顶多让你吃两回符灰，病看不好你别处求医就是。阴阳先生给死人选墓地却有风险，算卦的说这家要出状元，最终连个秀才都没捞到，肯定会怨你毁了祖坟的风水。风险最大的是法官，本来依仗旁门左道替人消弭灾难，顺便糊口，一旦祸患没有祛除，不怪他怪谁呢？

如今，科学步步为营、层层推进，乡村的脉络尽收眼底，魔幻现实主义已经无处藏身，法官、阴阳、神汉们的领地在不断萎缩。陈忠实说："一个民族的发展充满苦难和艰辛，对于它腐朽的东西要不断剥离，而剥离本身是一个剧痛的过程……我们几千年的封建制度，许多腐朽的东西有很深的根基，有的东西已经渗透进我们的血液之中，而最优秀的东西和新生的东西要确立它的位置只能是反复的剥离。"最终领到经营许可证的，未必因为生意兴隆，但被生活罚出场的，肯定是不懂规则不守套路。多年以后，如果你还有兴趣翻开《白鹿原》，不妨比对一下，看看历史在抉择的时候，我们到底舍弃了什么，又保留了什么。

三
社会环境和家庭教育，
哪一个对人的影响更大

社会环境和家庭教育，哪一个对人的影响更大？

来看看陈忠实怎么回答。小说《白鹿原》中，白家的门楼上悬着一块匾——耕读传家，这是白嘉轩的姐夫朱圣人写的。白嘉轩也是这么做的，他一手扶犁，一手持书，用祖训族规校正自己的一言一行，祖宗留给他的，他也原样照搬给子孙。

如果不是黑娃回村报仇，差点要了他的命，白嘉轩可能还会继续霸占着族长的位置——孝文事件让他不敢再轻易放权，但下一次也许就不会这么走运了，还是借坡下驴，把权杖交给下一任吧。他让鹿三作见证，给二儿子孝武讲了一个故经——这原本是要讲给长子孝文的。

从白嘉轩往上推六辈，白家出了一个败家子，败光了祖宗的家业后，领着妻儿出门讨饭，不知所终。白家歇业停顿期间，白家老二悄悄做了一个木头钱匣儿，只留进口，不留出口。他把攒下的钱全部存进钱匣儿里，塞满了才撬开它，把钱拿来置办家业。白家终于在他的手里打了漂亮的翻身仗，重新跻身于村里大户人家的行列。

祖宗的基业滚到白嘉轩手里，雪球滚得更大——也就是娶媳妇折了点本钱。他对儿子们十分严厉，尤其是长子孝文，按照惯例，他将是白家的接班人。等他们熟悉族规家训之后，又送往白鹿书院继续深造。

是田小娥改变了孝文的人生轨迹。他们的奸情被白嘉轩识破，孝文无法收场，索性破罐子破摔，两人明目张胆地来往。生活无以为继，孝文干脆到白鹿仓和叫花子抢吃一碗舍饭，连长工鹿三都骂他"羞了先人了"。

白孝文的堕落让人唏嘘。他"原先是人上人，而今卧蜷在土壕里成了人下人！放着正道不走走邪路，摆着高桌低凳的席面不坐，偏要钻到桌子底下啃骨头，把人活成了狗"。但他的人品早已败坏殆尽，他说："早先那光景再好我不想过了，而今这光景我喜悦我畅快。"这是真的，如今他虽然"扎一锥子都扎不出血"，性功能障碍却不治而愈，他终于体会到了在父亲的强权下从未体验过的尊严。

至此，白嘉轩的家庭教育宣告失败。

从白嘉轩的六世祖以后，白家的家庭运营模式是以耕为主，耕读传家，林耀华之《金翼：一个中国家族的史记》对中国这一类家庭模式有着详尽的描述。村里另一个大户鹿家，一样是贫困出身，靠着勤劳致富才有今天。而鹿家先人勺娃踏实本分，只是遇人不淑，他面临的社会环境远比白家恶劣，为了改变命运，他得已而委曲求全，他的遭遇更值得人同情。但在时人眼里，鹿家"财路不正"，所以鹿子霖比白嘉轩更急于为祖宗正名、为自己添彩。他对两个儿子寄托的期望，比白嘉轩有过之而无不及。

但现实的残酷在于，当他打了你的左脸，你转过右脸时，他绝不会留情，说不定还会打得更惨。鹿子霖的两个儿子，一个死的不明不白，一个活的无影无踪，他不择手段辛苦积攒的家业，被一点点蚕食、剥削。他绝望地意识到，鹿家还是弄不过白家，自己也改变不了发疯、暴尸村头的命运。

最终，白鹿两家的子女们不但背叛了土地，也背叛了祖辈，传统教育完败于社会环境。孝文人生的转折始于小娥，而白灵人生的转折却是那一次进城，至于鹿家兄弟，也是在面对城市各种思潮的冲击时，选择了与父母的期望截然相反的人生。

白嘉轩、鹿子霖的世界和白氏兄妹与鹿家兄弟的世界到底有什么不同？

让我们短暂回顾一下人类的奋斗史。远古时期，"交通基本靠走，通信基本靠吼，取暖基本靠抖"。一路走下去，你会发现白嘉轩生活的时代，和六世祖的时代并没有太大变化，通信、交通装备几乎一成不变。但继续往下走，你就会发现时代前进的速度越来越快，人类从骑马旅游度假过渡到自驾游花费了几千年，但从自驾游到购买私人飞机，仅仅用了几十年。二十年前，如果有人说电脑会取代人脑，大家肯定觉得他是痴人说梦，但2016年以来，围棋领袖李世石和柯杰接连脆败于阿尔法狗，这是不是让人很绝望？

过去，家庭模式和社会环境基本无缝对接，君臣、父子的潜在观念和等级制度，不但在江湖上奉若铁律，朝廷也把它写进了宪法。但到了白孝文、鹿兆鹏这一代，社会环境突然开始化学反应，各种思潮和新兴科技一波接一波挑衅这个文明古国沿袭几千年的秩序。与社会环境的一日千里相比，白、鹿两家，甚至中国大部分家庭，教育理念、方式都无比陈旧、落后，已经远远跟不上时代的前进步伐。就说白灵吧，在白鹿村她是金凤凰，一枝独秀，可到了滋水县，她的口音、发型、衣服颜色、款式跟同学们完全不搭调，难怪她的改变彻底而又决绝。

几百年前，你在家种地，苦不堪言。父亲告诉你，要想有钱花，娶城里媳妇，就只能用功读书，考进名校。一朝金榜题名，果真就收获了意想不到的成功。现在，你告诉孩子，要想出人头地，就只有读书这一条华山路。可是孩子大学毕业以后，发现名校的作用就在于能够拿着一张通行证，到那些没有上过名校的人手下打工。他会不会觉得你的谆谆教诲都在骗人？他是不是会怀疑人生？

这不是夸大其词。近期研究发现，聪明、能干（高智商）在事业成功中最多只起到10%的作用，而最努力工作、吃苦耐劳的恰恰是那些从事很底酬劳的工作者。现代社会的迅猛发展，让个人的力量在削弱而不是加强，一个人对环境的影响力将会越来越小。

家庭是一个四面门窗的封闭房间，它阻止了风吹雨淋，却也谢绝了雨露芳泽。在社会环境瞬息万变的时代，曾经颠扑不破的教案成了束缚孩子的幌金绳，家长越用力，孩子越窒息。美国心理学家苏珊·福沃德在《原生家庭》一书中对这几种顽固抵抗的"有毒"家庭作出了批判。

一是欺骗式教育。小和尚下山化斋，老和尚骗他说，山下的女人个个是老虎，非礼勿视，非礼勿听，总之远离就好。小和尚下山一验证，发现师父原来是骗人的。很多家长出于对陌生环境的警惕，为了保护孩子，不惜把整个世界妖魔化，让孩子从一开始就不自觉地进入《千与千寻》中小女孩的角色。这种引导得不偿失。设想一下，如果小和尚的思想仅限于戳穿师父的谎言，倒也不足为虑，万一他举一反三，开始怀疑师父奉若神明的佛学呢？

二是家长式教育。苏珊·福沃德说，在有毒父母的专制统治下，"盲目的顺从形成了我们人生早期的行为模式，也使我们的行为无法脱离这些模式。在父母对我们的期待和要求与我们对自己的期待和要求之间存在着一个巨大的差距时，不幸的是，在我们的思想里，服从的压力常常要大过我们自己的需要和追求"。孩子的个性不可避免地淹没在盲目的顺从里，这种毒素极有可能渗透到下一代。

三是功利性教育。《优秀的绵羊》一书中有一句话："为什么我们如此贪恋地位，因为它根深蒂固地与人性深处的各种情感捆绑在一起：荣誉、耻辱、腐朽、自负、自我形象、自尊等等。即使拥有金钱，也只不过是取得地位的一种方式而已。"我们常常把物质的成功等同于人品、尊严和幸福。即使现在，某些地方仍然把当官作为衡量人生成败的唯一标准，目送某位领导登上族谱最光鲜的位置，是族人最盛大的节日。《白鹿原》中，鹿子霖不像白嘉轩那样甘于寂寞，他一生都在追名逐利，但一次次被现实疯狂打脸。白孝文一度被目为败家子，却左右逢源，解放以后成了滋水县的县长。他失去了父亲的厚爱，却得到了更多人的认同，他成功或是失败，该怎么界定？

武志红在《为何家会伤人》一书中写道："时代改变了，我们爱的方式却没有改变……有太多的错误假借了爱的名义，结果使得关于爱的谎言在这世界上大肆横行，最终令我们部分失去了爱和恨的能力，令我们不懂得自己的爱与恨，也不懂得分辨别人的爱与恨。"在继往开来的大时代背景下，拒绝进步就意味着落后和反动，白嘉轩、鹿子霖只是凑巧走进了我们的视野，而对每一个对孩子寄予厚望的家长而言，成功固然理直气壮，但承认失败更需要勇气和智慧。

读者荐书
037

十一月／上
《时间之书》

余世存 著
老 树 绘

/ 一 金庸编剧，李咏导演，蓝洁瑛主演，
　　 会不会诞生一出夺人眼球的戏剧

　二 一年有四季：
　　 历史不是顺时针接力，而是面对面冲锋陷阵 /

一
金庸编剧，李咏导演，蓝洁瑛主演，会不会诞生一出夺人眼球的戏剧

时间是什么？

在我参加的一次任职面试中，主考的领导抛出这样一个严重超范围的命题。被问的人张口结舌，无从作答。而轮到提问的人揭晓谜底时，他也吞吞吐吐，闪烁其词——时间就是时刻、节点。呵呵，说了等于没说。

时间到底是什么？我也很难说清楚。说是时刻、节点，似乎也没错，往事像断线的珠子，一粒一粒地排列在那里，拎不起来，却也挥之不去。时间不过扮演了那根穿孔而过的绳子，让记忆逐渐清晰、明朗。

余世存在《时间之书》中写道："当代人为社会、技术一类的事物裹挟，对生物世界、天时地利等失去了感觉，几乎无知于道法自然的本质，从而也多失去先人那样的精神……"这也怪不得我们，我们手里最过硬的赌资就是时间，只有它才能

换取下锅的米、赶路的钱,才能给我们等值的成就感。

有一则故事:小鸡一遇到晴朗的天气,就会动员鸡妈妈:"今天天气这么好,你能不能不下蛋,带我出去玩啊?"

鸡妈妈说:"不行,我还要赚奶粉钱!"

小鸡说:"可是你已经下了这么多蛋了!好无聊哦!你就不能给自己放一天假,带我去看场电影?"

鸡妈妈大摇其头:"NO——NO——NO!一天一个蛋,菜刀靠边站。一月不下蛋,高压锅里见。"

自然界的每一类生物都是神圣的,因为他们无须仰仗上帝的鼻息,仅仅凭借自己的双手和大脑就可以把生命延续下去。母鸡可以下蛋,人类可以工作,我们人类更是从单调乏味的工作状态中开发出了兴趣、价值等,从而让生命避开了冷落。

《时间之书》中引用了一句话:"生命充满了劳绩,但还要诗意地栖居在这块土地上。"这是我们面临的现实,也是我们值得骄傲的地方。如果只有诗意而缺少劳绩,也许李咏至今还在新疆的大草原上牧歌放马,逐水草而居;如果仅有劳绩而没有诗意,也许他也不会在万众瞩目的舞台上木秀于林,让普罗大众领略他的言语魅力,肆意挥霍苹果肌的舒展收缩。他在舞台上绽放人生,带动我们一起飞舞……

长路漫漫伴你闯
带一身胆色与热肠
寻自我觅真情
停步处视作家乡

> 投入命运万劫火
>
> 那得失怎么去量
>
> 驰马闯江湖
>
> 谁为往事再紧张
>
> （电影《武状元苏乞儿》主题曲）

但 2018 年 10 月 28 日，他走了。承载往事的珠子散落一地，而《咏远有李》还静静地躺在书架上，他的笑容在封面上灿烂如初。

从起点到终点，你和我一样，匆匆忙忙，害怕错过站点，又担心排不上队，无谓的等待让生命损耗太多。老天爷其实精于算计，他让你来到世上，许诺给你一百二十年的生命，但是，他又让你生病，让你熬夜，让你醉酒，尽管这些你都情非所愿。

你谨小慎微对待生命中的每一个细节，无非是想得到他的垂怜，可是他把算盘拨拉得哗哗响，一个子儿也不会给你多加。你越努力，生命消耗得越快，他不给我们任性的机会。李咏也一样，他一路上走得并不轻松，以至于生命的线段一再被缩短、缩短，一百二十年，最后交到他手里，属于他自己的，只剩下五十年。

也许金庸早就发现了其中的玄机。早年寂寂无名时，他也不得不遵从这条铁律——用劳绩去换取诗意，但他又不甘心生活如此贫瘠而绝望，所以运笔之际，竭尽全力把出身贫寒的主人公往上推，往上推，直到他拥有独步天下的武功，直到一个个华丽非凡的女子都环伺而立……

高处不胜寒,熟知典籍的金庸自然了然于胸。于是,无论杨过还是张无忌,无论令狐冲还是袁承志,在人生的峰顶无一例外都选择隐遁。即使以天下为己任的郭靖,如果不是国家陷于灾难,他也会和黄蓉在桃花岛终老一生。

择一城终老,遇一人白首。

挽一帘幽梦,许一世倾城。

写一字诀别,言一梦长眠。

我倾尽一生,因你无期。

择一人深爱,等一人终老。

痴一人情深,留一世繁华。

断一根琴弦,歌一曲离别。

我背弃一切,共度朝夕。

(冯骥才《择一城终老,遇一人白首》)

这是侠客的抉择,也是书写侠客的侠之大者的取舍。或许有人说,这恰恰是金庸的局限。你看看《剑雨》,人家叶绽青那么漂亮,武功又高,可为了油盐柴米还不是一样要去做妓女?雷彬够狠了吧?干的是杀人越货的勾当,一手堪比东方不败的飞针杀人于无形,可谁能想到他竟然是个卖面条的?

萧峰好歹是个帮主,小乞丐给他积蓄了不少公款,郭靖有个有权势的准岳父,应该不会缺钱花,可杨过呢?既不是官二代,也不是富二代,更没有日出而作,日落而息,凭啥在一群白富美中周旋?凭啥"风陵渡口初相遇,一见杨过误终身"?

但我要说的是,金庸着力塑造的几个人物,才是真正豪气干云的大侠。一个人生活凄苦，还看不透未来的时候，就不能多一点畅想吗？正因为要为衣食奔忙，所以才会憧憬衣食无忧的日子。琐碎的生活淹没了太多人的理想，我们在现实世界坐立不安，又何妨在梦想的天空潇洒走一回？难道你看了《西游记》，就会真的相信有孙悟空？《剑雨》固然面面俱到，但它破坏了武侠的完美，击碎了理想的浪漫。

在《笑傲江湖》中，金庸借令狐冲之口吐露心声："人生在世，会当适情快意，连酒也不喝，女人不能想，人家欺到头上不能还手，还做甚么人？不如及早死了，来得爽快。"快意恩仇，才会惬意人生，有"十年磨一剑，霜刃未曾试。今日拔示君，谁有不平事"的气概，才能成就"山间之清风，江上之明月，耳得之而为声，目遇之而成色。是造物者之无尽藏也，而吾与子之所共适"的从容。

四十八岁那年，金庸自忖可以过这样的人生，慨然封笔。

无敌是多么

多么寂寞

无敌是多么

多么空虚

独自在顶峰中

冷风不断的吹过

我的寂寞

谁能明白我

（电影《美人鱼》主题曲）

余生还长。一百二十年的生命，虽然略有损耗，但还有四十六年可以静享。

金庸先生的生命定格在九十四岁。人到了这个年龄，早走早了，少受折磨，在老家，这算是喜丧。但是生者的感情绝不会这么痛快，何况我们这一代人，很多是伴着金庸、古龙、梁羽生的武侠小说长大的，古龙英年早逝，梁羽生也谢世多年，金庸在我们心里，和乔丹一样是精神的寓所。

有一种悲伤的说法，死者的非凡之处，是他们把生存的空间给捣腾出来了，这样活着的人才有希望。主持人位置空出来以后，很快有人补了上去，而江湖已远，一百二十年后，肯定会如金庸所愿，还有人在读他的作品，但武侠小说掀起的血腥江湖，再也不会像八十年代那般波澜壮阔了。世间再无金庸，这是真的。

余世存说："时空的本质一直在那里，只不过，历史故事也好，诗人的才思也好，只是从各方面来说明它们，来强化它们。有些时空的本质仍需要我们不断地温故知新。"读别人的故事，感悟自己的人生，从此，当我们躬身平整三四月的土地时，对八九月份的答案，虽然期待，但就不必过于苛求了吧？

写作此文时，又听说蓝洁瑛去世了。最近不知怎么了，听到的都是让人悲伤的事。如果他们健在，李咏客串导演，让金庸编写剧本，由蓝洁瑛主演，想必也是一出夺人眼球的戏剧，可惜，这只能是个设想了。

二
一年有四季：
历史不是顺时针接力，
而是面对面冲锋陷阵

有一种说法，草坪是权力和身份的象征。

在英国，早先的那些王公贵族们，把王宫前的草坪看得比命还珍贵。受他们价值观的影响，后来王朝坍塌，掌权的新贵冷静地跨过公爵们的尸体时，注意力首先集中到了官邸门口的草坪上，仿佛他们此行的目的不是推翻旧的王朝和制度，而是让沾满鲜血的双脚徜徉在这片草地上。

如今，从总统的官邸到市中心的广场，无一例外地保留了一片平整的绿地，高尔夫之类贵族运动也跟风移师于绿色的荒野。我甚至怀疑，成功人士购买别墅，很有可能不是为了那几间宽敞的屋子，而是垂涎门前的杂草。

我不向往这种生活。在黄土高原的腹地，一个叫瓦窑坡的村落，那个土墙围起来的四四方方一亩大的院子里，曾经有三颗大桐树，一到夏天，绿荫蔽日，莺燕啁啾，蝉声切切。墙头上苔藓丛生，冰草、蒿草、狗尾巴草混迹其中，风一来，交头接耳，窃窃私语。

我的孩童世界，不仅仅是缘墙而上四角的天空，推开门去，蔬菜、油菜籽、玉米、小麦，几十亩的庄稼地连成一片，绿得刺眼。也许你很难相信，我家菜园子的面积完全取决于种植时的兴致，高兴了，三五亩不算多，不高兴，怎么也得种上一亩吧？瓦窑坡的农民不缺土地，不缺勤劳，缺的是老天爷的笑脸。

和土地结缘的不光是父母，学龄的孩子们也会时不时挤进这个队伍。那个年代，乡村学校的老师大部分都是兼职。我们那所学校的四个老师中，校长和教导主任几年前才由民办身份扶正，知天命之年终于端上了铁饭碗，其余两个老师种地为主，教书是副业，月俸人民币六十元。他们每天匆匆讲完课就迫不及待往家跑，害怕瓜熟蒂落却滚进别人家的地头。受老师的教诲，我们下学回家，心里惦记的也是如何给嗷嗷待哺的牛羊置办晚餐。

芒种过后，"黄了"飞回来了。家乡的这种鸟，叫声像流水一样哗啦哗啦响。相传以前陕西有一对夫妻非常恩爱，后来男人被抓去当兵，女人思夫心切，每天倚门而立，不停地念叨："快回来呀，陕西麦子黄啦。"她终因相思而亡。丈夫回来后伤心欲绝，化身为鸟，就是"黄了"。一听到它"哗啦哗啦"的叫声，我们欢呼雀跃，陕西的麦子黄了，我们该放农忙假啦。

余世存在《时间之书》中写道："传统农民没有时间观念，尤其没有现代的时间意识，但他们不仅随着四季的歌喉作息，而且分辨得出一年中七十二种以上的物候迁移……"大自然的肤色变化无法掩饰,也不会出错,农人们更愿意服从老天爷的指令,而不是听命时钟的调度。他们与鸟兽虫鱼结缘,在草木荣枯中体味着斗转星移,自然界的草长莺飞,给了他们与生俱来的亲切感。他们早已是大自然麾下的一员。

"黄了"的预言无比精准。由东至西,绿泱泱的麦田越晒越淡,泛出黄土的颜色,又渐入金黄。收割的时节到了,地头上爬满了人。大人们忙着割麦子,学堂归来的孩子们,把麦子成捆成捆装上架子车,运回自家的碾麦场。

日出前,地里湿气大,麦子割下来容易泛潮。男人们睡足了觉,起床吸一会儿旱烟,把镰刀磨得寒光闪闪。吃完早饭,他们歪戴着草帽下地,拎个装罐头的大玻璃缸子,撒上一把七八毛钱一斤的茶叶,茶酽得发苦,一股脚后跟的汗垢味。日正盛,汗正浓,这种时候形困于外,热灼于心,反而出活。

麦子收拾停当,又套上牲口,翻地,平地,播种糜子。糜子是农民心目中的乖孩子,生长期短,长势好,产量高,不必费太多心思。夏至已过,正值三伏天,狗都懒得叫,看见人来了,翻翻眼皮,爱搭不理,趴在树荫下吐舌头,胸脯忽闪忽闪地起伏着,口水流成一道细线,直垂到地上。

在瓦窑坡这块贫瘠干旱的土地上,农人们自己没有功夫喘息,也不留给土地喘息的机会,一茬庄稼摞倒,另一茬又紧随其后。"白露早,寒露迟,秋分种麦正当时。"糜子收割完,该种小麦了,学生迎来了一年中的第二个农忙假。耕地、抹地、种地,两头牛,一个人。这是一幅亘古不变的画卷,单调的过程一再被重复,结出的却是不同的果实。

"抹"地的工具,比门板稍长、略窄。仍然是传统古老的制作工艺,把刚发芽的枝条架在火上,烤出它的韧劲,然后对折,用两根木条固定,编制成一个平面图形。地被犁翻过以后,不够平整,农人就套上牲口,拉上"抹",人站在上面,跟随牲口缓慢沉重的步伐,有节奏地抖动,把不断涌上来的浮土从它的空隙抖下去。我一直都没有找到官方的字或词来确认它的存在,语言有时候反而限制了我们的想象力和创造力。

有一年,金城的五婶回来探亲,看见父亲吆着牛抹地,好奇得不得了,不由分说,夺过鞭子,扯着套牛的绳子,一袭红裙就跳上了"抹"。牛却不买账,把她晃得东倒西歪。地头看热闹的人笑得前仰后合,她手忙脚乱,不亦乐乎。

麦子种到地里,农民的心里落了根、有了底。六七天以后,绿意从大地上油然而生,邻近各家的麦田连缀在一起,随着地势的起伏而波动。一年的农活,这时候基本告一段落了。

余世存说:"春生春种,秋收秋敛。秋分意味着隐居、避让,意味着独立不惧,遁世无闷。""'删繁就简三秋树'。这删繁就简的手,就是霜降,而大自然删繁就简,也是启示人们需要做减法、注意休养生息。"终于可以偷闲了,渐渐有人来串门。东家长、西家短,邻里的流言蜚语跟随灶火圪崂里的炊烟袅袅升空,越过自家的院墙,飘进邻家的院落,消散在尖锐刺耳的笑声中。

那是一个"交通靠走，通信靠吼，取暖靠抖"的年代。饭熟了，才发现饭桌上少了一个人。端着饭碗出去，站在门口扯开嗓子吼上两声，没有人应声。便穿过尘土飞扬的小路，一路吃，一路竖直了耳朵。忽然听见了尖利的笑声，三步并作两步，倚着门悄悄地猫一会儿，一听被非议的主角不是自己，一边吸溜着面条，一边咋咋呼呼推开门，让自己的笑声拨开纷乱的语言，挤出一个释放的空间。吃完碗里的，兴致正高，干脆到人家锅里盛上一勺吧。而那一边——自己家的饭桌上，已经空出了两个位置，剩下的那几位，年幼的发着牢骚，年长的骂骂咧咧。

"闲"生是非。农民们长年劳碌，习惯了沉默，"有闲"的日子过不了三天，飞短流长便开始让人厌烦，又觉得还是忙起来好。但大自然已经放慢了脚步。立冬已过，小雪紧随其后，大雪从天而降，厚厚的一层，盖满了绿油油的麦田，大地逐渐淡成一张白纸。有学生用一个小油漆盒子做成手炉，装上燃着的煤块，穿一根细铁丝做提手，咯吱咯吱踏着雪上学，手炉在手中甩得呼呼生风。学校里没有暖气，老师正带着几个学生围坐在火炉旁，一边搓手一边吸溜鼻涕。在诗人的世界里，这将是饮酒的最佳时机，"绿蚁新醅酒，红泥小火炉。晚来天欲雪，能饮一杯无？"

小麦这一觉睡得很沉，到来年春暖花开才会苏醒。那个时候，经纶满腹的孔夫子会带着他的学生来乡下采风，"春服既成，童子六七人，冠者五六人，浴乎沂，风乎舞雩，咏而归。"他们兴致勃勃地返回城里了，带走了妙不可言的回忆，留下的还是一如既往的生活。

如果说，人类是无数个故事在支撑，那么，节气的故事已经是明日黄花，草坪的故事正渐入佳境，时间的故事遥遥而来。正如尼尔·波兹曼在《娱乐至死》一书中所写的那样："分分秒秒的存在不是上帝的意图，也不是大自然的产物，而是人类运用自己创造出来的机械和自己对话的结果……在这个过程中，我们学会了漠视日出日落和季节更替，因为在一个由分分秒秒组成的世界里，大自然的权威已经被取代了。"

在这个故事中，草坪的价值被过度放大了。毕竟幸福不是用面积来计算的，否则，瓦窑坡的农人坐拥满山遍野的绿地，他们的幸福指数应该远远高于特朗普，他们的故事更动人才对。但现实是，一个故事的魅力并不在于它的继承和发展了什么，而在于这一个故事如何从上一个故事中挖掘冲突，寻找牙慧。历史绝不是顺时针接力，而是面对面冲锋陷阵。不是吗？曾经，我们把更多的绿地变成坚硬的混凝土场坪，如今，却要在广袤的混凝土场坪上开拓出一片仅可供宠物方便的绿地，是不是有种缘木求鱼的感觉？

《时间之书》中有一句话："时空的本质一直在那里，只不过，历史故事也好，诗人的才思也好，只是从各方面来说明它们，来强化它们。有些时空的本质仍需要我们不断地温故知新。"这才是故事的精彩之处。

读者荐书 038

十一月 / 下
《呼啸山庄》

〔英〕艾米莉·勃朗特 著
孙致礼 译

/ 一　李莫愁是怎样炼成的

　二　当赵敏公主遇上华筝公主，王子怎么办 /

一
李莫愁是怎样炼成的

一个美艳绝伦的花季少女，爱上一个风华正茂的翩翩少年，郎有情，妾有意，很快到了谈婚论嫁的地步。

小伙子说好的回家禀报家长，然后就回来娶她，可是一去不回。小姑娘在家里坐不住了，偷跑出去千里寻夫，结果，人是找到了，却成了别人的老公。一哭二闹三上吊，败局还是无法挽回。正常情况下，故事到这儿就可以收尾了，她要么忘掉他重新开始另一段感情，要么念念不忘含泪上别人的花轿，要么幽怨决绝终身不嫁。

问题在于，命运怎么编排现实，读者和观众也许不会介意，但如果小说和电视也按这个套路，他们肯定不答应，消费者的猎奇心态会把剧情煽动得比现实更加残酷。所以，故事的场地转换以后，情节也会随之起伏。被抛弃的人，绝对不愿意善罢甘休；抛弃别人的人，也别想这么消停。

爱得刻骨铭心,就恨得咬牙切齿。作家必须秉承这条铁律。

《神雕侠侣》中,李莫愁出场自带腥风血雨。她在陆展元与何沅君的婚礼上大打出手,把何家二十余口杀了个干干净净,只因何姓姑娘抢走了她心爱的男人,连累姓何的人跟着遭殃;随又在沅江之上连毁六十三家货栈船行,只因他们的招牌上带了个"沅"字,老板们的委屈跟谁说去?

不要以为只有女人会报复,男人因爱生恨,报复起来一点不会手软。艾米莉·勃朗特的小说《呼啸山庄》中,被庄主收留的孤儿希斯克利夫,与庄主的女儿凯瑟琳青梅竹马。凯瑟琳虽然爱他,却不愿意嫁给他,因为他不过是"一个荒山起伏的产煤区",而意中人林敦却是"一座美丽肥沃的山谷"。这就像很多人在大学里谈恋爱是一回事,毕业以后谈婚论嫁又是另一回事,享受爱情的时候受点委屈没关系,过日子却必须有房子有车。在现实面前,屌丝很少敌得过高富帅。

希斯克利夫报复的手段很残忍,也很高明。他设局赢下凯瑟琳哥哥的全部财产,包括他的山庄;又欺骗了凯瑟琳的小姑子伊莎贝拉的感情,让她成为他蹂躏、复仇与折磨的载体。他始终游走在法律的边缘,坚持不碰红线,表面上还是个守法公民。李莫愁却混得人不人鬼不鬼,古墓里待不下去,在江湖上也沦为过街老鼠。有人说,女人是感性动物,男人是理性动物,在他们身上恰好得到了印证。

小说家讲故事少不了瞎编乱造,但就是有人信。人类学家赫拉利在《今日简史》中写道,如果只有1000个人,相信某个编造的故事，相信一个月，这是假新闻。但如果是10亿人，相信某个编造的故事，相信1000年，这就成了某种共识。金庸的小说，我们明知道是假的，但谁较真读者就骂声一片，因为它有说服力，会告诉我们一种不容置疑的现实。有人失恋，也许没有能力连毁六十三家货栈船行，但不能排除他会杀人报复；再者，他绝不会无缘无故心理变态，必定有家庭、社会各方面的诱因。

心理学家苏珊·沃福德在《执迷：如何正常地爱与被爱》中探讨了这个问题。希斯克利夫和李莫愁都属于"执迷的恋人"，同时也是"执迷暴力"的执行者，他们的感情阵营一旦失守，就会被自己的情感绑架，做出伤害自己或对方的行为。

李莫愁杀了那么多人，何尝不是"杀敌一万，自损八千"？只是她的内伤不被外人察觉罢了。她身陷熊熊大火之中，倾刻丧命之时，凄然吟唱那首《雁丘词》：

问世间，情为何物？直教生死相许。天南地北双飞客，老翅几回寒暑。欢乐趣，离别苦，就中更有痴儿女。君应有语，渺万里层云，千山暮雪，只影向谁去？

眼中依稀所见，仍然是刻骨相思的意中人陆展元。她持身修道，却"云空未必空，欲洁何曾洁"，误于情障，以致走入歧途。相对于另一对夫妇公孙止和裘千尺互生怨恨，最后同归于尽，一对生死冤家跌成一堆肉泥，李莫愁更值得读者同情，让人"思之也是恻然生悯"。

而希斯克利夫又何尝不是伤己至深？复仇并没有给他带来

欢乐，相反，对凯瑟琳的思念时时折磨他的灵魂，生无可恋，最终绝食而死。他到底天良未泯，在与自己的儿媳——凯瑟琳的女儿凯茜和她哥哥的儿子哈里顿耳鬓厮磨的相处中，被他们的真挚所感化，放下了仇恨，成全了这一对年轻人。就像电影《一声叹息》中的台词："良心被狗吃了，还没吃干净，剩了一点儿。"与宫斗剧中那些笑靥如花包裹着蛇蝎心肠的女人相比，李莫愁只杀人不诛心，希斯克利夫只诛心不杀人，他们还算可爱。

一起来深挖一下两人的身世。

李莫愁出身不高。古墓派的武功很牛，但在江湖上属于小众门派，无法比肩比邻而居的豪门全真派；房子虽然气派，但是地理位置偏，属于郊县的郊区，家里也没有几件像样的家具；人脉资源极其有限，认识的人不超过五个，每天除了练功就是照顾师傅和师妹做家务；家长林朝英固然风华绝代，但个人感情非常坎坷，和王重阳在一起只是翻来覆去讨论武功，连一句情话都没说过，估计也是个刁钻刻薄的人。

林朝英制订的门规非常霸道，其中有两条：一是不准男子踏入古墓一步；二是一入古墓派，便终身不得离开古墓，除非有男子在不知情的情况下愿意为她而死。你想想，她既然不能离开古墓，又去哪儿找男人谈恋爱？估计林朝英失恋后，对男人成见不小，日常教育中说男人的坏话是必修课。徒弟们违反了门规，她不是苦口婆心，循循善诱，而是简单粗暴地断绝关系，逐出师门，绝对不容许你有改错的机会。

苏珊·沃福德说："情感暴力的恶劣程度堪比肢体暴力，

它能严重伤害一个人的心理健康,因为它能制造出屈辱、恐惧、无助、挫败甚至愤怒等感受。很多情感暴力犯都是变本加厉地伤害别人,因为比起肢体暴力,情感暴力没有法律约束。"自己在感情上的挫败,便把这种挫败感变本加厉地转嫁到徒弟身上。林朝英经营的古墓派是一个畸形的家庭,林朝英是一个"有毒"的家长。

希斯克利夫同样出身低微,自卑感与生俱来。如果凯瑟琳没有表白自己的感情,希斯克利夫极有可能把感情永远埋在心底,她既向他表白,却又不认同他,"一个什么都不知道,什么都不会说的人,根本就谈不上作伴""我要是嫁给希斯克利夫,那就降低我的身份了",谁会受得了心爱的人这样贬低自己?

老恩肖是一个好父亲,但他的错误在于对子女的情感分配不公平。亲兄弟尚且由妒生恨,反目成仇,何况这个孩子还是捡来的。他对希斯克利夫宠爱有加,甚至超过了对自己的孩子。他去世以后,儿子继任为一家之主,立即把希斯克利夫贬为奴仆,百般刁难。希斯克利夫的心理落差可想而知。

苏珊·沃福德说:"执迷者施暴的时候,表面上看来是要伤害别人,其实潜意识里,他们的真正目的是欢爱自己的痛苦,但这种转嫁痛苦的方式不可避免地要以失败告终,因为最初被抛弃、被拒绝带来的痛苦并没有因此而消散,反而更加严重了。"这正是李莫愁和希斯克利夫的困境。

心理学家《为何家会伤人》一书中写道:"有太多的错误假借了爱的名义,结果使得关于爱的谎言在这世界上大肆横行,最终令我们部分失去了爱和恨的能力，令我们不懂得自己的爱与恨，也不懂得分辨别人的爱与恨。"李莫愁如是，希斯克利夫亦然。

生命的价值在于选择，但这个选择的权力不是属于某一个人。李莫愁被情花之毒困扰不得不屈从于公孙止，陆展元遇到更好的伴侣也会背弃李莫愁。换了是你，有没有勇气抛开花花世界，跑到鬼气森森的墓地里与一个女人厮守终身？

苏珊·沃福德说："复仇，不管是什么形式的复仇，都是伤人伤己的双刃剑。复仇让痛苦无限蔓延，将犹疑的恋人推得更远。除了逞一时之快，复仇路上永无胜者。"宽恕和放下未尝不是一种选择。经书上说："由爱生忧，由爱生怖，若离于爱，无忧无怖。"修道之人，多念点经总没坏处。

二
当赵敏公主遇上华筝公主，王子怎么办

有一次值班，按规定在值班室留宿。勤务员是一个不到二十岁的小伙子，夜里辗转反侧，长吁短叹。

我问他："有心事？"

"我女朋友明天从陕西老家来看我。"

"哦？那是好事呀。"

"嗐，你不知道，我在这边也谈了一个。"

脚踩两只船绝对有风险。如果你是这个勤务员，你会怎么办？

假如你像美国小说《飘》中的斯嘉丽一样强硬而有主见，那就用不着烦恼，很简单，两个都不选；或者，爱谁就选谁；如果这还有意外，那么更简单，想选谁就选谁。

可惜优柔寡断不是女人的专利，男人也一样会婆婆妈妈，举棋不定，选了这个，又觉得那个好；再去选另一个，更不能

忘情于前者,最后鸡飞蛋打。有时候,没有选择就一条路走到黑,有了选择反而多了累赘,毕竟你不可能穿越回到古代,三妻四妾想娶几个娶几个。当然,前提是你得有钱。

《射雕英雄传》中,郭靖与华筝青梅竹马,郭靖虽然呆萌,情感细胞不够活跃,但也没有傻到蠢的程度。当成吉思汗直接内定他为蒙古国的金刀驸马时,他都没想到要反对,一方面他跟华筝一起长大,有感情基础,再者,一箩筐金砖出其不意砸在一个穷小子头上,让他有点懵,所以稀里糊涂地接受了。

黄蓉是桃花岛主的独生女儿,家里有文物,江湖上有地位,可华筝是正宗的蒙古公主,家里有山头有军队,要灭谁还不是她爸爸一句话的事?论硬实力,华筝哪一样都不会比黄蓉逊。但现实常常让人意想不到,郭靖遇到黄蓉以后直接缴械倒戈,背叛了初恋。

为什么华筝会输?

仔细对比不难发现,黄蓉胜在自己的主动和背景的强大。她是典型的被宠坏的一代,父亲仗着武功高,本来就不讲理,加上母亲早逝,只留下这么一个宝贝女儿,当然得富养,所以女儿的刁蛮任性更青出于蓝。黄蓉的优势很明显,她不摆谱,关键时候放得下架子,俯得下身子,认准的事情就奋不顾身,坑蒙拐骗的招数哪个灵就用那个。反观华筝,在父亲的强权庇护下反而被驯化成了乖乖女,温柔内敛,单纯真挚,她会害羞,会一个人偷偷流眼泪,她不敢不顾一切去抢男人,这种丢脸的事她做不来。

接下来拼爹。成吉思汗是个粗人，他虽然拥有铁骑几十万众，但没有定海神针一锤定音，如果需要老丈人出手，他带骑兵群殴总不合适吧？黄药师不过是一个有黑社会背景的帮派头目，但个人素质出众，琴棋书画样样通，他更胜在有一身神出鬼没的本事，弹指神通的战斗力绝对爆表，一个不高兴，直接冲到蒙古军营里枭人首级。

同样是公主，为什么赵敏又会胜出？

一样的道理。周芷若刚出场不久，父亲就领了盒饭。他父亲的身份，仅仅是一个江上打渔摇橹的舟子。就这样，周芷若成了孤儿，被送上武当山。如果她在武当上能够立足，背靠张三丰这棵大树，以她的聪明，前途必然一片光明，可惜又被送去了峨嵋，给灭绝当了徒弟。同是出世之人，这个尼姑和这个道士级别差了不知几个呢。

再看看赵敏，属于当下炙手可热的"无知少女"，是天下最有权势的汝阳王的郡主，老爹那能耐，连皇帝都要礼让三分。她手下那帮狗腿子，更没有一个是省油的灯，玄冥二老、成昆、阿大、阿二，随便哪一个不完爆江湖上的成名高手几条街？就算是张三丰，也不敢像欧阳锋那样夸海口说蒙古的军营是自家的后花园吧？

两个美女站在一块儿，姿色不相上下的时候，谁的背景大，气场就大。周芷若看到赵敏坐在皇帝队列左首第二座彩楼中，"身穿貂裘，颈垂珠炼，巧笑嫣然，美目流盼"，她的相貌不输于赵敏，可此时也不由自惭形秽。更何况，赵敏比黄蓉还任性，还要主动。

张无忌和周芷若大婚之日,她上门搅局,当范遥说"世上不如意事十居八九,不必勉强"时,她倔强地反抗:"我偏要勉强。"事实证明,她成功了。

这就不难解释艾米莉·勃朗特的《呼啸山庄》一书中,美女凯瑟琳为什么最终选择的是林敦而不是希斯克利夫。希斯克利夫和凯瑟琳青梅竹马,意气相投,以感情的多寡而论,凯瑟琳爱情的天平绝对偏向希斯克利夫这一端。但婚姻的势利往往会蔑视爱情的纯真,希斯克利夫的出身和社会地位决定了他在这场爱情角逐中不可避免地成为失败者。

他是个孤儿,被呼啸山庄的庄主老恩肖从利物浦捡了回来。不知为什么老庄主会如此偏爱他,也许是同情他悲惨的身世吧。在老庄主的庇护下,他在这个陌生家庭的地位一度甚至超过了庄主的亲子。

好景不长,庄主去世了。儿子继任父亲的地位,他把希斯克利夫贬为奴仆,对他百般凌辱、折磨。仇恨的种子开始在希斯克利夫的心底生长。这些他还能够忍受,他受不了的是爱人凯瑟琳对自己的贬低。她爱他,但是选择婚姻时,她根本就没有考虑要嫁给希斯克利夫,"一个什么都不知道,什么都不会说的人,根本就谈不上做伴!""现在,我要嫁给希斯克利夫,那就降低我的身份了。"她毫不犹豫地嫁给画眉山庄的少庄主林敦。希斯克利夫黯然离家出走。三年后,他赚够了钱,返回呼啸山庄,开始实施疯狂的复仇计划……

凯瑟琳珍惜这段陪伴她长大的感情,但是不会无视已经拥有的地位和权势,她现实得让人脊梁发冷。这和《了不起的盖茨比》一书中黛茜的选择如出一辙。对黛茜来说,地位的差距终究是一条无法逾越的天堑,她有无限的活力去爱一个男子,就有足够的聪明去埋藏这段感情。

影视剧和小说似乎有个不成文的套路,先下手的一般都不会笑到最后。电视剧《大明宫词》中,薛绍已有发妻,因为无意间成了太平公主的初恋,武则天便将薛绍的妻子慧娘赐死。太平公主在遇到薛绍时有一段自白:"我从未见过如此明亮的面孔,以及在他刚毅面颊上徐徐绽放的柔和笑容。我十四年的生命所孕育的全部脆弱的向往终于第一次拥有了一个清晰可见的形象。我目瞪口呆,仿佛面对的是整个幽深的男人世界。"这段深情的告白,不但毁了一个男人,也毁了两个家庭(薛绍的原始家庭和与太平公主的重组家庭),太平公主得到了薛绍,却没有得到幸福。

影视剧和小说还有个不成文的套路,原配一般情况下都会败给小三。太平公主必须是小三,因为薛绍不光有老婆,还有孩子;郭靖是中国有史以来最霸气的帝王,在全世界战斗力最强劲的大臣见证下,钦定的金刀驸马;张无忌更不用说了,婚礼当天被小三上位,还有比他更惨的人吗?

看过很多电影,好像只有《一声叹息》是个例外。那得感谢剧中人梁亚洲有个聪明的妻子,她凭借气场和经验碾压了李小丹。在爱情的角逐中,主动出击就会占尽天时地利。看起来郭靖、张无忌们左右逢源,应该是幸福的烦恼才对,可实际上,在纠缠不清三角恋关系中,他们始终是被选择的一方,目标明确、指向精准的那个人才是最终的胜者。当公主与公主狭路相逢,谁负谁胜出的决定权并不属于王子,态度和实力才是王者之道。

  书籍会用独特的方式讲述蕴含的道理。掩卷而思,觉得人还是应该克制自己的欲望,追逐幸福无可厚非,但为什么一定要伤害别人呢?虽然梁亚洲摸老婆的手像左手摸右手,但省省吧,庆幸自己后半辈子还能安稳地摸着一只手,如果砍掉了呢?

读者荐书 039

十二月 / 上

《一天中的百万年》

[英] 格雷格·詹纳 著
程 文 译

/ 一 梦想和我们的距离，只差一场酣睡

二 一顿饭吃出了三教九流 /

一
梦想和我们的距离，只差一场酣睡

蹒跚学步时，父母就在身后不厌其烦地告诫，路要一步一步地走，饭要一口一口地吃。道理都明白，但谁不希望理想近在咫尺，触手可及？

有时候心情大好，我也不免忘乎所以，大胆畅想未来，憧憬更加高远的生活。老婆就摸着我的额头说，快睡吧，乘着天亮，赶紧睡觉，睡着了梦想就实现了。

原来，梦想和我们的距离，只差一场酣睡。

《鹿鼎记》中，韦小宝为了战胜小辣椒阿珂，让师侄澄观——少林十八罗汉之一——教他一指禅。澄观告诉他："师侄从十一岁上起始练少林长拳，总算运气极好，拜在恩师晦智禅师座下，学得比同门师兄弟们快得多，到五十三岁时，于这指法忆略窥门径。"而"以四十二年而练成一指禅，本派千余年，老衲名列第三"。

澄观成就"少林寺千年老三"有两个条件，一是要拜在名师门下；二要悟性高运气好。两者缺一不可。

可是，澄观的武功在《鹿鼎记》中是个什么水平？书中跟他交过手的人不多，推演一下，他打不过一流高手归辛树、洪安通绝对不意外，跟独臂神尼九难对掌，都被整得眼冒金星，血气翻滚。发挥好的情况下，能不能跟二三流水准的胖头陀打个平手？可能也没有十足的把握。

一个有名师指点、运气超常的人尚且如此，平常人短暂而又忙碌的一生中，能有时间投资、且投资成功的事情恐怕屈指可数。

其实不必遗憾。

貌似伟大的人类，在过去的数百万年里，干成的事情也非常有限。打开格雷格·詹纳的《一天中的百万年》，你就会发现，仅仅研究一个钟表，就让无数科学家前赴后继，倾尽全力。

公元前1500年，古埃及的一位祭司就在琢磨这件事，最后整得一头疙瘩。一转眼到了古希腊时期，哲学家柏拉图在艰苦卓绝的哲学推演之余，想从事点体力劳动，缓解和分散思维压力，于是发明了水钟。

中间又几经波折，人类还是无法在关键的技术环节有所突破，仅仅一个钟摆，就让人类的想象力停滞了数千年。到了1581年，伟大的伽利略实在看不下去，开始着手研究钟摆。一晃又是几百年，到了17世纪70年代，英国匠人威廉·克莱门特终于研制出成型的机械钟表。可是以我们现代人的眼光来看，那东西只能作为古董，被扔在博物馆一个不起眼的角落，任它落满岁月的尘霜。

如果说钟表还有一定的技术含量，那么，我们再回顾一下牙刷的历史。

知道古人怎么刷牙吗？作者格雷格·詹纳研究发现，古罗马的奴隶在小树枝末梢涂抹上有亮白作用的牙粉，然后让主人把头伸过来，他们像理发师那样帮主人把头颅摆成一个舒服的造型，拿着树枝在主人嘴巴里来回捣鼓，直到把食物残渣清理干净。

中国人不愧是生活的艺术家。我们在发明牙刷这一领域遥遥领先于世界。在唐朝，就有人把猪鬃缝在骨柄里，做成简易牙刷。近一千年里，这大概是世界上最先进的刷牙工具。直到1780年，一个叫威廉·艾迪斯的囚犯，在晚饭剩下的猪骨上钻了个孔，把地板刷上的毛插进孔里，千呼万唤，一把LOW得不得再LOW的牙刷终于问世。他的发明让整个西方世界惊喜不已。

在威廉·艾迪斯的主导和推动下，更现代的牙刷诞生了。

这一千年来，我们一边幸福地刷牙，一边抱怨生活的无趣时，有没有想过，我们熟视无睹、认为生活中理所当然的必需品——牙刷，已经让西方资本主义国家的先驱们哈喇子流了一千年？

看来，包括我们的先人在内，一路从亘古走来，看起来衣着鲜亮，光彩照人，实际上却是跌跌撞撞，灰头土脸。只是，书写历史的子孙，顾虑到自己有朝一日也会走进历史，要积点口德，所以撑掉了他们曾经蒙受的委屈与羞辱。

翻开历史，才知道貌似体面的先辈们，成就并不显眼的大有人在。

伯夷叔齐，一辈子做成了多少事已经无从考证，后人只记住了他们其中的一件事，那就是待在首阳山上不下来，以致饿死。唐朝的张若虚，一辈子写的诗可能不多，或者是写得不够好，《全唐诗》仅存两首，但一首《春江花月夜》，后辈学人们一千多年来一直在顶礼膜拜。

曾经有个很火的说法，一生只做一件事。所谓"一事精致，便能动人，亦其专心致志而然"。2010年，有一则灯泡的故事轰动一时，这只灯泡，在加利福尼亚的一个消防站度过了它的109岁生日。它是目前灯泡世界的长寿冠军。

说到灯泡，大家首先想到的肯定是爱迪生，偏偏这只"百岁"灯泡不是爱迪生发明的。它的发明者叫柴莱特，籍籍无名。1901年，在一次电灯实验竞赛中，就是这只亮到最后的灯泡，让爱迪生记住了"柴莱特"这个名字。

据说，爱迪生也曾邀请他一起研究碱性电池，柴莱特婉言谢绝，他指着那只灯泡说："我只适合研究它。"他死后，有人在他的日记中发现一句话："一生只亮一盏灯！"

有史以来，有据可查且被饿死的名人不是没有，可只有伯夷叔齐在乱世之末不食盛世之粟，史料中又没有记载其他更大的功绩，便用这件事给他们作了记号。也有很多人，一辈子只致力于一件事，但不太成功。或者是，他以为成功了，却没有雁过留痕。

你想想《天龙八部》一书中的"剑神"卓不凡，放眼金庸的整个武侠世界，以"神""圣"名之的并不多。他绝对称得上高手，至少不会比名满天下的四大恶人实力差，可惜他没找准机会，又选错了对手。败在虚竹手下，本来也不冤枉，但谁让虚竹那时也是个屌丝呢？所以卓不凡只好沦为打酱油的。还有《倚天屠龙记》一书中的昆仑三圣何足道，碰上少年张三丰，首演就砸了场子。谁让他倒霉呢？

而我们，不过是芸芸众生中最普通的一员。大多数时候，我们就像那个天天在海边和海鸥嬉游的孩子，专注一件自己喜欢的事。只是喜欢，便没有深究它的意义。随着知识储备多了，人情世故历练久了，心底慢慢滋生所谓的理想。就像那个孩子的父亲，听说了儿子的特异功能，受好奇心的驱使，让他捉一只回来，也让自己玩玩，开开眼界。他拨动了孩子的欲念。

孩子想在父亲面前证实自己，决定第二天等海鸥来时，捉一只带回去。可一旦孩子有了这个心思，海鸥就在天上盘旋，再也不肯落下来。朝夕相处，海鸥闻出了孩子身上的不良动机。

也许我们一生都平淡拘谨，淡得像杯中的死水，连个鱼泡都不会泛出来。可谁又会甘心平庸呢？就像《凡人歌》所吟唱的：

　　你既然不是仙，难免有杂念。

　　道义放两旁，把利字摆中间。

我们必然会妄然挣扎。当然，李宗盛也为我们大多数人茫然的追寻给出了精准的回答：

　　问你何时曾看见，

这世界为了人们改变，

　　有了梦寐以求的容颜，

　　是否就算是拥有春天？

徐志摩曾说："我将于茫茫人海中寻我唯一灵魂之伴侣，得之，我幸；不得，我命。如此而已。"智者对命运的期待也不过如此，我辈大可心安理得。

二
一顿饭吃出了三教九流

偶尔,我们会判断出错,把复杂的事情想得过于简单。但更多时候,我们会把简单的事情办得很复杂。

譬如说吃饭。

有一次给某位老哥做关于礼仪的PPT,说是礼仪,实际就在讲吃饭,饭局的重中之重就是排座位。梁山泊英雄排座次,大家毕竟彼此熟悉,而且大小猫已经就位,从核心圈子向外辐射,弟兄们都会心照不宣一字排开。有意见只能保留,怒目而视就是忤逆。请人吃饭就很头疼,谁坐主位?谁来主陪?

坐主位的如果德高望重,一枝独秀倒也好,但狐朋狗友相互渗透的圈子里哪有这么杰出的人物?大家半斤八两,谁都想校验一下自己在别人心目中的份量。再说了,"圆桌会议"的主题往往具有决定性作用,大家阶级层次差不多,但术业有专攻,每次总得分个主次吧?因为成分定性不准,以致兄弟阋墙,席间老拳相向，已经算不上新鲜事。

还有一个问题，饭桌上排座次没有规范性文件可以参照。为了展现地方特色，大到一个省，小到一个乡，都陆续出台了地方性保护政策。一般情况下，如果你只是来打酱油，缘门而入，贴墙而坐，应该不会出错。但经验往往只能经受一时的考验，到了齐鲁地界，这个万有定律很可能会失灵。这时候如果你还凭经验办事，不是被轰出来，就是被灌醉抬出来。最好的办法是先不坐，让主人推搡拉扯一会儿，他们一再谦虚不肯入座的位置，一般都比较显眼和重要。可惜这不是一个万众瞩目的职位，否则，坐错了便将错就错吧。

据说很久以前也流行过方桌，饭桌上每个人的身份层次一目了然。随着人类的自我意识逐渐走向台前，为了消灭先入为主带来的忌恨和不快，所以由圆桌僭越代之。可是我们的潜意识和想象力终究不甘寂寞，以至于"圆桌会议"再次暗流涌动。于是，在金碧辉煌的宴会大厅里，在璀璨夺目的水晶灯下，有些食客上半身岿然不动，意气沛然，下半身却如坐针毡，心神不宁。

不要以为只有中国人才把一顿饭吃得这么复杂，大洋彼岸的资本主义国家一样不甘示弱。翻开格雷格·詹纳的《一天中的百万年》，你会发现西方人一顿饭也能吃出来三教九流。

早期，一般富有的罗马人，每天都要举办12个人的团体小宴会，必须摆满大鱼大肉，这种民间宴会叫"塞纳"；场面大一点的，称得上史诗级的盛宴，叫"康瓦维姆"；还有一种特殊的宗教宴会，叫"埃普鲁姆"。档次不同，参加的人数不等，食材和食客步调一致，都是五湖四海。

《一天中的百万年》中写道："罗马主人大部分会选择为客人们安排座位，好让他们的宴会空间成为社会阶层高低的反映。在当时的情况下，人们没有共进晚餐的桌子，而是斜靠在长椅上，主人经常会坐在上座紧挨着喜欢的客人，而饥不择食的食客、令人尴尬的叔伯们和从事行政工作的无聊笨蛋们会被放逐到长椅的末端，听不到主官的谈话内容。"

听不到主人说话也就算了，因为这些人明知自己身份低微，却执意出席盛宴，肯定已经抱定决心，此行不参与会谈，只享受美食。但他们忽略了一点，主人家只有长条桌子，既然主人和重要的客人比肩而坐，那仆人也绝对不会不长眼，把美食摆到他们这边来。所以这些客人非常尴尬，只能将就一点劣等食物和廉价酒水，吃完了赶紧灰溜溜走人。

据说，不光是罗马的势利眼们把不受欢迎的人赶到宴会外围，中世纪的英国也是如此。也不光是英国，"欧洲其他地方的主人延续凯尔特人的传统，让自己占据中心位置，骄傲地坐在长桌的中间，客人们则按照他们的重要性，放射状地依次就座。"而在19世纪的法国，如果你请了13个人喝酒，临时有个人忽然来不了，你必须花钱雇一个人凑数，否则，难免会有人一入座即拂袖而去……

看来，从圆桌上继承方桌的高底贵贱并不是我们中国人的专利。大家都是一边批判这种陋习，一边又乐此不疲。到了17

世纪，前卫的英格兰绅士实在不胜其烦，他们在1674年专门出版了《咖啡店民间礼仪指南》，其中有一条：

"首先，这里欢迎所有人——包括乡绅、商人，这里没人会介意大家一起坐在好位子上，这里不应该有人在意座位的优劣，任何地位更高的人进来的时候，都不需要站起来把自己的位子让给他。"

这仅仅使咖啡馆得以改观而已，正式场合仍然水泼不进。一顿饭吃出这么多麻烦，症结到底在哪儿？

曾经流行一个段子：

公司功勋部门同仁约饭。

营销部：在哪吃？

人事部：和谁吃？

财务部：吃什么？

财务部门看起来只手遮天，决定了饭桌上的内容，实际上远不是这么回事。点菜这门学科学分不容易修。一位朋友剧透点菜秘诀，据说屡试不爽。首先是老板喜欢吃啥就点啥。老板高兴了，员工都高兴。如果不知道老板的口味，饭店招牌菜是啥就点啥，总有一款适合他。如果特色不突出，你喜欢吃啥就点啥，别人吃不好无所谓，总不能再委屈自己吧？

其实，如果只是叨陪末座，那饭桌上的琳琅满目便与你无关，你不得不常常饿着肚子回家吃泡面。职场上混得久了，你就知道去哪儿吃、吃什么并不重要，关键在于和谁吃，被请的人有没有固定的消费场所？有没有特别的口味偏好？如果你不明就里，既定了地方，又点好了菜，偏偏来的人六根清净，不喜腥荤，他自己不喜欢吃也就罢了，万一他看不得死眼睛、活关节，闻不得腥膻味、葱姜蒜呢？那种酸爽的心路历程，亲自路过才体会最深，岂是"尴尬"二字涵盖得了的？

人事部门具有说一不二的决定性作用，这么说不是不可以。但是，这门学问同样不易琢磨，机会与风险共存，吃得好，可能会改变命运，吃不好，也可能会改写命运。

这便是症结所在。"跟谁吃"把简单问题复杂化了。谁都知道，自己独处最简单，与人相处最复杂。如果不得不跟别人一起，那与家人一起最简单；朋友次之；陌生人的饭局最压抑，但也好应付，吃得不愉快也无所谓，下次再跟他坐同一张桌子，说不定到了猴年马月。看来，等级分明的饭局最难以下咽，也最生死攸关。对方气场越强，财力越雄厚，我们风险就越大，机遇也最可观，机遇和压力常常生死相依，互相成就。

职场混迹多年，也有过难得的畅快。那次陪老板赴西北调研，他对面条有着与生俱来的亲切感。早餐不用说，当然是面条。西北的早餐选择余地不大，沿街林立的牛肉面馆，把天南海北的美食大都挤出了历史舞台。

午餐呢，还是面条！换成了陕西的油泼面。到了晚上，几位同仁已经面有难色，接待人员也觉得连顿面条，严重打脸办事机构，但又不好拂老板的脸面，只好弱弱地问一句："老板，晚上……"

老板略一沉吟："……嗯，还是面条！"这次换成了口口香臊子面。湖北籍的小同事生无可恋的表情，让我想起了电影《武状元苏乞儿》中，苏灿被洪日庆调戏的一幕。

这段经历现在回想起来仍然齿颊生香。年少时，我们生活困顿不堪，把"一粥一饭当思来之不易，半丝半缕恒念物力维艰"视为座右铭。此番一日三餐面条，确实只为求一饱，这才不至于辜负粮食的初心。但是，我们哥俩只顾着自己痛快，却连累别人遭罪。对他们而言，似乎又回到把简单事情复杂化的怪圈中。诶，罪过，罪过……

读者荐书 040

十二月 / 下

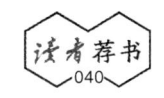

《傲慢与偏见》

〔英〕简·奥斯汀 著
王科一 译

/ 一　当我们消费爱情时，有人却在买卖婚姻

　二　这样的爱不为抵达，处处都是为了成全 /

一
当我们消费爱情时，有人却在买卖婚姻

几年之间，老家的彩礼又水涨船高了。

茶余饭后，几个老头蹲在墙根儿捋着袖管扯闲淡。这个说："我闺女才卖了八万，李有才家的卖了十三万。"

那个说："去年今年行情不同，镇原姑娘起步都十五万了。"

另一个说："郭瘸子幸亏死得早，要搁现在……嘿嘿嘿……"

当年，郭瘸子在邻近几个村名声如日中天。他公然叫板组织，谁敢上他家催公粮，他就扛一把铁锹立在门口跟人玩命。后来，组织终于放手，由他自生自灭，郭家的粮食进了门就绝不出户，组织的政策到了郭家门口自然也绕道而行。

郭瘸子不依不饶，采取非常手段报复组织，孩子生了一个又一个，全是儿子，一直生到四十多岁，媳妇生不动为止。他曾扬言要"生一桌满汉全席"，临终前夙愿基本实现了。

在全村男人的心目中，郭瘸子既是劳模，又是英雄。很多

男人一喝醉回家就骂老婆肚子没出息，明知机会弥足珍贵，却不用心把握，眼睁睁看着老公绝后。

但谁能想到，人生上半场天高云淡，下半场会风云突变。最小的儿子尚在襁褓之中，郭瘸子却从枣树上摔下来，死了。

如果他侥幸活着，一屋子光棍在眼前晃来晃去，他每天是不是得哭累了睡，睡醒了继续哭？那些骂老婆的男人，终于等来了人生的高光时刻，大庭广众之下也敢拿郭瘸子开涮了。原来，勤劳并非致富的唯一途径，古人把女儿称作"千金"，不是没有道理！

"彩礼"由来已久，它一直在历史的河道里不急不缓地流淌，只是到了二十一世纪，眼馋科技突飞猛进，它才知耻而后勇加速追赶。科技拔擢经济，经济接管婚姻。在这一点上，工业革命领袖——欧洲无疑也领先我们好几个世纪。

简·奥斯丁的小说《傲慢与偏见》中，聪明美丽的卢卡斯小姐，到了二十七岁还没有嫁出去，原因就在于出身低微。当庸俗不堪的牧师柯林斯因为求婚伊丽莎白失败，转而向她求婚时，她不假思索便答应了。"她的目标就是嫁出去。对于受过良好教育但财产微薄的年轻女子而言，嫁出去是唯一体面的出路，无论是否一定会有幸福，嫁出去就算有了生活的保障，也就足以让人心满意足了。"

连作者也忍不住要调侃这种怪象了，她说："单身男人一旦有了钱财，必定想要寻妻觅偶，这是一个举世公认的真理。这个真理早已深深扎根于人们的心中，所以每当这样一个男子初到某地，左邻右舍即使对他的感受和想法还一无所知，也总会把他视为自己某个女儿应得的一份财产。"

所以，即使年仅十六岁的丽迪亚与一个劣迹斑斑的男人先私奔再结婚，母亲贝内特太太也毫无违和感，甚至比范进中举还兴奋："消息太好啦！……她就要嫁人啦！……我又可以见到她了！……她十六岁就要出嫁啦！"

爱情一旦升格为奢侈品，婚姻便理所当然成长为理财产品，这一点连一味标榜自由和平等的美国都未能免俗。吴军博士在《大学之路》中写道："20世纪50年代，在卫斯理这所著名的女子大学，学生们大都有着良好的家庭背景，从小接受过很好的教育。但学院对学生的教育不是教她们如何获得自己感兴趣的学科知识，也不重视心理教育，而是把学生的成功与否定义为今后的婚姻是否美满，她们学习的目的无非是嫁一个好丈夫。"

我们比欧洲晚两个世纪坠入功利时代，比美国也晚了半个多世纪，这消息该让人沮丧还是庆幸？

功利化进程缓慢彰显了我们传统文化的厚重，但给现实蒙上浓郁的功利色彩毕竟不值得称道。《傲慢与偏见》一书中，凯瑟琳夫人反对伊丽莎白和达西的婚姻时说道："因为荣誉、门风、礼仪，不，利益等等都不允许。如果你一意孤行，违背众人意愿，就别想被他的家族和朋友看得起，你就会被他周围的人谴责、鄙视、厌恶，你们的结合就将是一种耻辱！你的名字将被所有人所不齿！"这是一种恶性循环，门槛高的不愿屈尊下嫁，豪门世家也很可能会将灰姑娘拒之门外，久而久之，原本和谐共处的世界成了一个个独立封闭的怪圈,你进不来,我也出不去。

老祖宗告诉我们,"人往高处走",这无可厚非。但过度追求功利,把生活中的每一项事物都用数字来量化,会不会与我们鼓吹的人性光辉背道而驰?歌曲《爱情买卖》中有一句歌词,"爱情不是你想卖,想买就能卖……它不是买卖就算千金来买都不卖",这让我想起多年前的一个段子:

人的一生要遇上四个人,人生就是为了找寻爱的过程:每个人的人生都要找到四个人。

第一个是你自己,第二个是你最爱的人,第三个是最爱你的人,第四个是共度一生的人。

首先会遇到你最爱的人,然后体会到爱的感觉。

因为了解被爱的感觉,所以才能发现最爱你的人。

当你经历过爱人与被爱,学会了爱,才会知道什么是你最需要的,也才会找到最适合你,能够相处一辈子的人。

但很悲哀的,在现实生活中,这三个人通常不是同一个人。

你最爱的,往往没有选择你。

最爱你的,往往不是你最爱的;而最长久的,偏偏不是你最爱也不是最爱你的,只是在最适合的时间出现的那个人。

这个段子把柔肠百转的情感脉络理得千头万绪,让人摸不到北。但那时候,爱情就是这样麻烦,故事里面有故事,像诗人狂乱的呓语。我们在芸芸众生中拨拉来拨拉去,仅仅是为了找到一个人,就像举着海报在茫茫人海寻找一出生即失散的兄弟姐妹,彼此的容颜早已模糊,你不知道他下一站会走向哪里,他也不知道有一个人始终没有放弃他。你虽然锲而不舍，仍然无法提升成功的概率，但这种心心念念的真实感，就足以感天动地。

可是，爱情任性，现实冰凉。如何取舍，现在似乎都得看网络头条的眼色行事。不信你看，才貌俱佳的姑娘一旦嫁入豪门，立即骂声一片，质问爱情去哪里了？可这些人如果有机会跻身豪门，还是不能免俗要娶年轻漂亮的媳妇。在舆论的强势鼓动下，如今众口一词学得好不如嫁得好，婚姻不得已被摆上货架待价而沽。在市场的推动下，我们追涨杀跌的股民心理炒高的可不仅仅是房价，谁也不敢保证你花费不菲就一定能娶到等值的老婆。

这似乎是一个趋势：数据将接管世界！以色列社会学家赫拉利曾经大胆设想，人类所有的东西都将是算法，都是数据可以操纵的，包括你的沮丧、喜悦等等一系列细微的情绪。英国作家赫胥黎八十多年前也已经在小说《美丽新世界》中对人类社会的前景做出了类似的惊悚预测。令人悲哀的是，我们正在不可避免地走向后"美丽新世界"，我们所有的情绪和思想，也许有一天真的会被药物和算法统治！刘国江老人为妻子手工凿成的6208级爱情天梯，随着这对伴侣的离世，最终远离人间，晋升为一处供人仰望和传颂的风景名胜、爱情神话。

在纷扰面前，看来只有反求诸己。电影《大腕》结尾的对话，既是答案，也是真相：

"什么叫成功人士？你知道吗？"

"成功人士就是买什么东西,都买最贵的,不买最好的。"英雄气短,只能说,是他还不够成功。

二
这样的爱不为抵达，处处都是为了成全

母亲爱看琼瑶剧，我是听着里里外外断断续续的哭声长大的。后来看《鬼丈夫》，也陪着她破费了一次眼泪。但是我不明白，男主角痴情，女主角忠贞，为什么还爱得声嘶力竭？难道爱的出发点就是追求痛苦？

当我为琼瑶剧泪奔的时候，那对私奔到大山深处的小伙子和俏寡妇，已经与世隔绝了三十年。世界就是如此不同，台前，有人泪水滂沱，寻死觅活，为爱情唱响赞歌；幕后，有人挥汗如雨，在悬崖峭壁上一榔头一铁钎地敲打。兑现6208级"爱情天梯"的承诺，代价是半个世纪。

"金无足赤"，爱情亦然。你想爱得不染纤尘，生活不会答应。所以，小伙子和俏寡妇只能逃进大山，让世人有心赞叹，却无力追随。《神雕侠侣》一书中，陆展元与李莫愁私订终身之后又背弃誓言。他对山盟海誓的回应，在一众声如洪钟的爱

情答语中，声音最小，却最接近人的本能。试问暗无天日的古墓生活有几人不望而却步？

爱情不纯粹，缘于缔造爱情的人不能免俗，简·奥斯丁的小说《傲慢与偏见》印证了这一点。那个时代，"单身男人一旦有了钱财，必定想要寻妻觅偶，这是一个举世公认的真理。这个真理早已深深扎根于人们的心中，所以每当这样一个男子初到某地，左邻右舍即使对他的感受和想法还一无所知，也总会把他视为自己某个女儿应得的一份财产。"

在一堆凡鸟之中，伊丽莎白卓而不群，豪门子弟达西不由青睐有加。达西情感细腻，但外表冷淡傲慢。伊丽莎白出身低微，却聪慧自尊，她对达西的傲慢由衷厌倦和抵触。当达西用居高临下的姿态追求她时，更加深了她的误会，她毫不犹豫地拒绝了。

达西十分难堪，要知道在当时，对出身不高的美少女而言，一个男人的家世比他的长相杀伤力更强。好在达西迅速深刻反省，意识到两人中间存在误会，他不急于强求对方，而是着手改变自己。伊丽莎白的家庭出现变故后，达西主动出面，破财替准小姨子掩盖私奔丑闻，把一桩拐卖妇女案过渡为蜜月之旅。

虽然达西只做好事，不搏虚名，但世上没有不透风的墙，伊丽莎白还是知道了。她做出深刻检讨："我的愚蠢却不在于我是否恋爱，而在于我的虚荣心！有人对我殷勤，我就高兴；有人对我疏远，我就生气。从一开始结交他们，我就丧失了应有的理智，让偏见冲昏了头脑，表现得太无知了。"恋爱中的女人哪个不希望被人捧高高？可伊丽莎白还有闲情冷静判断，理智分析，达西可谓独具慧眼！

坊间说法，相比于男人，女人更容易感情用事，所以会有一见钟情，所以会由感动而动情。身边就有例子。原单位有一个同事，当年为了追求现在的媳妇，做足了功课，仍然不得要领。后来听从高人指点，精心布局。媳妇在几十公里之外的偏远小镇上班，交通不便，人迹罕至。小伙子每天坐着单位的猎豹牌汽车，载上一辆自行车一路驱驰，到目标单位两三公里处，便叫停汽车，用矿泉水打湿头发和衣服，再骑自行车到目标女孩宿舍楼下，扶着车把痴痴仰望，深情告白。

如此再三，女孩被打动了。

其实这件事风险与机遇共存。你想想看，如果女孩不被感动怎么办？或者即使感动还想继续考验他怎么办？小伙子天天利用上班时间筹划终身大事，被领导知道怎么办？

如果是达西，大概他还会继续付出，也许最终他都没有打动伊丽莎白，那也不要紧，只能说明这姑娘不是他的菜。可我同事呢？一旦女孩在接受他之前知道了他的良苦用心，几十瓶矿泉水肯定白瞎了，人品败坏可能也在所难免。

他们两人最终皆大欢喜，总算可以告慰关心他们的人。但对比之后不难发现，他们的初衷大不相同。同事是认定了这个人，不到手就不放手，甚至不惜动歪脑筋出怪招；达西虽然也很期待这份感情，却没有违背初心，秉承了自己的风格。简言之，同事是为了抓住而抓住，达西既为了抓住，也不惜成全。

曾经读过一句爱情宣言："世界上多数人的爱情，都是为了抓住。抓住便是抵达，是爱情的喜宴；仿佛完成神赐的宿命，可以收获今生的美丽。而我书写的爱情是一个不断拒斥的故事，这是一个近乎残酷的安排，乃因这样的爱不为抵达，却处处都是为了成全。这样的成全如落红春泥，一枝一叶都是人间的怜悯。"

有人爱得自私，就有人爱得宽容。好在达西的成全，最终换来了爱人的垂顾。可惜不是每一个宽容的人都会这么幸运。金庸小说《飞狐外传》中的程灵素，便是其中一个不幸的女子。她容貌平平、肌肤枯黄、脸有菜色，即使有一身惊天地泣鬼神的本事——在天下掌门人大会牛刀小试和铁屋中制服三位师兄师姊已是见证。这种手段，恐怕号称"打遍天下无敌手"的苗人凤也未必能做到——仍然不足以弥补先天劣势，单恋胡斐成了她的孽缘。与袁紫衣狭路相逢，还未交手，她已甘于认输，即使此后袁紫衣主动出局，她仍然没有自信放手一搏。

是善良和宽容葬送了她的爱情和生命。否则，以其心思之缜密和本领之高强，精心算计的话，拿下胡斐极有可能，即使想在武林大会弄个"天下第一"玩玩都不是难事。可是，她过于自卑，便一心成全爱人，"她什么都料到了，只是，她有一件事没料到。胡斐还是没遵照她的约法三章，在她危急之际，仍是出手和敌人动武，终致身中剧毒。又或许，这也是在她意料之中。她知道胡斐并没爱她，更没有像自己爱他一般深切的爱着自己，不如就这样了结。用情郎身上的毒血，毒死了自己，救了情郎的性命。很凄凉，很伤心，可是干净利落，一了百了，那正不愧为'毒手药王'的弟子,不愧为天下第一毒物'七心海棠'的主人。"

她死后,胡斐心痛不已。"在那无边无际的黑暗之中,心中思潮起伏,想起了许许多多事情。程灵素的一言一语,一颦一笑,当时漫不在意,此刻追忆起来,其中所含的柔情蜜意,才清清楚楚的显现出来。"

小妹子对情郎——恩情深,

你莫负了妹子——一段情,

你见了她面时——要待她好,

你不见她面时——天天要十七八遍挂在心!

"王铁匠那首情歌,似乎又在耳边缠绕,'我要待她好,可是……可是……她已经死了。她活着的时候,我没待她好,我天天十七八遍挂在心上的,是另一个姑娘。'"

世上没有后悔药可买,既然后悔,那就自责吧。

程灵素是金庸小说中最善良最无私的女子,我读过的书中,大概只有民国时期"凤凰三杰"之一的陈渠珍笔下的西原可与其媲美。这个藏族姑娘,身份低微,陈驻守西藏时,藏官把她送给陈渠珍。辛亥革命后,陈被迫由藏北无人区经青海返西安,西原助陈及卫兵逃出拉萨,又万里相随。一百多人的队伍在藏北失路,餐风宿雪,一度出现人吃人的惨剧,最终仅七人生还。西原也不幸死于途中,年仅十九岁。

陈渠珍后来把这段往事写成《艽野尘梦》。作为读者,我却宁愿世上没有这本书,不曾发生这件事,就让陈渠珍和西原生死相依，终老西藏。

与程灵素和西原相比，那对甘愿隐居深山的夫妻是幸福的。2007年12月15日，开凿爱情天梯的男人去世了，他叫刘国江。2012年10月30日，俏寡妇也随他而去，她叫徐朝清。如果真有另一个世界，他们必定还会相遇，相爱，世俗的目光望不穿那个世界。

愿他们恩爱如今生。

读者荐书 041

一月 / 上
《一个人的朝圣》

〔英〕蕾秋·乔伊斯 著
黄妙瑜 译

/ 一 世界那么大,你去看了吗

二 活得体面,离开时有尊严,生命的故事才算完整 /

一
世界那么大，你去看了吗

2015年有一句话火遍全网：世界那么大，我想去看看。

看看就看看。那个女教师写下这句话后，直接辞职去了大理、重庆磁器口，又和爱人辗转成都黄龙溪、乌江小镇，一路向北来到大连、哈尔滨。一会儿江南小镇，烟雨朦朦，诗情画意，一会儿北国旷野，寒风凛冽，雪盖冰封，让无数驴友亮瞎双眼。

看来，一场说走就走的旅行，远没有想象中那么复杂。如果你借口房贷压力大没钱，老板不批假没有时间，那只能说明你看世界的愿望不够强烈，或者世界对你没有足够的诱惑力。

蕾秋·乔伊斯《一个人的朝圣》中，六十五岁的哈罗德·弗莱，独自一人从英国最南端的金斯布里奇出发，纵穿英格兰，抵达苏格兰境内的贝里克。历时八十七天，徒步627英里。

折算一下，627英里是1009公里。三个月走完一千公里，好像没有什么了不起。但事情不是想象中那么简单。哈罗德不

是专业驴友,徒步旅行之前,他没有作任何攻略,对要到达的地方一无所知。他和专业驴友的差距是全方位的:

专业驴友:"你经常出门吗?"

哈罗德:"除了销售代表的工作需要,很少出门。"

"脚上的装备是最重要的。你穿什么鞋子?"

"帆船鞋。"

"那你穿什么袜子?"

"普通袜。"

"外套是戈尔特斯的吗?"

……

"指南针呢?帽子和手套呢?哨子和头灯呢?……你的帐篷呢?还有电池。"

……

"没准备好就上路的伤亡率可比其他事情都高啊。当然,这样一段旅程经常可以成就或者结束一段婚姻。"

作为一个旅行者,哈罗德实在太率性了。但这场说走就走的旅行,毫无疑问是个意外。

一个失联二十年的朋友——奎妮,忽然寄来一封信,告诉他自己得了癌症,不久于人世。奎妮二十年前因为替哈罗德背黑锅,不得已离职远走英格兰北部。多年来,哈罗德一直为此事深感愧疚。

他满怀伤感地写了回信。第二天早上打算寄走,到了邮筒跟前,又想走得再远一点。不知不觉走到加油站,听一个女孩讲了一则朝圣的故事，便满怀信心地开启徒步之旅，希望以这种近似朝圣的方式让奎妮活下来。

之前，他的运动轨迹就是从家里走到车上。他根本不知道徒步之旅将要面对怎样的困难。途中，仅仅买了一支可伸缩电筒，加上一位好心的姑娘送给他两双徒步专用袜和一卷蓝色胶布、一个登山包和指南针，这就是他的全部装备。

一天天走下去，他渐渐明白，"人一定要放手。刚开始我也不懂这一点，但现在我知道了。要放开你以为自己离不开的东西，像钱啊、银行卡啊、手机啊、地图之类。"他索性把银行卡和一些用不着的东西都寄回家，餐风露宿，轻装简行。

他的故事很快传遍英格兰。他成了名人，一度吸引了很多追随者。但这些人各有各的目的，一旦目的实现，随即弃他而去。陪伴他最久的一只小狗，最终也跟着一个女孩走了。哈罗德对自己说，那是小狗自己的选择，它选择了陪自己走一段路，现在它决定停下来，陪那个女孩儿走一段了。生活就是这样。

这场困难重重的徒步之旅，意义究竟何在？

电影《阿甘正传》中，当珍妮离开阿甘以后，阿甘一个人呆呆地坐在屋檐下，眺望远方。他忽然有了跑步的冲动，然后起身跑到路的尽头。他又想跑到城镇。跑到城镇以后，他想不如再跑一程吧，跑遍绿茵县吧。他就这样一天天地跑下去，穿过了整个亚拉巴马州，又跑向大海，他开始把脚步迈向辽阔的美洲大陆……

当阿甘奔跑时，一路上也收容了很多追随者。有人问他，你是为了什么而去跑步？你要向世人证明什么吗？你是为了妇女的权益吗？为了世界和平吗？还是为了保护环境或者为了那些无家可归者？阿甘不知从何回答，他说："我只是想跑。"

哈罗德最初不过是想寄一封信，结果走了那么远，他希望自己的虔诚能让奎妮活下来，于是一天天走下去，又渐渐明白这是不可能的，他无法阻止奎妮死亡。但是，即使目标已经丧失，他仍然选择坚持。

阿甘或许是想追寻爱人的脚步，但又不完全是。我倒觉得，他只是在释放心中想跑的冲动，仅此而已。去年，我一个同学暂别妻子和两个年幼的孩子，利用二十天假期，带着自行车坐飞机到成都，再一路骑行到拉萨。眼看假期即将结束，他又携自行车坐飞机返回家中，匆匆忙忙赶去上班。他又是在证明什么呢？

阿甘是个智商只有 75 的低能儿。无论做什么事，都远远落后于同龄人，因此常常被人取笑。哈罗德是一个人生的失意者。原本，他在孩子眼里就不是一个合格的父亲。孩子因抑郁症自杀以后，妻子和他的矛盾激化，他们的婚姻跌进了冰窟。过去这二十年，是他人生最灰暗的时期，他没有一件事做得足够好。就连这次走路也是，他甚至不能确定自己能坚持到哪一天，"你还以为走路是世界上最简单的事情，这些原本是本能的事情实际上做起来有多难。而吃，也是一样的。说话也是。还有爱。这些东西都可以很难。"这是生活的本来面目。

哈罗德还是坚持到了目的地。虽然奎妮没有活下来，但他和妻子找回了失落已久的爱情。就像《阿甘正传》中，阿甘对生活一无所求，却同样收获了珍妮的爱情。这大概是作者对生活一种美好的寄寓吧。

两个故事实际在传递同一个信息：功利并不是生活本身。我们所做的事，不是每一件都需要一个理由，需要合理的解释。有时候，内心隐隐约约有一种期盼和渴望，让我们不由自主地想要这样做。事情完成之后，生活仍然一如既往，就像冬天可能会向往一顿火锅，而夏天想起火锅的温暖也可能念念不忘。我们的生活，就是无数个微妙的情绪变化堆砌而成。就这么简单。

如果往高深里说，也不是没有说法。据言，信佛之人证法，犹如破除水中坚冰，有一日了悟，冰即消融于水。回过头来，你是找不见那块冰的，好像它从来都没有存在过。我们不也一样么？出发之前，有这样那样的憧憬，回过头来，当初的这些豪情壮志又在哪里呢？我们仍然是从前的自己，不同之处，可能就在于每一次漫不经心地付出，都会使自己更加完整吧。所谓的意义，不过是别人眼里取舍的尺度。而内在的历练和升华，别人岂能读懂？

电影《阿甘正传》结尾，阿甘一个人坐在屋檐下仰望星空，"有时候到了晚上，我仰望星星，看见整个天空就那么铺在那儿，可别以为我什么也不记得。我仍旧跟大家一样有梦想，偶尔我也会想到换个情况人生会是什么样儿。然后，眨眼之间，我已经四十、五十、六十岁了，你明白吧？"大多数时候，我们就活得这么简单。

二
活得体面，
离开时有尊严，生命的故事才算完整

周作人曾引用过英国学者赫丽生的一段话："老年是，请你相信我，一件好而愉快的事。你被轻轻地挤下了戏台，但那时你却可以在前排得到一个很好的座位去做看客。……一切生活都变成没有以前那么紧张，却更柔软更温暖了。你可以得到种种舒服的，身体上的小小自由。"

听起来无限美好，但很可能是一厢情愿。

哈佛医学院印裔教授、白宫最年轻的健康政策顾问阿图·葛文德说："老年是一系列连续不断的丧失。"作家菲利普·罗思的话更加耸人听闻："老年不是一场战斗，而是一场屠杀。"的确，人一旦上了年纪，会发现很多美好的设想都成了绕不开的陷阱。

陷阱之一：我们该指望谁，"养儿防老"过时了吗？

儿时看戏剧《墙头记》，便为张木匠老境凄凉洒下了几滴热泪。张木匠老伴死得早，他含辛茹苦将两个儿子拉扯大。儿子一个个成家立业，他以为自己苦尽甘来，从此弄孙膝下，安享晚年。谁知两个儿子嫌他年老体衰，是个吃闲饭的主，又怕邻人骂他们不孝，两人一商量，就立下字据，以半月为期，轮流养父。

但月份有大小，你占了便宜他就得吃亏，兄弟两人为此常生争端。有一天，老大如约把老爹送到老二家门口，老二两口子装聋作哑就是不开门。这老大也够绝，把八十岁的老爷子扶上墙头说："你要掉往墙里掉，掉到墙外可没人管饭。然后扬长而去。"

"花喜鹊尾巴长，娶了媳妇忘了娘。"张木匠的故事并不鲜见，弃养老人已经算不上新闻。它不仅给我们五千年的传统文化抹黑，更使我们标榜的人性和伦理道德蒙尘。所以网上一发贴，网友立即口诛笔伐，可这毕竟是人家的家务事，过足嘴瘾仍然于事无补。

那么，"养老防儿"还靠不靠谱？这个观念过时了吗？

我的回答是——正在过时。

2015年10月，国家虽然给二孩政策全面松绑，但相当一部分人已经错过生育的黄金时期。数据显示，2010年我国独生子女总数约为1.5亿，到2050年，这个数字会变成3.1亿。

我国即将步入老年社会，到2025年，60岁以上人口占比将达到21%。而随着医疗水平的提升，2017年中国大陆人均平均寿命已经提升到76.7岁。

让我们把时光向前推进二十年。届时，四个七八十多岁的老头老太太，饮食起居必须仰仗两个五十多岁的准老头老太太。而他们，匆匆出了这道门，又忙不迭踏进另一道门，因为延迟退休他们不得不去上班，一边处理手头的工作，一边惦记嗷嗷待哺的孙子孙女。你能够体会这种艰难吗？老人们身体健康万事大吉，如果倒下一两个，万事休矣。

陷阱之二：我们该相信谁，医生还是儿女？

一旦老病缠身，不得已被送进医院，我们该相信医生还是子女？

答案是——都不能相信。

数年前听过一个医学教授的讲座。他说，十个癌症病人，五个是被吓死的，四个是被治死的，只有一个是病死的。我不知道他的理论依据是什么，但癌症的存活率极低，固然是受困于其本身超强的杀伤力，但大众对癌症一知半解、医疗部门措施乏力也是重要因素之一。

人体在不断代谢和老化，各种零部件日益磨损，终有一天我们会倒下。即使生存希望渺茫，子女也不愿袖手旁观。一方面，社会传统要求子女这样做，不这样做就会被人骂；另一方面，为人子女不得不这样做，否则良心上过不去。而医院和医生，出于本能和人道主义，一般也会向病人隐瞒病情，不断完善治疗方案，继续提供虚假希望。只要病人身体各项指标恢复正常，其他事情会迎刃而解，这是医学界的伦理。

阿图·葛文德说："一个人的生命走到尽头的时候，也就是做决定的责任转移到另一个人身上的时候。"这看起来是一道多选题,红绿两个按钮,老人想按哪个按那个。但作为监考老师的子女和医生,这种情况下都会越俎代庖,替他按下绿色的"救助"按钮。

病床上的人生,跟周星驰的电影《唐伯虎点秋香》中华府门前卖身的场景有什么区别?你为葬父,他为葬全家,且有物证。你们狭路相逢,你惨,他比你更惨。就像电影《我不是药神》中的那些癌症病人,你以为黄毛够惨,可吕受益就好过吗?最终,父母的血管里留着化疗药物,喉头插着管子,肉里还有新的缝线,他们睁大眼睛由着生命在白得刺眼的世界中一点点消散。

陷阱之三:我们该去哪儿,养老院靠谱吗?

英国女作家蕾秋·乔伊斯的《一个人的朝圣》中,六十五岁的退休推销员哈罗德,历时87天,徒步627英里,纵穿英格兰去探望阔别二十年的女同事奎妮。她得了癌症,余日无多,此刻正身躺在圣伯纳丁疗养院。在这本书中,奎妮的生活若隐若现。作者后来又写了一部《奎妮的情歌》,将奎妮的人生补充完整。

任何一个身患绝症的人都值得我们同情。但不能不说,与我们身边的大多数病人相比,奎妮还算幸运。即使在生命最后一刻,圣伯纳丁疗养院都给予她无微不至的关怀。人性的温暖一览无余,这里是一个真正的家。

可惜并不是每一个疗养院都如此温馨。阿图·葛文德在《最后的告别》一书中披露:"一位患阿尔茨海默病的老爷爷违反院里的规定,在房间里偷藏零售。一位糖尿病患者在偷偷地吃含糖饼干时被发现,他的血糖水平又超标了。谁能想到在某种情境下,吃个饼干就能构成反抗呢?

"在一些恐怖的地方,争夺控制权的战斗会升级,直到老人被捆起来,或者锁在医用躺椅上,或者通过精神药物对其实施化学抑制。但是,几乎没有一所疗养院的工作人员会跟你一起坐下来,努力理解在这种情况下生活对你到底意味着什么,更不用说帮你建立一个家,一个使得真正的生活变得可能的地方。"

……

老人被弃养,社会舆论无一例外把矛头指向了子女。的确,他们颠覆了中华民族的传统美德,为千夫所指并不冤枉。但是,把老人圈养在家中,然后去忙自己的工作,一天到晚都没空和他们说上一句话,这种行为就一定不违背人道主义吗?或者,把他送进最好的养老院,就像把孩子送到最好的幼儿园,这样是不是总算松了口气,心里踏实了呢?

恐怕未必。这几种做法的出发点,都是把老人作为负担,说得好听一点,是当成一项不得不完成的工作。现代医学给我们提供了非常精确的健康和安全评价体系,所以我们轻而易举就能掌握他是不是瘦了,是不是病了。我们只想着尽快结束工作,而忽略了"工作"本身也会反思,也会有孤独和愤怒之类的情绪体验。

列夫·托尔斯泰小说《伊凡·伊里奇》中,伊凡·伊里奇躺在病床上，向身边的每一个人——妻子、儿子、同事、朋友，伸出求助之手，可他们由于这样那样的原因，没有一个人给予他想要的救助。他绝望、怨恨、诅咒。只有佣人盖拉西姆不带任何算计和欺骗，不强加任何愿望和目标，他的悉心照顾让他倍感温暖。

其实盖拉西姆所做的最简单不过，就是从饮食起居上关心他，体谅他，和他谈心，为他解忧。这种简单而深刻的服侍，才真正洞察了一个垂死之人的基本需求。这才是我们最欠缺的。

人老了还有幸福可言吗？答案是肯定的。但要实现这一目标，我们就要比老人付出更多。现代社会，老人问题已经不是某个家庭的现实困难和伦理考验，而是全社会必须坚守的道德底线。拿养老机构来说，不应该只着力于提升医疗条件、完善配套设施，更应该致力于营造符合人性的生存环境，让老年人受到专业、可靠的照顾，却不过度增加子女的家庭负担。《一个人的朝圣》中的圣伯纳丁疗养院，就是我们奋斗的范本。

阿图·葛文德说："生命之所以有意义乃是因为那是一个故事。一个故事具有整体感，其弧度取决于那些有意义的时刻、那些发生了重要事情的时刻……为什么一个足球迷会让比赛结束前最糟糕的几分钟毁掉三个小时的巨大快乐？因为一场足球比赛就是一个故事。对于故事而言，结局是最重要的。"人生的剧情时常起伏跌宕，活得体面固然重要，离开时有尊严更加意义非凡。只有这样，我们的故事才够完整，生命才不同凡响。

一月 / 下
《朱元璋传》

张宏杰 著

/ 一 从珍珠翡翠白玉汤到剩菜汤,
朱元璋忘记初心了吗

二 差学生如何玩转大公司?跟朱元璋学经营 /

一
从珍珠翡翠白玉汤到剩菜汤，
朱元璋忘记初心了吗

儿时听过一个故事。明朝开国皇帝朱元璋落难时，有个老太太给他接济了一碗剩菜汤。朱元璋吃得那叫一个香！他情不自禁地问老太太："阿姨，这是什么汤呀？怎么这么香？"

老太太笑了，随口诌道："珍珠翡翠白玉汤。"

多年以后，朱元璋已经尝尽人间美味，觉得世间所有的味道都无可留恋，只有那碗剩菜汤萦绕心头，挥之不去。于是张榜向全天下求一碗"珍珠翡翠白玉汤"。

那时候，普天之下已经没有朱元璋办不了的事。老太太在茫茫人海中被捞了起来。她一进大殿就指着朱元璋的鼻子说："小伙子我认识你！"搞得朱皇帝非常没面子，只好干咳两声，示意赶紧把老太太扶下去做饭。

朱元璋大宴宾客，要给三公九卿改善伙食，可抬上来的却是一大缸泔水。他捏着鼻子喝下去，馊得嗓子眼发痒。朱皇帝傻眼了，想不通自己当年怎么会好这口。可是，警察叔叔说，自己约的炮，含泪也得打完。在臣子面前皇帝怎么能够认怂？

不光是皇帝，我们也一样会想念儿时的味道。岁月会源源不断地给记忆添砖加瓦，让灰头土脸的往事无限接近于宏伟庄严。其实多年以后，烙饼的还是那双手，大葱也还是那个味儿，只是我们已经不是原来的自己。从朱重八到朱元璋，从乞丐到皇帝，他已经越来越远离初心。

何谓初心？

个人以为，始终如一，方为初心。《三国演义》中，关羽对大哥刘备的忠诚，不失为初心。斩颜良、逐文丑、解白马之围，报了曹操的知遇之恩，关羽封金挂印，义无反顾地踏上寻找大哥的路。曹操勒马拦住他，气不打一处来。蒋星煜先生在《以戏代药》一书中替曹操抒发了真情实感：

　　在曹营我待你哪样不好？
　　顿顿饭四个碟两个火烧。
　　绿豆面拌疙瘩你嫌不好，
　　厨房里忙坏了你曹大嫂！

还有一个版本，说得更加生动：

　　在许都我待你哪点儿不好，顿顿饭包饺子又炸油条。
你曹大嫂亲自下厨烧锅燎灶，大冷天只忙得热汗不消。
　　白面馍夹腊肉你吃腻了，又给你蒸一锅马齿菜包。
　　搬蒜臼还把蒜汁捣，萝卜丝拌香油调了一瓢。
　　我对你一片心苍天可表，有半点孬主意我是屌毛！

心中有道义又如何？吃人家的嘴短，关羽自知理亏，拨马便走，还好脸红了看不出来。

朱元璋当了皇帝，也以为自己始终秉持初心。他召集员工开会讲话，动不动就拿自己白手起家说事。张宏杰在《朱元璋传》中写道："在三十一年皇帝生涯中，朱元璋从来不讳言自己的出身。在诏书中，他屡屡说自己是'农夫'：朕本农夫，深知民间疾苦。朕本农夫，深知稼穑艰难……在他的帝国蓝图中，'农民理想'是最根本的指导思想。在他治国举措的方方面面，无不体现着对农民利益的根本关切。"

朱元璋出身贫寒，自小受够富人冷眼。在漫长的政治生涯中，即便旗下大明公司规模日渐宏大，市场占有率达到90%以上，他也无法消除对富人的仇恨。他坚决兼并民营企业，严厉打击地主、镇压富商、惩治贪官，甚至不惜动用非常规手段，致使民无余财。民间传说人物、江南商界巨头沈万三的遭遇就是最好的例子。

对大型国有企业，如空印集团、郭桓集团、胡惟庸集团、蓝玉集团，则通过经济上鲸吞、行动上控制、政治上强取豪夺等一系列强有力的措施，完成并购重组。多年苦心经营，朱氏终于一家独大，四大集团牵连毙命者达十数万，从此烟消云散。据史料记载，郭桓案"核查赃款所寄放的人家，遍及天下，民众中中等以上富裕的人家大抵皆破"；胡、蓝党案中，江南有名的豪强地主几乎都受到株连。

朱元璋心目中的理想社会是"人有田耕，安居乐业；男耕女蚕，无有游手；摧富抑强，各安生理；贫富相携，共济互助；轻徭薄敛，阜富与民；趁时稼穑，完交赋税"。对社会底层的农民来说，这是一个不错的设想。可惜在强权政治之下，大明集团并没有呈现出欣欣向荣、生机勃勃的发展态势。很多朝代都有盛世之说，大明公司近三百年历史，似乎始终波澜不惊。边寇未靖，内乱又起，公司内部矛盾重重，员工苦不堪言。"说凤阳，道凤阳，凤阳本是好地方。自从出了朱皇帝，十年倒有九年荒。"这让朱皇帝情何以堪！

　　刚当皇帝那几年，朝廷礼仪比较粗放，朱元璋勉强可以忍受，一统江湖之后，他开始瞧不起这帮泥腿子。张宏杰写道："在皇帝面前，不许咳嗽，也不许随地吐痰。皇帝赐你坐你就坐，不许假装客气。皇帝问你话，第一次你要站起来回答，答完了坐下。第二次再问你，就不用站起来了。说话要一个一个说，一个说完了，其他人再说，不许胡乱插话。"一帮子睡在上铺的兄弟，朝堂之上天天喝得烂醉，舞刀弄棍，大呼小叫。不整顿秩序行吗？你把金碧辉煌的皇宫错认成你家地头啦？你以为庄严肃穆的君臣大会是乡下赶集看下象棋呀？

　　想起电影《手机》中的一幕：

　　手机铃响，砖头哥抠出天线，一脸不耐烦地说："啥？……没……没空……"匆匆挂断。

　　严守一问："谁？"

　　砖头哥说："路之信，叫我去杀猪。看我买一手机，他也买一个，他北京没人……"严守一笑了："两烧包！一条街上，喊一嗓子，比拨号都快。"

"在其位，谋其政。""到什么山上唱什么歌。"天经地义。身居庙堂，还能心怀江湖，时常惦念农民兄弟，有这份心意就很了不起，毕竟朱元璋还要为家族产业负责。而砖头哥又有什么错？不过是提前站上了时代的浪尖。现在看来，当年的他，属于早期响应革命，顺应了手机一统天下的趋势，只是我们眼界不够开阔，看不透历史的真相。现实中，并不是每一个人都能够不忘初心，我们可能还远远比不上砖头哥的境界呢。至于秉持初心，就不必苛求了吧？何况也未必求得来。

有人说，誓言是嘴唇之花朵瞬间的绽放。康德却说："有两种东西，我越是思考越觉得神奇，心中也越充满敬畏感，那就是我头顶的星空和内心的道德准则。""不求同年同月同日生，但求同年同月同日死"，简简单单的十几个字，有人随口说来，一笑了之；有人铭记在心，刻骨不忘。他跋涉千里践行诺言，身首异处而犹未悔。在他心里，固然顾及君臣大义，但兄弟之情更加凛然自明。

始终如一。所以，他成了民间口口相传的圣人。

也有这样一个老人，"食时，著衣持钵，入舍卫大城乞食。于其城中，次第乞已，还至本处。饭食讫，收衣钵，洗足已，敷座而坐。"他跟着别人一起讨饭、吃饭、洗碗、洗脚。你能看出他跟常人的区别吗？

这是《金刚经》开篇对佛祖的描述。秉持初心，所以他顿悟成佛。

二
差学生如何玩转大公司？
跟朱元璋学经营

每次回老家，总有热心同学轮流张罗饭局。不同的东家，却有一个共同的特点——学生时代几乎都是老师眼中的差学生。

人生剧情反转，上半场是主角，也不能确保一辈子不跑龙套。而差学生一路逆袭，终成人生赢家，你也不必少见多怪。品学兼优的刘伯温都能放下架子，给放牛娃朱元璋打工，你还有什么想不开？

所以，身上的光环越是耀眼，越要谦虚低调。朱元璋的人生经历告诉我们，差学生一样有机会玩转大公司。学业上甘居人后，事业上未必胸无大志。坐在你身后的人，说不定日后就是你的老板。

那么，贫下中农朱元璋凭什么完成逆袭？张宏杰的《朱元璋传》一书对此做出了深刻剖析。简言之，上位应该掌握"四项技能"，经营必须强推"四大措施"。

第一，积累基层经验。张宏杰说，朱元璋长期混迹于各个阶层，熟悉社会生活，了解人民心理。做起事来不循常规，敢于闯红灯或者绕绿灯。而且他"有常人所没有的强大意志力、野蛮性，这些在乱世中往往是决定性的力量"。

每项工作你不必都懂，但必须熟悉其中的套路，懂得绕开隐蔽的陷阱。没有实践经验，不在基层摸爬滚打，厚黑学和《孙子兵法》倒背如流也不见得有用。成功的法门都不会写在书本上，也没有哪个老师能够教会你，需要你自己慢慢感悟。交多少学费，就能买多少经验值。

第二，善于笼络人心。每当国势垂危，皇帝找不到起死回生的解药时，身边的士大夫就会摇头晃脑地说："唯民心可用！"至于如何用，他不说。但朱元璋知道，长年生活在社会底层的人民，都希望过安定日子。所以行军打仗时，他特别注重部队的纪律。他说："林子里有老鹰，别的鸟就不来了。你军纪不好，百姓们就会逃跑。"

你喜不喜欢某人无所谓，但如果他对你有用，就得装出笑脸讨好他。如果你没有这种胸怀，就认命吧，你不是当老板的料。历史事实也证明，朱元璋的宽大仁慈不是出于天性，而是他能长久地掩藏自己的本性。看看后来功臣们的下场，让人唏嘘。"食鸟尽，良弓藏"，对朱元璋的家族企业来说，功臣的使命已经终结了，又何必浪费自己的资源呢？

第三，团结知识分子。张宏杰说："草莽群雄最容易犯的错误是在对待知识分子的态度上：一方面，他们因为本身文化程度太低，在知识分子面前难以摆脱自卑感；另一方面，他们的粗豪气质又与知识分子格格不入，十分反感知识分子的酸文假醋。"这是大多数农民起义领袖功败垂成的症结所在。

朱元璋巧妙地回避了这个规则。他是典型的实用主义者，自己知识储备不足，那就想办法驾御有知识的人，为自己服务。事实证明，成功的老板往往都能充分的发挥别人的优势和长处。凡事亲力亲为的老板，最多只能算是一个大个体户，他们的视野决定了家族产业的格局。

第四，随时掌控时局。朱元璋决断能力出众，善于把握时机。离开江淮，进军南京，开辟新的根据地；先灭陈友谅，后取张士诚，最后北上消灭北元，一生中这几个关键时刻激进冒险的抉择，充分展现了他敏锐的判断力和高人一等的大局观。商场如战场，瞬息万变，你必须先人一步捕捉对你有用的信息。

如果这些你都做不到，那就安心做回员工。否则，即便傍上老板或者大股东，最多也就混个高管，还少不了天天被人戳脊梁骨。坐享其成在商场中行不通，是骡子是马，总会被拉出来遛遛的。

君临天下以后，朱元璋又想出哪些玩法呢？

一是统一思想。朱元璋主导了一场轰轰烈烈的"化民成俗"运动，还专门撰写了《大诰》《大明律》《教民榜文》等理论读本，要求村民按期定时组织学习。张宏杰写道："朱元璋主导下的化民成俗工作，不论是纵向看中国历史，还是横向比较世界史，都是宣传教育技术领域的一大突破性发展。和以前历代帝王们软弱无力的教化方式比起来,他的化民成俗工作更加突出思想性,进一步突出了经常化、制度化。"

据说,朱皇帝的思想教育活动成绩斐然,"往年村民酗酒、吵架、偷窃等不文明现象时有发生,而经过教育后,大大减少了。相反讨论如何发展生产,如何修路、修桥、做善事在村里蔚然成风。"

对普通百姓尚且如此,官员思想建设工作的力度可想而知。有一年,他派卫士赴某地出差。卫士回来报销差旅费时,他不签字,先问有何凭记。卫士说,该地某单位门口有两个石狮子,他把尾巴削掉了一截。后来,朱皇帝路经此地,百忙之中专门抽身去慰问石狮子的伤情,查验之后才放心。

他不光对官员的思想状况了如指掌,还把他们的私生活尽收眼底。老学究钱某,某夜做诗云:"四鼓冬冬起着衣,午门朝见尚嫌迟,何时得遂田园乐,睡到人间饭熟时。"第二天上朝,皇帝说:"昨日好诗,然何尝嫌汝,何不用忧字?"吓得老头尿了裤子。

真可谓"知己知彼,百战不殆"。

二是严格管理。战场上的硝烟已然散尽多年,可朱元璋内心深处仍然严阵以待。刀枪入库、马放南山以后,他越来越看不惯这帮被糖衣炮弹迷醉了神经的战友。他开始启动严刑峻法,消杀他们的戾气。那些劳苦功高的大臣,在他面前开始失去尊严,皇帝一不高兴,就让人扒下他们的裤子打屁屁,如果敢顶嘴,那就拉下去"咔嚓"!中国自古就有"刑不上大夫"的说法,但士大夫、读书人的最后一块遮羞布，有明一朝，终于荡然无存。

对付老百姓，朱元璋招数更绝，他把人口分门别类，建立了中国古代史上同时也是世界古代史上最严厉周密的户口制度，也称黄册制度。黄册制度在民间受到强烈抵制，朱元璋的做法是只做不说。如果不配合，或者提意见，对不起，我没空给你解释，到后面排队等刽子手砍脑袋去。

在朱元璋时代，国家一度强势控制了土地和土地上的人口。

三是完善制度。所谓"家有家规，国有国法"，朱元璋在建章立制上不遗余力，从方方面面制裁自己的臣民。他对上自天子、亲王、文武百官，下至老百姓的衣服样式，都做了明确而严格的规定。大臣在皇帝面前尊严全无，"不许咳嗽，也不许随地吐痰。皇帝赐你坐你就坐，不许假装客气。皇帝问你话，第一次你要站起来回答，答完了坐下。第二次再问你，就不用站起来了。说话要一个一个说，一个说完了，其他人再说，不许胡乱插话。"这无疑是一种碾压。

俗话说："清官难断家务事。"朱元璋却把权力之手伸进了寻常百姓家。他不但专门规定了各级人民的居住面积，对于老百姓家庭之内的礼仪，规定得更为详尽："凡子孙之于祖父母每旦必诣前肃揖；若远出隔旬日而见及节序庆贺，皆四拜。余尊长亦然。若长疏远者，止行两拜礼。凡民间平交者亦如之。其不如仪者，以违制论。"

高高举起的大刀随时都会落下。倔强了几千年的士大夫都只能认怂，何况老实巴交的老百姓？

有车必有辙。朱元璋的强权所到之处，万物复苏，神州大地生机盎然。

可惜的是，他成功的经验无法复制。

朱元璋头脑聪明，精力过人，又有事业心和责任感，所以整个国家让他操作得井然有序。但他的那一套，太考验一个人的脑容量了。张宏杰说，朱元璋专制的缺点在于，只有皇帝一个人对整个国家的前途命运负责，政府官吏的尽职，并非出于他们自己的良知或者他们自己的荣誉心，而是一种外界的命令和严厉的制裁。他一死，"一切都将废弛，政府全部解体，变成麻木不仁的状态，因为除了天子的监督、审查以外，就没有其他合法权利或者机关的存在。"

面对祖训，资质平庸的子孙后代可真够头大的，就像没有武学基础的小辈拿了一本上古流传的武功秘笈，急得抓耳挠腮，各种尝试，还是看不懂玩不转。

另一件严重打脸的事是，朱元璋有点过度自信。家长的严格管制，并没有让臣民们过上幸福生活。离奇的低薪制让官员们的道德底线一再沦陷，即使频频祭出惨绝人寰的反腐手段，依然无法阻止他们在贪腐之路上前仆后继。而各种贪污腐败，最终损害了社会底层人民的利益，也间接损害了朱元璋的个人利益。

随着一天天老去，连朱元璋自己也渐渐玩不动这一套了。他下大力纠治的腐败领域，各种毒花毒草开始肆无忌惮地生长。朱元璋无奈地感叹："自开国以来，两浙、江西、两广和福建设所有司官，未尝任满一人。朝治而暮犯，暮治而晨亦如之，尸未移而人为继踵，治愈重而犯众多！"

但是，朱元璋的故事已经足够励志。他那丰富多样而行之有效的武器，在七百年的过往历史中所向披靡。他的逆袭之路，比任何一本成功秘籍都更加生动、精彩。后辈商界才俊若能得其精髓，书写辉煌的生意经指日可待。

读者荐书
043

二月 / 上
《鲁迅演讲集》

鲁　迅　著
阎晶明　选编

/ 一　哪个行业的父母希望子承父业

二　致青春——世间再无军济院 /

一
哪个行业的父母希望子承父业

哪个行业的父母会希望子承父业？

首先考证一下哪些父母具备让子女承业的条件。李嘉诚绝对有这个资格，马云也有，皇帝自然也当仁不让。

遗憾的是，皇帝的位置只有一个，有资格坐龙椅的人往往很多，或兄终弟及，或父死子继，或废长立幼，或秘而不宣，各有各的理，争得头破血流，不可开交。说白了，官家规矩跟菜市场欺行霸市一样，大多数情况下，谁拳头硬谁说了算。

小说家高阳有一个说法：一个朝代欣欣向荣之时，皇帝往往多子多孙，家族枝繁叶茂；一旦国势衰微，皇帝也跟着子嗣不昌。这就是所谓的气数。

原来深为赞同，现在又有不同看法。一个皇帝，只要取向正常，生活略加节制，不大可能绝后，只不过儿子能活下来的少。乱世自不必说，像东汉中晚期和两晋，心怀鬼胎的人比比皆是，皇家子孙只能跟着遭殃。盛朝又如何？吕雉死后，功臣集团诛杀了诸吕，接着把汉惠帝的儿子们斩草除根，然后惺惺作态为选接班人伤脑筋，这就是典型的"两面人"！

一个权倾天下的男人，不但保护不了心爱的女人，还要眼巴巴地由着亲生儿子死在别有用心的人手里。看来所谓的帝王生涯，不过是一部另类的血泪史。英明神武的皇帝，原来是个悲情人物。

可惜，人类最大的弱点就是记性不好。正如《鲁迅演讲集》之《娜拉走后怎样》一文中所说："人们因为能忘却，所以自己能渐渐地脱离了受过的苦痛，也因为能忘却，所以往往照样地再犯前人的错误。"做皇帝的野心不但牵动男人的柔肠，连女人也倾心不已，以至于母亲都会动手抢儿子的饭碗。更搞笑的是东晋时期成汉的汉王李寿，幽禁了成汉皇帝李期后，正在纠结该不该过把皇帝瘾时，算卦先生掐指一算说："可数年天子！"他一听乐得合不拢嘴："一日尚足，况数年乎！"

林子大了什么鸟都有，皇帝丛中也少不了几朵奇葩。比如说汉哀帝，多次当着大臣的面，抚摸着董贤的手说："朕欲为尧舜！"结果被大臣们劈头盖脸一顿训："江山基业是你大爷的大爷拿命挣下来的，你只是替他看摊场，怎么能说转让就转让呢？"皇帝非常没面子。但这足以说明，他对董贤绝对是真爱。

后赵皇帝石弘的命运不能不让人同情。他知道自己是个傀儡，所以屡次请求当权者——丞相石虎，要把皇帝让给他。石虎不答应，他说："弘愚暗，居丧无礼，便当废之，何禅让也！"

不但抢皇帝的位置,还要砍他的脑袋。唉,皇家的摊场,玩不转也不能说撂挑子就撂挑子。

相比之下,诸王的儿子们风险小了很多。推恩令实行以后,你想或不想,馅饼都会从天上掉下来,区别在于个头有大有小。但是再大的饼馅,也逃脱不了自然界狼多肉少的规则。推恩令一推再推,推到刘秀手里,便把他推成了庄稼汉。好在刘秀乐观通达,在田间一边劳作,一边唱歌自娱,不失为一个快乐的庄稼汉。

看来,能不能吃上馅饼关键在于姓什么。刘邦说,非刘姓不得封王。所以,业绩再出彩也没办法让铁饭碗"世袭罔替",没有哪个皇帝会给宰相的儿子发一道圣旨,让他子承父业。学而优则仕,宰相的儿子想接老爸的班,只有十年寒窗这一条华山路。

儒家经世致用的哲学,多少有点把读书的理想世俗化了。拿到官家的入场券,兑现的不全是治国平天下的理想,让别人羡慕,让家人有面子,可能是最直接的福利。所以项羽初定天下,坚决要回彭城做土皇帝。旁人给他陈说利害,他却说:"富贵不归故乡,如锦衣夜行,谁知之者!"

但更多时候,官家的饭碗格外烫手,净臣和佞臣,你只能选择站在一边。以前和一位朋友谈理想。他说,父亲不希望他从政。他的父亲那时候官拜封疆大吏,正是人生的高光时刻。对儿子说这番话,大概也有自己的苦衷吧。

既然铁饭碗无法继承,那"诗书传家"靠谱吗?

有人专门做过研究，得出的结论是——基本靠谱。就姓氏而论，孔门传得最久，颜姓也不短。唐代的颜真卿，六朝的颜之推，都可以追溯到孔子的学生颜回那一辈。

杜姓历史也很悠远。杜甫祖上名人辈出，爷爷杜审言自不必说，他的绝句《渡湘江》："迟日园林悲昔游，今春花鸟作边愁。独怜京国人南窜，不似湘江水北流。"曾被人誉为"初唐七绝之冠"。而杜甫的上祖杜预，也是晋朝一代名将。

但苏东坡的看法又不同。他说：

"人皆养子望聪明，我被聪明误一生。

唯愿孩儿愚且鲁，无灾无难到公卿。"

苏东坡爱开玩笑，喜欢正话反说，但这首诗很可能是他的真心话。鲁迅在《魏晋风度及文章与药及酒之关系》一文中披露，阮籍就不希望儿子阮浑走自己的老路。嵇康在《家诫》中也明确希望儿子能够明哲保身，不要装清高，不要得罪人。"因为他们生于乱世，不得已，才有这样的行为，并非他们的本态。"阮籍拒绝自己的儿子，"可知他并不以自己的办法为然"。

其实，"内行看门道，外行看热闹。"他人竞相模仿竹林七贤的魏晋风度，却不知他们言不由衷的痛苦；我们羡慕苏东坡的倾世才华，却体会不到他颠沛流离的悲凉。因为他们有过不如意的人生，所以才不希望子女穿新鞋走老路。

然而，人生不如意事常八九，皇家儿女不知糟糠之家柴米之艰辛，处江湖之远的百姓，又有几人能体味皇宫深宅大院里的人心险恶、世态炎凉？谁的人生能完美无瑕？无衣食之虞，而能申理想之趣，已经非常难得了。

"没有对比就没有伤害。"在羊倌出身的卜式面前，道貌岸然的士大夫应该无地自容才是。卜式没有学问，知识改变命运的路子行不通，他能做的就是勤劳致富。等到弟弟长大了，他和一百多只羊净身出户，把家产让给弟弟。后来弟弟经营不善，倾家荡产之时，他又把当年那些羊的后代们无偿送给了弟弟。

卜式也有理想，就是想为国家做点事。那时候，汉武帝连年对匈奴作战，国家财政青黄不接。他便上书给朝廷，愿意捐出一半家财资助政府打匈奴。可当政者以为他沽名钓誉，有违人情常理，没有接纳他的捐助。

卜式毫不在意，继续回家放羊。

朝廷要面子，可老百姓要过日子。一年后，河南太守接纳了卜式捐助的二十万钱，以救流民。这次终于引起了汉武帝的注意。皇帝深受感动，指示把卜式纳入公务员序列，让他吃空饷。卜式却分文不取。

皇帝让他做官，他又不买账。没办法，只好请他到皇家上林苑放羊。只一年，上林苑羊的数量空前膨胀，一个个又肥又壮。卜式用放羊悟出的道理给皇帝上了一课，他说："牧羊和治民是一个道理，关键是要守时、守规。有坏分子立即整治，不要让他败坏群体。"

这一次，皇帝态度异常坚决，必须让他当官。卜式正式踏入体制。"朝里有人好当官"，卜式扶摇直上，一直做到御史大夫（相当于国务院副总理）。但他还是那个朴实的羊倌，觉得皇帝做得不够好时，就直言进谏，最终惹得皇帝不高兴，仕途随即走到尽头。

帝王推崇标榜的理想人格，读书人潜心修炼的峥峥风骨，却在一个放羊娃身上辉耀千古。这是不是一种讽刺？

不慕名，不恋财，"欲仕则仕，不以求之为嫌；欲隐则隐，不以去之为高。"这种风骨，若有幸让子孙继承，不失为一笔丰厚的精神遗产。但恐怕这种境界不易修，更无从学。

我辈想积累李嘉诚的财富可能机会渺茫，给子女打一个铁饭碗大概也是痴人说梦，可供后人瞻仰的也许只有地摊上淘来的几本民国杂志。儿女们会不会领情，我们也没有能力兼顾了。

二
致青春——世间再无军济院

"十年一觉扬州梦。"

睁眼一看,形销骨立的同学甲,还在珠海渔女脚下苦吟,与当年明月始终不远不近;酷爱收藏的同学乙,依然孜孜以求,某明星息影也没有使他颓废气馁;而让人爱恨交加的上证指数,仍然在两千多点挣扎徘徊……恍惚之间,把现在错认成了当年。

然而,今时毕竟不同往日了。

教我们如何做事的母校,已经在新一轮改革大考中应声倒下。中国有句古话:躲得过初一,躲不过十五。上一轮改革,母校就岌岌可危,班主任声泪俱下,号召我们为保全母校而同心戮力。风雨飘摇中,她苟延残喘了二十年,还是难逃此劫。

而教我们如何做人的鲁迅,也与新时期的语文教材渐行渐远。《阿Q正传》《药》《纪念刘和珍君》等众多篇章已经从中学语文课本中全面撤离。鲁迅固然不是唯一被删除作品的作家,却是被删篇目最多的一位。

逝去的东西尤其让人怀念。一所高校突然从大学版图上消失,我们会质疑学术界将如何承受这巨大的损失。一个作家在自己的阵地上败走麦城,读者追思过往,自然也要挑剔继任者。

但母校在学术上留下的空白,你大可不必恐惶。德雷谢维奇在《优秀的绵羊》一书中写道:"学生想了解生命更大的方向和意义;他们希望大学能够更关心他们作为人的成长需求,其次才是特定领域的能力培养;他们希望大学能够引导自己解答有关生命的重要问题;或者希望学校能够给予学生空间和时间思考人生的问题,并能够获得相应的词汇来交流分享。"这是学生理想所系,更是大学困惑所在。不光母校,一流学府恐怕也要为此挠头皮。

那天,同学在群里上传了母校"改嫁"的照片。大家纷纷感言,怀念那段颠狂的青春,但我们嘴里念的心里想的无非是菜场的土豆丝、图书馆的后花园、委培队的小龙女、古田二路的霓虹灯。与"罗家墩122号"有关的故事中,没有银发苍苍的老教授和荣誉墙上闪烁的头像。

德雷谢维奇说:"每个人在没有进入大学之前,都觉得大学无比神圣,大学里每一位老师都将是人生的导师,大学之舟满载理想鼓帆而行。而实际上大学毕业,你仍被抛回起点,一切都将重新开始。"这段话浓缩了我们大学四年的心路历程。

不可否认,我们都是世俗的学子。《鲁迅演讲集》之《娜拉走后怎样》中有一段话:"娜拉走后怎样?——别人也是发表过意见的……但从事理上推想起来，娜拉或者也实在只有两条路：不是堕落，就是回来。"为什么只有这两条路可走？因为娜拉长期依附于男人，一旦离开，最大的考验是如何生存。十年寒窗，我们固然是为理想搏命，但追求优质可靠的奶源才是初衷。

母校手把手给学子们描摹出一个硕大的饼子，至于如何吃到这个饼子，她选择沉默。惠能曾说："迷时师渡"，当我们茫然失措寻求帮助时，回首处却烟尘四起，师影杳然。有同学编过一首顺口溜：

一等教授某某某，没有烟酒饮料也行。

末等教授某某某，照单全收不给加分。

请原谅我们对老师的调侃。但说到底，他们也是最普通不过的儿女、爱人、父母，他们也要面对世界。

鲁迅已死，冒进或者谦让，已不在他的掌控之中，只能顺其自然。母校在激烈的生存竞争中被迫退出了历史舞台，是使命已经终结，还是战略性弃权？都有可能。但更可能是她对生存之道悟得还不够透彻，既想秉承学术，又要百舸争流，不幸迷失了自我。

不得不说，德雷谢维奇的调子起得有点高。当下，大学生最迫切的愿望很可能是拿到饭碗而不是实现理想。鲁迅先生一语中的："钱这个字很难听，或者要被高尚的君子们所非笑，但我总觉得人们的议论是不但昨天和今天，即使饭前和饭后，也往往有些差别。凡承认饭需要钱买，而以说钱为卑鄙者，倘能按一按他的胃，那里面怕总还有鱼肉没有消化完，须得饿他一天之后，再来听他发议论。"

1977年恢复高考时，大学录取人数为27万，录取比例是5%，2017年大学录取人数是700万，录取比例是74.46%。相关资料显示：从2001年至2008年，全国高校毕业生从114万增加到611万，是扩招前的5倍；用人岗位增加的却远远小于此。

现实就是王道。相比之下，母校还算厚道，她给了我们一个铁饭碗。所以，不管她给我们头脑里填充了什么，我们都应该怀一丝感恩之心。可惜圈外的学姐学弟未必有这么幸运。

举重冠军才力，在辽宁省体院的门卫岗位上渡过苦闷的五年后，毫无尊严地死去。我们为他惋惜，进而咒骂举国体育体制。但如果他有幸做大做强，成为上市物业公司的老总，我们是不是就该视他为业界楷模和精神领袖？数学硕士擦皮鞋擦成了连锁店大王，和跳水冠军退役后摆地摊谋生本质上并没有区别，门岗是给一家人看门，物业公司是给很多人护院，仅此而已。

要生存就必须贴近现实。据相关部门调查反馈，在整个大学教育中，知识教育仍然占有非常大的比重，学生的理论功底及其相应的分析解决能力仍然极为薄弱；对于大学生从学校到工作的转换能力，大学仍然缺乏系统的职业指导与服务规划。

一方面，大学流水线上加工的半成品售价高、可塑性差，难以适应市场需求，产品严重滞销；另一方面，生产厂家和市场信息不对称，仍然按原有生产线夜以继日赶工。问题出在哪里？

毕竟，即使世界一流的大学，传授给学生的知识保质期大概也不会超过十年。在瞬息万变的时代，我们首先要擦亮眼睛，看清楚社会需要什么样的人，技工还是学者？然后确认学校应该教什么，方法还是知识？在一所真正的大学里，谋生存求发展的责任应该按人头来摊派，学生刻苦学习天经地义，难道老师就有理由荒废术业？

谁的孩子谁抱走。娜拉当然也要分担责任。大学期间不幸挂科，同学乙带我深夜潜至老教授家说情。事后，他请我撸串。我们站在太平洋住宅区的天桥上，我啃着肉串，他哈着烟圈。

他问："晚上出来玩过吗？"

我说："没有。"

他说："我每天都出来玩。"

忽然想到《天龙八部》一书中的萧峰，未拜名师，也无奇遇，偏偏能练成绝世武功，连作者也不知道他走的哪条捷径。然而我已了悟，鲁迅先生说："夜正长，路也正长。"茫茫静夜，才是一个人铺开理想的好时候。

同学乙慧鸟先飞，他在收藏界小有名气，正如萧峰成就侠之大者的伟业，靠的是个人的刚性和韧劲。而我们，每当遭遇娜拉出走的尴尬时，便要怀念1999年入学的那个深秋。于是在未来的路上，自怨自艾，一天天沉淀着遗憾，所以有了距离。

读者荐书
044

二月 / 下

《我是猫》

〔日〕夏目漱石 著
竺家荣 译

/ 一 历史是任人打扮的小姑娘？元芳，你怎么看

二 石虎杀子——为什么会发生这种人间惨剧 /

一
历史是任人打扮的小姑娘？
元芳，你怎么看

有人说，历史是任人打扮的小姑娘。

元芳，你怎么看？

这个问题，张艺谋应该最有发言权。电影《英雄》中，面对同一个故事，不同的人有不同的讲法。

第一个故事，无名自圆其说。他先用武力杀死长空，再挑拨残剑和飞雪这对恋人，让他们反目成仇，自己逐个击破。荧幕上一片猩红，这正是江湖的底色。而江湖儿女的情感，同样充斥着腥风血雨，一言不合便刀剑相向。在主色调的映照下，爱情悲凉而又壮烈。

第二个故事，秦王推测真相。昏暗且深沉的蓝色荧幕上，秦王一脸阴鸷。他说，长空、残剑、飞雪这三个最让他头疼的赵国刺客，之所以死在无名手下，乃是为了让无名得到赏赐，进一步接近自己，施展"十步一杀"的绝技，给自己致命一击。

第三个故事，无名说出真相。这一片段的色调是白色。真相拨云见日，大白于天下。原来，事实既不是无名所说的步步连环，也不是秦王所想的处处杀机。秦王不懂小马过河的道理，所以在真相面前跌了跟头。

这个故事本该血腥、残忍，但在江湖儿女的演绎下，却处处都有温情，时时都为了成全。长空和飞雪成全了无名，残剑和无名成全了秦王。这种胸怀天下、侠之大者的风骨，一心成就帝王伟业的秦王自然不懂。

《英雄》可谓得日本电影《罗生门》之三昧。《罗生门》中，武士被杀害，事件当事人各执一词，分别按照对自己有利的方式表述证词，真相最终扑朔迷离。

我们的判断和决定，难免受困于个人视野和立场。夏目漱石小说《我是猫》中有一句话："在文明人的眼里，那些回归原始的人都是怪物。"就像盲人摸象一样，每个人所处的位置不同，视角各一，所以会固执于各自认定的事实。

《我是猫》一书中，在猫的眼里，主人迂腐、猥琐，却带一点神经质的自恋；在主人眼里，猫又愚蠢又贪吃，至死也不会抓老鼠。而实际上，猫不乏见识且富有正义感，它的世界与人类一样丰富多彩；主人贫穷但正直，面对生活的困扰，不甘心沉沦却也不愿意放弃。

这个道理和周星驰电影《美人鱼》中的一段台词如出一辙：人和人鱼本来是同一个祖先。由于生活环境的变化，一部分人来到水里，变成了人鱼；一部分人留在陆地上，掌握了先进的科技手段，变成了现代人。他们暴戾，邪恶，对人鱼疯狂抹杀……

设想一下，如果陆地上的人也来到了水中，他们肯定会和人鱼站在同一阵营，一致反抗想要把人鱼赶尽杀绝的物种。如果人鱼没有来到水里，多半也会和陆地上的现代人同流合污，不再觉得捕杀人鱼有什么不妥。

如果用这种个人主义立场解读历史，历史自然是任人打扮的小姑娘。《鲁迅演讲集》中有一段话："某朝的年代长一点，其中差不多没有好人。为什么呢？因为年代长了，做史的是本朝人，当然恭维本朝的人物，年代短了，做史的是别朝人，便很自由地贬斥其异朝的人物。"

历史距离我们越近，留存下来的史料越浩繁，想要混淆真相难度就越大。历史距离我们越远，史料中有多少水分，便越不容易考证。在风云变幻的历史中，史书能够存活已属侥幸，偶有失实恐怕再所难免。而且，同一个历史事件，著史的人不同，写法也不同。

但任何历史事件不可能仅仅在一个人的视野中苟延残喘。历史学者无数，能够当得起"大家"这个称谓的却寥寥可数。这些日子沉溺于历史，我更加坚定地认为，能够称为大家并成为史家，必然缘于其秉笔直书。

《资治通鉴》中有两个小故事。一个讲的是蔡邕。董卓死的时候，蔡邕正坐在王允身旁，闻之惊叹。王允非常生气，说："董卓是国贼，你是汉朝的大臣，应该为他的死称快，就因为他对你好就同情他，不跟他一样了吗？"

蔡邕说："我受董卓的厚遇，当然有罪，但我也没办法背叛自己的良心。我愿意黥首刖足，继成汉史。"

王允却说："当年汉武帝不杀司马迁，以至于谤书流传后世。现在国势衰微，把这些笔杆子留在皇帝身边，不但会蛊惑皇帝，说不定在以后的史书上还会说我们的坏话呢。"

蔡邕最终死在狱中。这个故事却流传到了今天。

还有一个故事，说的是东晋的孙盛。他写了一部《晋春秋》，直言时事。当时专权秉政的大司马桓温非常生气，威胁孙盛的儿子说："如果这本书照原样流传下来，就让你们家绝后。"

儿孙们齐刷刷跪在孙盛面前，请他为一大家子百余口人的性命考虑，笔下留情。但孙盛是个专制家长，儿子们头发胡子都开始斑白，凡事还要听他的。看到儿孙们不争气，孙盛非常生气，把他们轰了出去。

没办法，几个儿子一商量，私自作主对史书作了篡改。谁知道老头子还留了一手，早就誊了一个副本，送到别的国家去了。后来，晋武帝偶然从民间得到副本之副本，一看跟自己的教科书不一样，便把两本都存了下来。

前一个故事，王允的错误在于以为杀掉著史的人，便可以销毁不光彩的历史；后一个故事，桓温的错误在于以为篡改了史书，便能够重塑形象。但是，历史不会属于哪一支笔，更不会受制于某一个人。复旦大学的姜鹏老师曾著过一本《汉武帝的三张面孔》，从《史记》《汉书》《左传》三本书中发掘史料，佐证汉武帝的生平，支撑自己的观点。影响历史走向的蛛丝马迹，迟早会在字里行间被捕捉到。

时下还有一个新颖的观点,是复旦大学李辉老师提出来的。他说,在人类每一代的遗传中,DNA都会经历神秘的塑造,既有重组,也有保留。而构成生命的遗传基因中,男性DNA中的Y染色体是代代相传的,子代能完整继承父代的Y染色体。所以,Y染色体主干严格遵循着父系的遗传系统。

这种稳定性,与中国长久以来的姓氏传承一致。按照他的设想,整个中国可以建立起一个庞大的遗传基因库,将所有姓氏的基因信息都记录在案。到那个时候,我们也许可以凭借基因技术知道,几千年前我们的祖先是谁,全国成千上万个同姓人中,又有哪些人跟我们出自同一支血脉。

在强大的基因面前,沉淀在历史中的谎言,即使已经凝固成化石,也可能被挖掘出来,重新接受拷问和审判。近几年来,公安机关频频破获九十年代的重大案件,借助的正是这一新型科技武器。

这种观点是否可信,假以时日自会明了。但不管怎样,历史的脉络只会越来越清晰。观点绝对无法混淆事件,任凭各类观点众说纷纭,历史事件终究岿然不动。

如果这时候还有人问:"历史到底是不是任人打扮的小姑娘?"

恐怕元芳尚未回答,柯南就会先跳出来说:"真相只有一个!"

二
石虎杀子——为什么会发生这种人间惨剧

正月十三，星期天。小孩开学了。

离学校还有五六百米，车走不动了。不能前进，也无路可退，只好先带他去学校，把车留给爱人。

这一程，空着手的家长不多，有的扛着大袋子，有的拖着行李箱，有的肩上扛着袋子，手里还拖着箱子。孩子们大都空着手跟在后面。

如果有人问我，有没有父母不爱自己的孩子？

不用元芳来回答，我就会说："当然不会！"多年来，我一直以实际行动为这个结论添砖加瓦。我的信心传承于自己的父母。

高中时，每周日离家去学校的前几分钟，是我最彷徨无助的时候。我拎着一手提袋馒头站在屋外，透过窗户悠悠向母亲说："妈，我走了……"

玻璃的那一边，母亲躲着我的眼睛，低下头轻轻地应一句："哦……"

那个时候，不是每周都能顺利拿到生活费。父母和儿子各自的窘迫，彼此了然于胸。这么多年过去了，我仍然无法忘记母亲那愧疚的眼神和闪动的泪花。

有了第一个孩子以后，我对自己说，要像父母爱自己那样爱他。王阳明曾说："盖所以为精金者，在足色而不在分两，所以为圣者，在纯乎天理而不在才力……犹一两之金，比之万镒，分两虽悬绝，而其到足色处可以无愧。"你可以用宝马车在雨天将孩子安然渡到教室门前，但一双雨靴一样能够让孩子在你背上跨越这段距离。父母能给予孩子的爱有多有少，但爱的纯度毋庸置疑。

龙应台在散文《目送》中写道："我慢慢地、慢慢地了解到，所谓父女母子一场，只不过意味着，你和他的缘分就是今生今世不断地在目送他的背影渐行渐远。你站立在小路的这一端，看着他逐渐消失在小路转弯的地方，而且，他用背影默默告诉你：不必追。"

面对孩子慢慢长高的背影，我时常反省，总觉得自己还不够好。但是，过度溺爱不但增加了父母的负担，也让孩子徒添烦恼。

老大五岁那年，我带他去新疆旅游。旅行团的饭菜很差，也很"精致"，等我照顾他吃完饭，自己面前只剩下四个空盘子和一碗米饭。有一次，他们把几个孩子单独安排在一桌，儿子显然不如那几个大孩子眼疾手快。这次轮到他饿肚子了。

父母替孩子做的功课,迟早要由孩子自己补上。

有了第二个孩子以后,我开始检讨自己。夏目漱石小说《我是猫》中,苦沙弥最小的女儿才三岁,想在饭桌上随心所欲地夹菜并不容易。"一直目睹女儿们这些吃相的主人,一言不发,一心一意地吃自己的饭,喝自己的汤,此时此刻,正在用牙签剔牙。"

这只热心的猫不由大发感慨:"主人对于女儿们的教育问题似乎打算采取绝对放任自由的方式。哪怕三位小姐立刻不约而同地找个情夫私奔,恐怕主人也会照样吃他的饭,喝他的茶,事不关己似的冷眼旁观,反正是'不作为'。"

通向爱的途径不是唯一的,甘愿做孩子最贴心的保姆可能没错,对孩子放任自流也未必不对。你敢说精心滋养的花朵,就一定比室外暴晒的更加鲜艳?

我不再抵制苦沙弥式的"不作为"。舐犊情深,不过表现的方式不同而已。但心理学家武志红不见得认同。

一个女孩养了一只猫,彼此非常依恋。有一天回家,发现猫不见了。一问,才知道让妈妈给卖了。她很伤心,几年以后,她卖了自己的房子。她要找回那只猫。

还有一个女孩,养了一只宠物小鸡。父亲特别反感。有一天把她和小鸡关在阳台,递给她一把刀,说她要是想进屋就必须杀死那只鸡。

这是不是爱?

武志红在《为何家会伤人》一书中罗列了有关爱的六个谎言，"没有父母不爱自己的孩子"这一条被列在首位。他说："父爱和母爱是伟大的，这是整个人类不断繁衍并传递爱的最基本、最重要的渠道。但是，这远不是说，一个人有了孩子就自动成了好父母。"

的确，有太多的错误假借了爱的名义，掩盖了真相的残忍。有人弃养老人，我们会口诛笔伐。有人打骂子女，我们却视为教育孩子成才的必须手段。而在重男轻女的封闭环境中，弃杀女婴又是一种什么行为？

传统观念下，父母对子女，正如皇帝对臣子一样，手握生杀予夺的权力。我所知的虐子事件中，没有谁比后赵的天王石虎更残忍。

石虎宠爱儿子石韬，可惜已经立石宣为太子，所以常有废立之意。石宣也不甘心将即将到手的权位拱手让人，于是找机会刺杀了石韬。在弟弟的葬礼上，他一副乐呵呵。石虎非常生气，怀疑是他杀了石韬，一调查，果然属实。

石虎悲痛欲绝，把石宣囚禁在席库之中，用铁环穿其下颌并上锁。然后在王城北边堆起柴草，上面架设一根横杆，横杆末端装上辘轳做成滑轮，再用绳索穿过滑轮，把另一端套在石宣的脖子上。

石虎让人搬来梯子，靠在柴堆上。命令石韬宠爱的宦官郝稚、刘霸，一个揪着石宣的头发，另一个拽着舌头，拉着他一步一步攀上梯子。

郝稚用辘轳把石宣绞上横杆，刘霸又砍掉石宣的手脚，挖出眼睛，捣烂肠子。石韬死时伤情正是如此。

石虎下令点燃柴堆，浓焰冲天而起。石虎带领昭仪以下数千人登上中台观看。火尽以后，又让人取来灰烬撒在城中各个交通要道。

石宣妻儿九人也无一幸免。小儿子才几岁，平素非常得石虎宠爱。临死前，孩子抱着石虎大声号叫，连腰带都给拽断了，竟也没有换回石虎的垂怜。

石宣死后，母亲被废为庶人，近臣三百人、宦官五十人皆车裂而死，尸体被肢解抛于河中，太子东宫被改成猪圈，东宫卫士十余万人被贬成边。

石虎非常宠信的高僧佛图澄曾劝说："石宣、石韬都是你的儿子，如果为了石韬被杀而再杀了石宣，便是祸上加祸。"但石虎已经丧心病狂。

武志红说："在我们这样一个特别讲孝道的社会，'没有父母不爱自己的孩子'会成为一个巨大的魔咒，让我们宽恕那些虐待甚至杀死孩子的父母，也让我们看不到恶最初是如何滋生的，从而让我们整个社会都不能直面相反的事实。"人性真是难以捉摸。谁能想到，曾经处于金字塔顶端的皇家庭院，却是人间惨剧上演最多的地方。有其父必有其子。石虎死后数年，竟被人掘尸解肢。

权力是一个魔咒，石虎未必不爱自己的儿子，可是当权力与亲情面对面冲突时，他不自觉地站到了权力这边。

武志红说:"真爱并不是一个简单的事情,我们必须意识到这一点,并不断检讨和反省自己对待孩子的具体方式。'没有父母不爱自己的孩子'是一个懒惰的逻辑,是父母们为自己开脱的最佳借口,假若你特别迷信这句话,你对待孩子的方式就一定需要检讨。"

两晋南北朝是一个崇尚军功的时代,文人都忙着清谈。朝代更迭、皇帝废立让人目不暇接,皇帝们朝不保夕。晋安帝被废,宋武帝刘裕让人迫其自杀,安帝说:"佛教说自杀的人不能投胎转世。"坚决不肯死,还是免不了被杀。凶手刘裕虽得善终,但儿孙不得安宁,刘氏三朝,皇族129人,被杀者121人。皇家的庭院看似富丽堂皇,实则血迹斑斑。说得不客气一点,在皇家院落被杀的人可能比很多屠宰场屠宰的牛羊还多呢。

但是,战争和武力无法让人类褪去野蛮,重返文明。只有当文化在持续低迷之后,积蓄了足够的战斗勇气,并逐渐占据历史的主流,我们才能看到文明复苏的希望,重新回归人性的柔软。

跋1：感谢你们，热爱语文

任万军

收到赵玉柱小友的《我的廿四书》的书稿，打开阅读的时候，不由有一种想要和王廷鹏、赵玉柱一起畅聊的冲动。我与他们的交往有二十多年了，虽然"相见常日稀"，但是通过书信、电话、QQ、微信，联系并未间断。

先从我的学生时代说起。

回想我的学习经历，受惠于老师很多。从小学时候说起。因为家离学校较远，就和老师们一起吃住。放学以后，老师擀面，我坐灶前烧火，都是日常必做的事情。多年以后，这一生活场景，成为荡漾于心头的美好记忆。近水楼台，自然功课底子就打得比较扎实。

---

* 任万军，甘肃省庆阳一中语文高级教师，教育学硕士。一线教学实践者，发表学术论文、散文多篇，多次获省级、国家级奖项。

中学时遇到我的杨河林老师。杨老师是我的语文老师，极其和蔼可亲。他擅长书画，尤其能写很漂亮的隶书。他是我们县政协委员、地区文联会员。著名文学刊物《飞天》杂志主编张书绅先生曾经是他的语文老师。杨老师书架上多是名家散文集，完全对我开放。经他推荐，我阅读面逐渐拓展，视野逐渐开阔。见我有写得还过得去的作文，他就抄写在学校的黑板报上，或刊登在学校文学社的油印小报《百草园》上。于是，我读书、作文的兴趣逐渐浓厚。有时候，我作文写得稍好一点，经他修改，然后给我稿纸，让我工整誊写，老师加上评语，投寄出去，推荐发表。因此，我中学时期，能有几篇作文变成铅字，完全来自杨老师的助推。这些事情，彻底影响了我的职业选择。后来高考报志愿的时候，一律填报的是中文专业。杨老师对我的帮助并不限于语文学习方面。我参加学校的书画展，纸笔、颜料都用杨老师的，甚至还借了他的《芥子园画传》做参考，结果还获得二等奖。

在杨老师的影响下，学校语文学习氛围很浓厚，杨老师创办的油印小报《百草园》坚持了十几年，影响了许多届的学生。在上面发表文章的同学，后来多成为所在单位的笔杆子，有作品结集出版的也大有人在。

工作后某年回老家，看望了杨老师后从他家出来，杨老师送我到公路边等车。那天正好是集日，来来往往，担担子的，夹着皮包的，坐小车的，开农用车或者推架子车、自行车的，都恭恭敬敬地向杨老师打招呼问好，杨老师应接不暇。这时候我深受震撼，感觉到做老师的伟大和荣耀。陪侍身边，我也与有荣焉。

"夫子循循然善诱人，博我以文，约我以礼，欲罢不能"，这正是我对我的杨老师的印象。

上大学以后，西北师大中文系的叶萌先生、蒲秋征老师、郭峰老师、付俊琏老师、李占鹏老师，我的班主任吴春卓教授，还有我读教育硕士时的导师靳健教授，他们对我学业的培养，做人的熏陶，生活的关心帮助，让我深深感激，念念于心。他们的学人风采，使我有"瞻之在前，忽焉在后，仰之弥高"的感受，心存敬仰。

从小到大，受惠于先后遇到的良师，在我工作以后，无形中也受了他们的影响，在工作中对待学生也多少带有他们的风格。关爱学生，不止在学业，更在于生活，尽可能给予他们力所能及的帮助。

某年正月，携妻女去看望我中学时的周老师，并在他家住了几天。说及从小学到大学，受到老师们的帮助、关怀，感慨不已。周老师说："老师都爱好学生。"但是我对这个答案并不满意。扪心自问，我认为自己算不得优秀，除了还算诚恳，既不聪明又不勤奋，并不具备风云天下的才干，我哪里好了？

我是1992年从西北师大中文系毕业回到老家当了高中语文教师的。我发现一个现象：老师们齐心协力，促成学生的成长，关注学生的综合的学习成绩，了解学生的学习状态，分析谁进步了谁退步了，盘算着哪几个学生能考上什么档次的大学，谁谁肯定能考上大学，谁谁还在边缘状态。在这方面大家态度都是一致的，因为这是考量我们学校以及我们自己教学业绩的最重要的指标。但是各科老师对各自学科表现优异的学生更加喜爱。比如数学老师更喜爱数学学习方面有天赋的学生，而作为语文老师，我更偏爱喜欢阅读并且擅长写作的学生。

为什么呢？因为这些学生对我的教学行为更能产生共鸣，并且有积极的回应，于是彼此互相吸引，相互欣赏，引为同调，有知己之感。否则，英雄孤独，寂寞如旷古，教学活动也就难以为继。各学科老师喜爱在自己学科的学习中有天分的学生就不难理解了。所谓同声相应，同气相求，道理在此。

回想起来，在我们那个乡镇中学里，蒙杨老师不弃，对待我们这些乡村少年，不嫌我们材质粗劣，爬罗剔抉，刮垢磨光，尽力从我们身上放大优点，全力发掘我们的语文潜质，培养我们的文学情趣，春风化雨，那是要何等的耐心！似乎在杨老师心里，是把我们当做未来作家去期待的。

认识王廷鹏、赵玉柱是我从教第四年，已经带出两届毕业生以后的1996年秋。新学期开始，迎来了新一届的高一新生。他们两个在我带课的高一（1）班，给我留下深刻印象的是他们的第一次作文，和众多的的学生作文比起来，他们的文章新颖别致，出类拔萃。功力深厚，文风老辣，放在高三学生中也依然是出众的。后来每次作文都会给我带来惊喜，每次收上来的作文我都很期待，迫不及待先找出他们的作文本展卷细读。这种感觉很愉快。我意识到，能把作文写到这样程度的学生，十年、二十年都难得一见。怎么描述这种感觉？就像工匠得手了能制作神器的天材地宝，见猎心喜。

我读金庸小说《天龙八部》最感兴趣的一段就是"四大恶人"之一的南海鳄神发现了段誉这个根骨奇佳、天赋异禀的武学奇才，萌生收徒的执念。逼迫他拜自己为师。"你先跪下，苦苦哀求，我假意不允。如此再三，然后我迫不得已，无奈答应。"但是，无奈段誉总是一次次逃脱。读过之后，感觉恶人不恶，倒有几分可爱。还有《神雕侠侣》中金轮法王逼迫郭襄拜师也有类似的桥段。匠师对于良材美质，即使不能雕琢，过一过手总是好的。否则，必然是念念不忘，魂牵梦绕，欲罢不能。

哪一届会遇到什么样的学生，这是无法预知的。但是既然遇到一起，便是缘法，自当珍惜。若能遇到根骨奇佳者，一定是上天眷顾。

给他们上课的时间，其实很短暂，不到一年。因同事工作调动，我接替了他的课，然后就没有和玉柱、廷鹏在课堂上相遇了。但之后，来往却更加密切。在校园遇见，立谈片刻，或他们结伴来我的陋室，执书畅谈。几年后，他们分别考入大学。玉柱考入军事院校，书信一直不断。玉柱在军校以及工作后，一直勤于写作，攒多了就将厚厚一沓打印整齐的文稿随信寄来，就像当年交作文一样。我挑选部分稿件推荐给《陇东报》编辑杨永康老师，杨老师选了《武大的樱花》发表于《北地风》副刊。后来有了博客，玉柱告知他和廷鹏的博客，我们在博客互动，就不用再寄文稿。廷鹏听我建议，报考了西北师大中文专业。

然后考取古代文论专业硕士研究生，毕业后进入《读者》杂志。廷鹏酷嗜读书，从中学起，买书不计代价。我回母校读教育硕士准备论文答辩期间，我请廷鹏帮我校对论文，去他宿舍，触手都是书，而且都是精品。廷鹏参加工作后，他给我寄赠《读者》杂志，十年未曾间断。"嘤其鸣矣，求其友声"，因志趣相投，他二人从中学时就相交莫逆。我与他们的情谊何尝不是惺惺相惜？

从教学角度，我认为课堂学习不是学习的全部。教育不是靠灌输的。如果是灌输的话，不足一年的时间我来不及灌输他们多少。现代教育理念是这样的：学习活动是双向互动的，不是单向度的输入与输出的关系。我欣赏这样一句话：教育就是一颗树摇动另一棵树，一朵云推动另一朵云，一个灵魂唤醒另一个灵魂。这句话很时尚，也很有诗意。教学在更大意义上是因势利导，使人的良好的天赋得以激活，最大限度地催化。

学校环境是人际交往活动场景，师生关系也只是人际关系的一种。我们的关系更是互相影响良性互动的朋友关系，我们都是因为热爱语文而关系亲密。

近些年，廷鹏致力于读者读书会的推进工作，玉柱的《我的廿四书》是对此项工作的积极响应。从2018年3月起，历时一年，玉柱撰写每月两本，共二十四本（部）书的推荐文章。读完书稿，感触颇多。玉柱有自己的本职工作，也有家庭责任，平时应该很忙。一年之内，推荐二十四本书，所阅读的书应该远大于这个数字。读书之外，还要完成诸多高质量的文稿，我感叹他一如既往的勤勉，以及时间利用的高效率。

这些书，我部分读过。时过境迁，感觉很多书当年都读得粗疏，只求速度，未及深思，如二师哥吃人参果——囫囵吞枣。看玉柱的推介文章，感觉好书应该精读，深入思考，方不致于浪费作者心血。未读过的多是近些年出版的，感觉读书也应该多读新书，要与时俱进，方不致于落后于时代。

玉柱荐书，不是就事论事，就书论书。所推介的书犹如药引，引起话题，融入与此相关的其他书籍，触类旁通，融会贯通。犹如在烹制一道道药膳，君臣佐使，营养搭配得宜，务求收到滋补身心、固本培元之效。也感慨玉柱涉猎之广泛，积储之丰富，然后能信手拈来，左右逢源，游刃有余。

还有，玉柱书中也融入了对生活的思考与感悟。读书为何？务求经世致用，有裨益于现时现世。读书不是要让人困于书斋，埋首故纸。书当源于生活，反馈于世界，如此，方能生生不息，死书读活。

在商品经济时代，举世逐利的大环境下，人们大多不读书。即使有读书的，读专业技术书有之，为考试而读为求职而读者亦有之。至于陶冶身心滋养精神无关功利的人文社科类书籍多被视为无用之书。

至于学校教育，功利主义、技术主义盛行，学生课业负担沉重，基本无暇阅读。教育不复以往的从容惬意。学生大多重理轻文，语文几乎沦为副科。不少学校的期中考期末考都演变为月考、周考。老师致力于考试大纲的研究解读，逐字逐句细究，往往忽略了学科素养的精进。技术主义盛行,过度重视了"技"而放弃了对"道"的追求。

教育部拟于2019年实施的高考新政,加大语文核心素养考查的权重,升级了对阅读写作能力要求,提高了人文文化方面的要求,必将起到力矫颓俗,救亡拯溺的作用。语文老师也应当担负重任,坚守阵地,自觉为语文代言。

在此大背景下,读者读书会倡导的"24本书主义"以及玉柱的《我的廿四书》对营造全民阅读氛围,对语文学习的推动,会起到不可低估的作用。欣见《我的廿四书》即将付梓,相信对玉柱来说,他的名山事业,才刚刚开始。

从事语文教学近三十年,因为语文,和历届学生,建立了亲密的师生关系。相信吾道不孤。我以语文的名义,感谢你们,能热爱语文!

跋 2：祝福玉柱兄

温彬

当我在翻阅这本《我的廿四书》书稿的清样时，内心涌现出来的阅读感受是微妙的。这种微妙主要来自于眼前六十余篇文章给我的感觉是既熟悉又陌生的。

赵玉柱兄是我们读者读书会、"读者·新语文"这两个新媒体平台的签约作者。既然是作者，作为编辑——特别是审稿编辑来讲，这些文章我都是仔细读过的。有时是审稿阶段，有时则是发稿之后打开链接再读。熟悉自不必说，而陌生感来自何处呢？时节流转，光阴不居。正如我们常常会对已然发生的往事故情蓦然感到惊异，无法去准确复盘和回忆当时的点滴琐细，我在读玉柱兄的书稿时，同样觉得如同在读一些从未读过的作品一般。

＊温彬，职业阅读推广人，读者读书会执行总监。

此即为"常读常新"。玉柱兄的文章具备这样的特质，首先在于他严谨对待每一次约稿。一个认真写文章的人，一定对自己胸中反复斟酌、下笔几度推敲的语言和文字，抱有一种极度敬畏与珍视的执念。此之谓"文如其人""人彰其文"。

于是，我们读到的这些文章，或由书中人物命运生发，或是自身阅读经验分享，或有时下热点评说，或则语文学习漫谈……我们说写作本质上是表达，是对自己价值观的输出。文笔当然无定法，然而玉柱兄文中透出的论证处逻辑之严密，叙述处情理之兼备，抒情处情思之拳拳，无一不是他一二十年来极其广泛、深厚的阅读积累的集中呈现，更是在此基础上勤谨思考、不辍笔耕的最终结果。

《左传》有云："太上有立德，其次有立功，其次有立言，虽久不废，此之谓不朽。"尽管现在我们很少以这样的标准来自我要求了，但这仍然是读书人的至高追求。首先立言，由言显德，继而铸就个人生命中的小功，不可谓不是大好事一桩。

二十四本书，六十余篇文章，随着时间的推移——出炉，如今即将付梓了。反复咂摸那些精炼的语句时，我是打心底里为这些文字点赞，为玉柱兄高兴！

在此，诚挚祝福玉柱兄，并借此机会，隔空为我们因文而生的神交之谊握手、举杯！

是为跋。